当代作家精品·散文卷

主 编 凌 翔

举头望明月

刘跃清 著

北京燕山出版社

图书在版编目（ＣＩＰ）数据

举头望明月 / 刘跃清著 . —— 北京：北京燕山出版
社 , 2022.4
　　ISBN 978-7-5402-6389-8

　　Ⅰ . ①举… Ⅱ . ①刘… Ⅲ . ①散文集－中国－当代
Ⅳ . ① I267

　　中国版本图书馆 CIP 数据核字（2022）第 013693 号

举头望明月

JUTOU WANG MINGYUE

著　　者：刘跃清
责任编辑：杨春光
装帧设计：邓小林
出版发行：北京燕山出版社有限公司
社　　址：北京市丰台区东铁匠营苇子坑 138 号嘉城商务中心 C 座
邮　　编：100079
电话传真：86-10-65240430（总编室）
印　　刷：北京军迪印刷有限责任公司
开　　本：710×1000　　1/16
字　　数：210 千字
印　　张：15
版　　次：2022 年 4 月第 1 版
印　　次：2022 年 4 月第 1 次印刷
ISBN 978-7-5402-6389-8
定　　价：68.00 元

目　录

宝牯佬

宝牯佬是民间对邵阳人的称呼，意指邵阳人像牛一样耿直、憨厚、刚烈。我一直认为宝牯佬的"牯"，是牯牛的"牯"，即性烈雄健的公牛。儿时牧牛，常见两头公牛"顶架"红了眼，牛尾紧夹，牛身如弓，气喘如吼，地动山摇，旷日持久，很多时候只能用长竹竿绑上草把点燃伸过去熏，它们才可能休兵罢战。宝牯佬做人做事的"牛脾气"上来了就是这样子。"呷得苦、霸得蛮、耐得烦"，宝牯佬的脾性是最典型的湖南人性格。

邵阳古称邵州，南宋理宗登基前在那儿担任防御使，"上位"后，以自己的年号命名该龙兴之地，即"宝庆"。宝庆府在明清时期是大府，辖武冈州和邵阳、新化、城步、新宁四县，俗称"五邑"，地域与今天的邵阳市区、武冈市、邵东、新邵、邵阳、隆回、洞口、新宁、新化及城步苗族自治县一致。新化于 1977 年 10 月划归涟源（娄底），此前分别于 1947 年、1949 年将邵阳、新化的部分乡镇组建隆回、新邵两县，因此这几个县的风土人文相交相融，难分彼此。

宝庆位于湘中偏西南，资江上游，越岭逶迤东南，雪峰山耸峙西北，资江由西南向东北流贯全境。山地和丘陵约占区域面积三分之二，基本是"七分山地两分田"。群山环绕，丘陵起伏，盆地星罗，荒凉偏僻，土地瘠薄，民生艰难。伟大的爱国诗人屈原曾流放这一地区，我们今天仍然能从《离骚》《国殇》《卜居》《渔父》等篇章中感受到"长太息以掩涕兮，哀民生之多艰"之泣血感慨。宝庆属于梅山文化区域，据传湘中西部地区有 36 峒梅山（仅隆回境内就有 16 峒）。"峒"是宋代少数民族聚居地的基层行政单位，比现在的村稍大。民间对三峒特征做了生动概括的描述："上峒梅山挽弩相权（山地打猎）、中峒梅山放牛赶鸭（丘陵耕牧）、下峒梅山打鱼摸虾（水乡渔业）。"宋元时期，峒兵（乡兵）呷（吃）苦耐劳，能走能打，战斗力强，是朝廷镇压南方农民起义军所依仗的一支重要力量，和俄国十月革命前的"哥萨克"差不多。我儿时在腊月里常见乡间"庆梅山"，巫师持桃木剑手舞足蹈、念念有词，发"峒兵"去捉拿妖魔鬼怪，应该就是源于此。这些无不在述说这片土地的古老、神秘与苍凉。

一方水土养一方人。"崇山叠岭，滩河峻激，舟车不易为交通"，险峻的自然环境与原始野性的生命活力，锤炼出宝庆人神情专注、持之以恒、锲而不舍、脚踏实地、表里如一、重诺守信、坚韧坚忍的顽强性格。古史志常如此形容宝牯佬："尚武、好斗、重义、轻死、易于激发"，等等。用今天的话来说，就是崇尚勇武、喜欢打斗、重情重义、把生死看得轻、容易被激怒等，旧时山民争吵，常将"砍头不过风吹帽""砍落脑壳不过碗大的疤"挂在嘴上。湘军鼎兴时期，其兵源主要来自宝庆"五邑"，称之为"宝勇"。我老家隆回乡村至今流传形容某人突然暴富，你"打开南京了"？称赞谁穿得光鲜漂亮就是打扮得像个"南京客"。这是说湘军在曾国荃率领下攻下南京后，论功行赏加上军纪败坏放任官兵烧杀抢掠，让很多宝牯佬满载而归，发了大财。在乱世中博取"血酬"的宝勇衣锦还乡后，渐渐悟出骤得的富贵只有通过读书、通过文化积累才能保持长久，于是宝牯佬们开始重视子弟教育，兴办学堂，开化民智，此举恰好为后来的辛亥革命储备了大量人才。当年旅日同盟会成员中湘籍最多，这其中又有一半以上是新化的。在日本跳海自杀的近代著名革命家、《猛回头》《警世钟》作者陈天华即新化人。武昌首义人员大部分是宝牯佬。这时清廷又想起了被罢免赋闲在家宝牯佬中的大佬、湘军后期著名人物两江总督魏光焘，启用其为湖广总督。让宝牯佬去镇压宝牯佬，这对清廷来说不失为一着妙棋。魏光焘称年老体弱，未赴任。历史总是如此戏剧，宝牯佬以其义勇倔强的秉性，既是清王朝的"回光返照"的捍卫者，又是最终的"掘墓人"。

湖湘大地直到晚唐，仍被以儒家文化为核心的中原视为蛮夷之地，湘中腹地邵州更是蛮荒之所。北宋大儒、理学鼻祖周敦颐（湖南道县人）

于宋治平四年（1067）以永州通判来邵摄事，于资水河畔辟池种莲，写下传世名篇《爱莲说》，亦开创邵州教化之先河。至清代有车万育作《声律启蒙》为家喻户晓之蒙学读物；晚清、近现代更是英才辈出，涌现了魏源、魏光焘、刘坤一、蔡锷、谭人凤、匡互生、张家钰、周学霆、曾炳熙、邹汉勋、袁国平、蒋廷黼、廖耀湘、贺绿汀、李寿轩、袁也烈、陈早春等彪炳青史的杰出人物，书写"无湘不成军""中兴将相，什九湖湘""一群湖南人，半部近代史"的铁血辉煌。

"大将筹边人未还，湖湘子弟满天山。"宝牯佬多有"根深蒂固"的政、军情结，亲友相聚多津津乐道政界、军界有多少湖南人之类的话题。谁家如果有位当大官的亲戚总要拐弯抹角地提一提，眉头扬起，腰杆都会粗三分。皆缘由湖南曾经风云际会，晚清全国十八省，十省督抚是湖南人，太平天国运动后"两江总督非湘人不可"，前有湘籍"中兴名臣"曾国藩、左宗棠、曾国荃等；后有宝庆人刘坤一、魏光焘先后担任两江总督，恢复生产，繁荣经济，兴办教育，创办三江师范学堂（南京大学前身），扑下身子做了一些实事好事。新中国成立，湖南政军两界更是大员如云，气势如虹。

宝牯佬骨子里以做大事、当大官、出大名、说亮话为荣。学而优则仕，从政从军，立功与立言，首选功名，退而求其次才舞文弄墨，著书立学。"记不清，问汉勋；记不全，问魏源"，魏源（今隆回金潭人）著《海国图志》，"师夷长技以制夷"之宏论振聋发聩，名垂青史；邹汉勋（今隆回罗洪人）校刊《船山遗书》，编纂《宝庆府志》（被学术界誉为天下名志），著有《五均论》《六国春秋》《广韵表》等，创造性地提出至今沿用的绘制地图基本原则，乃中国近代舆地学奠基人。其孙邹代钧于1896年在武昌创办中国第一个地理学会——舆地学会，创立中国第一家地图出版社——亚新地学社，主持编撰出版《大清全典图》，主编《中外舆地全图》，曾担任京师大学堂地理总教习（地理系主任）。蒋廷黼（邵阳县黄陂桥人）以一部《中国近代史》奠定其学术界举足轻重的地位。清华大学校长罗家伦为了从南开大学挖走名教授蒋廷黻，竟然在蒋家客厅"赖"了一个晚上，蒋不答应去清华，他就不走。当然，蒋、罗关系密切，1921年华盛顿会议召开期间两人同在美国哥伦比亚大学攻读博士，一起义务担任中国使团秘书。

宝牯佬中会做生意的唯有邵东人。沈从文先生在回忆录中说，湘西当时很多店铺是宝庆人开的。先生提及的宝庆人即邵东人。邵东人做生意从小处着手，在一些不起眼的角落，别人不经意的行当，埋头苦干，默默无闻。只要微薄利润，就像牛一样手足胼胝、实打实地去做，不好高骛远，不好大喜功，不打肿脸来充胖子，一切从零做起，脚踏实地，一步一个脚印，每个脚印里都蓄满汗水！邵东约120万人口，就有80多万在外做生意，足迹遍布全中国、全世界。尤其在东南亚一些国家更是风生水起、落地花开。

宝牯佬性情横蛮、暴烈、忠义、有血性，另一面就是呆板、一根筋、钻牛角尖，头撞南墙也不回，见到棺材也不落泪。

滚滚资江东逝水。江山易改本性难移，今天的宝牯佬还是像牛一样默默地开拓耕耘，当然脚步更加理性、睿智、从容，但骨子里那份偾张热血，只要认准了的事就义无反顾、勇往直前的倔强与韧劲从未曾改变。

每到冬月，总有成片的雪鸟轰地一下落在对面山坡上，收割过的荞麦地或红薯地里，疾起疾降，疾来疾去，这时，娘自个儿轻轻叨念，要落雪了……我遥远的大水田呀，我思念在每个季节，即使在寒冷的冬天也发芽抽枝。

我遥远的大水田

群山叠嶂，草木苍翠、流泉飞瀑、鸟语花香。在一个个山褶皱里，民居零星、阡陌交通、鸡犬相闻、炊烟袅袅、耕者乐然、老人悠然、儿童陶然、恍如桃源。此景此情，即大水田。

隆回是湖南的国家级贫困县，大水田号称隆回的"西北利亚"，属贫困乡，单列。过去有"养女莫嫁大水田，早呷苞谷，晚呷薯"的说法。别人看起来偏僻贫瘠落后的山窝窝、草窝窝，但在生长于斯的儿女眼里它就是云雾缭绕、歌声浩渺，蕴藏"绛珠草"的仙境！它就是大千繁华世界的中心，每一条路，每一条河，每一座山都是从这里延伸出去的。

向人介绍老家时，说起隆回（20 世纪 40 年代末始建，不像有的古镇秦汉时期就设立县治），中国大小那么多个县，别人不一定听说过，我提及著名先贤，主张"师夷长技以制夷"，《海国图志》作者魏源，进过学堂，有初中文化的大多知道。先生故居离我家虽不甚远，但直到前几年夏天才去拜谒。还有和护国军将领蔡锷将军也可以说是同乡（旧时同属邵阳县），再就是有滩头年画，隆回三辣（辣椒、大蒜、生姜），隆回花瑶，这些算得上老家的"名片"吧。然而，要问大水田什么最有名，我还真说不出，说"排树（即木材）"吧，其实也不出县境。

大水田廖姓居多，有"廖家大水田"的俗语。传说其先祖最早来到这拓荒繁衍，屐痕处处，现乡政府所在地就是原廖家祠堂，院内那个颇具古风的老戏台沿用至今。儿时的记忆，除了母亲姓廖和几位廖姓邻居，印象最深的就是乡武装部廖部长，乡亲大多脸呈菜色，面黄肌瘦，只有他满面红光，大腹便便，腰间隐约可见一把驳壳枪，在孩子们眼里真是威仪堂堂。那时候如果奉承谁过得滋润、有福相，就说跟廖部长一样。如今，廖部长已经作古，但这三个字在我们那逐渐扎根演化成为一个形容词，就像雷锋的名字一样。

早年乡亲们的住房大多就地取材，为一层或两层小木屋，上面覆盖杉树皮或瓦片，烧柴火，到处熏得黑黢黢的，做顿饭亦"满面尘灰烟火色"。好处就是冬天烤火、炕腊肉方便，雪夜里常有"日暮苍山远，天寒白屋贫。柴门闻犬吠，风雪夜归人"的意境。缺点就是防火难，且木房子不能向保险公司投保，时有人家"避风（失火）"，一家老小生计眨眼付之一炬，号哭一片，惨绝人寰。尤其是秋收后遭灾尤为艰难，这时只能靠邻居亲友帮衬，靠政府救济才能勉强度日。我姑妈和三姨家都曾失火，三姨家失火时，大人在外打工，两个细崽仔在学校读寄宿，他们几天后才得到消息，原因可能是路人把烟头丢在柴草堆里引起的。

如今，大水田各个村落两层三层小洋楼如雨后春笋，说错落有致亦可，说杂乱无章亦可。一座气派漂亮的房子可是门面，是身份的象征，是操劳一辈子的丰碑，是儿子讨婆娘的本钱。修房子、娶婆娘、生细崽仔是农村后生的人生三部曲，修房子排在最前面，是"基础工程"。各家修屋依家境而异，各有招数，有的四处举债一步到位，一座亮堂堂的大房子转眼间就立了起来；也有的量力而行，先把"筒子"竖起来，内外装修，打家具慢慢来，停停弄弄，前前后后得好几年。打一阵工，挣点钱，花在房子上。用完了，又出去打工，再挣，像燕子叼泥筑巢一样。

那些当面贴着白瓷砖，在阳光下鲜光闪亮的房子，平常几乎没人住。只有过年时乡亲们才提着拎着大包小包，候鸟一样从城里讨生活的地方赶回来，短暂的热闹后，又锁在那儿落灰尘。前几天，我打电话回家，娘说她进城给弟弟去带小孩后，整个上白凼组虎形屋场院子里就剩下奶奶、父亲和邻居一位半瘫痪的老奶奶在家。那位老奶奶几年前中风后，生活不能自理，儿子、媳妇轮流外出打工，今年她儿子在村子周围边做工边照顾老人。整个院子七八户人家，老老少少，男男女女全部出远门了，幸好旁边有所小学校。学校只有学前班和小学一、二年级的孩子在村里上学，稍大点的都到十几里外的乡中心小学上学去了。白天有细崽仔们叽喳吵闹，还不至于太萧条落寞，晚上星光闪烁，一片寂静，狗都难得叫一声。

白云深处，外人罕至，民风淳朴。过去，人们出门堂屋都不上锁，当然也没有多少值钱的家当，少有富户，也少有骇人的见闻。俗语多以树木打比方，如人存良心，树存根；人活一张脸，树活一张皮；人生一世，草木一秋；树高千丈，落叶归根；到哪座山，唱哪座山的歌；等等。由于山高路远，信息闭塞，乡亲们经年累月的生活可以用几个"基本"来概括：交通基本靠走，通信基本靠吼，安全基本靠狗，呷饭基本靠手，娱乐基本没有。普通农家的主要收入靠种田种菜、种苞谷、种红薯，养牛、养猪、养羊、养鸡、养鸭、养鹅等。起早贪黑，面朝黄土背朝天，晴天戴斗笠一身汗，雨天背蓑衣一身泥，一年三百六十天忙到头糊口而已，平常一分钱捏出水来都舍不得花。我的祖辈、父辈一生如此，天空若井，顺应农时，土里刨食。

20世纪80年代中期兴起打工，父老乡亲们蜂拥外出，投亲靠友，携亲带故，各显神通，各尽所能，挣钱糊口养家。每年过年前，县城汽车站挤满了淳朴憨厚、在外辛苦了一年的乡亲，乡间小镇到处洋溢着欢欣喜庆的年味，随处可见温暖满足幸福的笑容。年后，正月初几，年还没过完，"猪血丸子""蒜苗炒腊肉"的味道还在嘴边，炮仗的硝烟味还弥漫在空气里，乡亲们纷纷往县城车站赶。那儿每天人山人海，人们为买到一张"热门"方向的车票挤得满头大汗，甚至衣服的纽扣都被挤掉……夕阳西下时，那些还没买到车票有些木讷、老年闰土似的乡亲，望着泥泞里七拐八扭的车辙，满地的果皮、纸屑、瓜子壳……一片狼藉。日暮乡关，家在咫尺，钱（前）途未卜，囊中羞涩。气温骤降，看到远处近处人们匆匆回家的身影，闻到飘来的饭菜香，这时候最想家，心里最恓惶。拥挤、慌乱的人群里有我的邻居、同学、朋友、亲人，不，他们都是我的亲人。如果我没去当兵，不能呷苦受累，像长在石缝里的灌木一样留在部队，我就是他们中的一员，仅仅为讨生活而奔走。在家千般好，出门万般难，大家都是出门人，与人方便，与己方便。由于自己从小苦出身，见到谁，首先递上一个谦卑和气的笑容，尽量设身处地替别人着想。

当年乡亲们大多去广州、深圳、珠海等地，进鞋厂、电子厂、玩具厂、建筑工地。由于文化较低，没技术，只能卖苦力，或镶嵌在流水线上做一些简单重复机械性劳动。如今，已是打工第二代、第三代，年轻人的足迹遍布全国，有的甚至去国外"打洋工"，从事的行当也五花八门，很多当上了老板，或已是白领、金领、钻石领，但老家大水田还是唱的那首古老山歌，山河依旧，容颜不改。2017年春，我去苏南考察调研"精准扶贫"，那儿村集体收入超200万元才算脱贫，苏北最低标准为18万元。我咨询县里干部，我们那儿村一级标准是多少？对方回答，3万元。由于村里没有企业，没有创造财富的基本条件，就是区区3万元也不容易达到，得村干部得力，得靠"精打细算""斤斤计较"。当下，国家正在规划乡村振兴宏伟蓝图，我遥远的大水田如何振兴，路在何方？群山苍茫，松涛阵阵，楠竹流翠，碧水荡波，似乎作答。

大水田有山，曰白马山，是隆回境内最高的山，有"离天三尺三，人过要低头，马过要下鞍"民谣，其实也就海拔1780余米。传说元末起义将领陈友谅与朱元璋激战，兵败后，三个女儿逃难至此，羽化成"白马仙娘"。陈友谅当年是在江西鄱阳湖呷的败仗，与隆回白马山相距上千里，中间云南隔着"四川远"（形容很远），他家人怎么就躲到白马山上来了呢？据考证，有假借陈友谅名气一说，也有说法明末当地有一小股起义力量，头领也叫陈友谅……今天，这些传说已经湮没在历史深处，遗迹漫漶不可考。但乡亲们同情弱者，没有"成王败寇"的偏见，由此可鉴。

白马山是"英雄山"，因为与雪峰山脉相连，是抗日战争时期中华儿女与日军浴血鏖战之地，这一点儿也不假。小时候，我常听祖父讲，那年日本兵过了三天三夜，中央军紧跟在后头，过了七天七夜，扯着线线一长串，不见头也不见尾，老百姓都跑到山上，或更远的地方躲了起来，称"过日本"。祖父目不识丁，村里和祖父年龄差不多大的老人在一起聊天时，常说"过日本"那年怎么样，"过日本"前一年或后一年又怎么样。"过日本"成了他们记忆中的一个时间节点，可见他们的印象之深。祖父说，那枪声像放鞭炮一样，响了几天几夜，飞机像老鹰一样在头上嗡嗡嗡地盘旋……枪声沉寂了，他和几个胆大的后生一起去溆浦龙潭那边捡"洋落"，老远看到远处洼地里一片红红绿绿，他们还以为是日本兵抢来的绸缎被面呢，疯跑过去一看，全是尸体，泡在血水里，有日本兵，也有"中央军"……

我上中学时，爬过一次白马山，那天好像是农历六月十九，观世音菩萨的生日。起个大早，爬到最高点"顶山堂"，喝了传说能治肚子痛的"绩麻水"。印象中白马山顶植被稀疏，可能因为风大，像海岛一样，到处是一些低矮灌木。离山顶不远处的山腰则是一望无际的林海，合抱之粗的大树随处可见，郁郁葱葱、呼呼啦啦铺上天际，与天边零星白色火柴盒大小的房子相连……那天下山时，在一空旷处，我望着遥远繁华的城市坐了很久很久。说不清那是什么地方，可能是隆回或邵阳吧。年少的我向往无限的远方和无限的人群，希望有一天我能和他们有关。现在，偶尔从老家亲友们的微信朋友圈看到白马山，上面好像建了很多"大风扇"，作为风力发电用。神游亦无法，逝者如川，白马山已不是原来的样子了。

打鸟坳是大水田另一座小有名气的山。真应验了那句话，山不在高有"仙"则名，与白马山相比，它只是一座小丘陵，它的"仙气"是每年早春、初秋，会有成千上万的候鸟朝圣一样从遥远的地方飞来，稍事歇息后继续飞行。一说那儿地处万古鸟道，东西方向的白马山、庞家山对峙，因而南北方向较低，形成缺口，早春西南风，初秋东北风劲吹，候鸟穿行，由于打鸟坳处于北面地势较低的"屏风界"缺口上，雨雾天常有鸟儿迷航；一说是亿万年前，那儿是一座海岛，鸟儿飞越茫茫大海时就在上面歇脚。儿时听小伙伴说，晚上只要在山上烧一堆火，就有鸟群直往火堆呼呼啦啦飞来，这时候的鸟已经筋疲力尽，有的甚至嘴角冒血，站立不住，打鸟人只要在一旁准备一只麻袋或一个大竹筐就可"满载而归"。当然不能太贪心，得见好就收，如果你贪欲难填，碰到一只怪头鸟飞来，就会有血光之灾。当年，人们打鸟，是无知也是生活的无奈。现在，山上建有候鸟保护站，每到季节就有人值班，人们对鸟儿的保护意识也增强了，不会再为了那一口"飞肉"去动歪脑筋。我在司门前八中读书，及后来多次路过打鸟坳，林木茂盛，梯田映眼。大自然真神奇，山川大地，沧海桑田，鸟儿依然凭借某种基因、密码，沿着祖先迁徙的路线，年年岁岁，关山重重，历尽艰难，眷恋于斯。

大水田有水，木瓜山水库。我对修水库没什么印象，只隐约记得小时候外婆家（木瓜山西冲界）住有很多修水库的民工，他们都是周边社队出来挣"工分"的，大锅呷饭，大碗舀汤，嘻嘻哈哈，煞是热闹。二姨父和二姨就是这样认识的。二姨父当民工时住外婆家，他是茶山公社的，孤儿，看上二姨后，手脚勤快，嘴巴抹了蜜似的。二姨和二姨父简单交往后，不同意这门亲事。二姨父跪在外婆跟前哭诉，我从小无父无母，如果春秀（二姨的名字）嫁给我，我就是您的儿子……外婆心善，见不得可怜人可怜事，硬是让二姨嫁过去。现在，二姨一家生活幸福，家境殷实，两个儿子均名牌大学毕业，事业有成，儿孙满堂。如今回首往事，二姨笑容满面。

木瓜山水库让群山环绕、山崚耸立的大水田，平添几许纤秀与瑰丽。从木瓜山坝上到水田村、白凼村、香溪村、源江湾村等地有近十来里水路不等，高峡平湖，山岭流翠，小岛星罗，碧玉青螺，山映水中，水抚岸草。夏日碧波万顷，乘一摇橹或机动船，穿行画中，凉风习习，心旷神怡；冬天水瘦山寒，野鸭数点，白云人家，别有风情，可垂钓可品茗可抚琴可对弈可作画可放歌可临风把酒……那景色不逊于某些 5A 级风景区。只可惜"养在深闺人未识"，这儿远离繁华都市，就是到隆回县城开车也要两个多小时，且是让人心惊肉跳，得小心翼翼地通过盘山公路。也许正因为它远离都市，才保持那份清水芙蓉般的天然质朴。

木瓜山水库主要用于灌溉和发电，当然也使大水田好些村落较早的用上了电。小时候，家里夜间照明用竹片或煤油灯，我们在油灯下写作业、做家务，诸如喂猪、添牛草、抱柴火得端着油灯缓缓前行，那时就幻想如果每个地方装上电灯就方便了，随手一拉开关线，到处亮堂堂的。正月里，去外婆家拜年，晚上在耀眼的电灯下我们和小舅、小姨疯玩，兴奋得难以入睡。在我儿时眼里，电灯和不敢想象的电话就是现代文明繁华热闹的光亮。傍晚时分，我很多次地站在西冲界高高的山上，遥望木瓜山水库坝上朦胧昏黄的灯光，像浩渺天空闪烁的星光，遐想无限。我们家直到20世纪90年代中期才用上木瓜山水库的电，还是村里把白马山集体林场的杉树（排树）卖了一部分，举全村之力，将数万碗口粗的杉木，从高耸入云的白马山上一根根扛到水库边上，近百里地，每家每户分一段路，接力赛一样往前搬。我们家我在外当兵，弟弟、妹妹在上学，全家就父亲一个瘦小单薄的"壮劳力"。那几万根排树大多靠父亲两个肩膀，母亲忙完家务后也去帮帮忙，两个人不分白天黑夜一点点往前挪，真不知道他是怎么苦过来的。当年，我服兵役唯一的优抚就是乡政府每年给两百块钱，后来据说涨到三百元。就是那可怜的几百块钱，乡政府一位领导说扣下来帮父亲买养老保险。钱揣在人家手里，父亲答应与不答应结果都一样。二十多年后，父亲想起养老保险的事，领导说，那个保险早就通知取消了。父亲说没有接到通知呀。领导说退钱，让父亲先把保险单给他。父亲再去找领导，领导说保险单弄丢了，以后再说。以后，再也没了以后。我问父亲，您怎么不让他打个收条呢，或者给他复印件也行，还有当年的千把块钱和现在千把块钱能比吗？父亲紧蹙着眉头不说话。这是由用电引起的题外话。

因为修水库，很多乡亲离开祖居，移民他处，最远的好像是江西。他乡也许比大水田富庶，生活条件要好，但故土难离，最初一两代人的乡愁还是像雾霭一样萦绕心头，拧得出水。据说，由于木瓜山水库的水质好，无污染，适合做饮用水，下游隆回、邵阳等城市拟作为饮用水源，水坝将再次增高，又有一些乡亲得背井离乡。人类的迁徙就是不断地把他乡变故乡的过程，一个让你痛过爱过恨过哭过笑过，埋葬有亲人的地方即你身心家园。随着你流浪的脚步，冥冥之中的人生轨迹，当你在某处凿井汲水，垒土筑园，定居下来后，那儿也许就成了你后裔的根源之地。

木瓜山水库渔产丰富，以前水田村有一大片培育鱼苗的池子，蔚为壮观。因水质清冽，水草丰美，水域辽阔，库区鱼类较多，重的足有百十斤，但最好呷的还是那种长不大、仅二指宽的"白线子"，或熏或晒成鱼干，用老家的辣椒、生姜爆炒，色泽黄亮，香味扑鼻，鱼肉稍有嚼劲，鱼骨酥嫩，入口即化，人间至味。我久居他乡，自故乡来的亲友常有馈赠，月色溶溶的夜晚，一杯浊酒，一碟鱼干，对影成三人，将往事一同嚼成下酒菜。

村民捕鱼，垂钓不限，不准撒网，不能炸鱼。在养护与捕捞之间，水库管理所和库区村民经常上演"猫和老鼠"的游戏。斜风细雨，或和风丽日，有村民披蓑戴笠在浅滩处撒网，管理所的职工乘快艇突然冒出，像警匪片里的镜头一样，渔民奔跑不及就有被抓去呷几天"钵子饭（关几天呷用钵子蒸的饭）"。当然，管理所打击最严厉的还是炸鱼。有年轻、头脑活络的村民将开山修渠修路修宅基地用的炸药、雷管，以及锯末、石灰等填充在啤酒瓶或输液用的葡萄糖瓶以及别的什么玻璃瓶里，制成"土炸弹"，伺机轰炸鱼群。经常一声沉闷巨响后，偌大的水面上顿时白花花一片，多的时候像筛糠一样，密密麻麻，大的，小的，长的，短的，上下沉浮的，缓缓游动的，鱼白朝上还在箭镞般往前冲的……这时岸上一片哗然，水里浪花激溅，人头攒动，远处正在劳作的村民闻声放下锄头或箩筐亦飞奔而来，鱼浮于水，村民逐之，谁捞到就是谁的。大多数鱼当时就被震死或震昏浮出水面，有的大鱼受伤后甚至过了几天才浮上来，让路人捡到一个意外"财喜"。

炸弹响过约莫一锅烟的工夫，管理所的快艇就会风驰电掣般赶来。捡鱼的人群顿作鸟兽散，腿短、贪心跑得慢的被连人带鱼抓个"现行"，关起来，但没有严刑拷打。问谁放的"火"，"倒霉蛋"做一副憨厚无辜样，一问三不知。有时候是确实不知道，即使晓得也不能说，这是规矩，也是"底线"。一般关上几天，不了了之。如此这般，不能说管理所那班人就是一群白拿工资的"饭桶"，因为几乎每个村都有的"线人"报告，他们很快就弄清了到底谁放的"火"。但从确定"嫌疑人"，到实施抓捕，几乎是一个不可能完成的过程，比如今"猎狐行动""红色通缉令"上的人归案还难。最主要原因是他们没有执法权。管理所呷公家饭的乘快艇气势汹汹来到村口，未进村就被一群老老少少，男男女女团团围住。拉拉扯扯，推推搡搡，指指点点，高声低语，甚至背后挨一闷棒，比走沼泽地、爬深山老林还难。即使历尽艰难、侥幸来到"嫌疑人"家，也是人去屋空，白跑一趟。让他们真正了解，并体验到人民群众就是比水库还要深还要浩渺的汪洋大海。有一次，我和一位老家河南伏牛山区的朋友聊及老家炸鱼的往事，他大笑，说他们那儿也有个水库，所有的故事和我老家如出一辙，有些细节都一样，可见"天下刁民一般黑"。他说有年冬天，管理所到他们村去抓人，被村民堵在船上，不能上岸，谩骂推扯之间，突然有人"咚"的扔了颗土炸弹在管理所的快艇上，青铁色啤酒瓶骨碌碌地在塑料甲板上滚动，瓶口处短得不能再短的导火索"嗤嗤"冒着青烟……管理所的人一愣，纷纷纵身跳入水中，姿势优美潇洒……他们在冰冷刺骨的水里喘着气作狗刨式，等了好一会儿，不见炸弹爆炸，一个个瑟瑟发抖地往船上爬，原来"炸弹"只有导火索，并没有装雷管和炸药！再回头看岸上，已空无一人，管理所的人浑身湿漉漉的如一群"落汤鸡"，嘴唇乌青、牙齿打战，火急火燎地打道回府。

我们家距水库不远，但记忆里好像仅参与过一次捞鱼。我上初中时的一个暑假，一天我和弟弟还有好几个年龄比我们大不了多少的邻居一起去水库边砍柴，水库边由于人烟少，柴火多，据说经水淹的干柴，烈日暴晒过后，好烧火旺。那天，我们刚爬到山腰，就听到山下炸弹响，我们跟着众人撒腿往山下水边跑。捞鱼的人不多，水面上的鱼零零星星，不像小伙伴们平常描绘的那样，有的鱼出现在让我"望洋兴叹"的水中央，有的鱼看似翻白，但人一近前，它又猛地一蹿，冲出十几米。弟弟在岸上大呼小叫地提示提醒，我在离岸不远的地方费力地"狗刨"。水绿汪汪的，由于山势陡峭，近岸处亦深不可测。前面、背后不时有鱼蹿出，水里的我比熊还笨，气喘吁吁，顾此失彼，眼花缭乱，手忙脚乱。有一两次眼看一条大鱼就要到手了，刚靠近，它又窜开去，以我的水性和胆量又不敢到水深的地方去冒险，最后只是跟着大家一阵起哄，白忙乎，脸上讪讪，两手空空。

那天有点奇怪，闹腾近太阳下山，水面恢复平静，管理所的快艇也没出现。回家时，感谢邻居廖姓兄弟俩给了我们一条半大不小的鲢鱼，以解馋虫。廖姓兄弟比我们大几岁，我们平常称叔，他们水性好，那天收获颇丰，满载而归。呷饭时，娘说我们"莫能干"，没抓到鱼。爷爷戳着长长的旱烟杆大动肝火："这种鱼能呷吗？以后再也不准去水库捞鱼，谁去，打断谁的腿！"现在想起，我和弟弟当时的处理是对的，对自己的能力有个清楚的认识，有所畏惧、敬畏，才能平安。爷爷发脾气也是对的，毕竟太危险了，那种鱼不呷也罢。爷爷的话应验了那句俗语：家有一老，胜过一宝。那次抓鱼，印象太深刻了，后来，我经历很多人很多事，情形如同那次抓鱼，身边看似很多机会，自己也竭尽全力地奋斗，去争取了，到底是力不能逮，落得一无所获，顾影自怜，身心疲惫。

因为炸鱼、捕鱼、乘船、放排（将木材通过水路运出），加上有的大姑娘、小媳妇和家人吵架，一时想不开寻短见，几乎每年都有年轻鲜活的生命消失在水库里。其中以炸鱼、捕鱼为甚，有时惨状不忍听闻，但周边村民并不引以为戒。每到夏季，依旧狂啸山野，击水幽潭。儿时，村子的乡间小路常有人用楠竹扎的担架抬着个红色或白色人形包裹物缓缓经过，气氛沉闷，前后不见行人，即使有人迎面撞上亦如浑身针扎一样，猛一跳，赶紧躲开，路边的人家紧闭屋门，并燃放鞭炮。那是在外"凶亡"的人往家赶，即使抬到家门口附近也不能进屋，更不能进堂屋，只能在附近搭一个工棚，备后事，做道场，送葬。很长一段时间，整个山村，包括蜿蜒山路都笼罩在一片凄凉悲哀寂静惊恐之中。细崽仔天一黑就不敢出门，有时候即使在自己家，对那些黑角落也感到害怕，上厕所都不敢去。老人说，年纪轻轻的就走了戾气重，人生很多事都没经历过，心有不甘呀！不像老人，那是灯油耗尽，夕阳下山，拄着拐杖蹒跚慢慢走向生命的终点，阅尽沧桑，也愈发慈祥仁厚。村里有老人去世，做"白喜事"，细崽仔们跑来跑去玩疯了，在棺材盖合上前，甚至站在凳子上打量，一点儿也不害怕。但对于英年早逝的生命，那一片地都不敢去。童蒙无知，命分长幼，现在始懂得每一个生命、每一个灵魂都值得尊重、悲悯、厚待。《金刚经》里"无寿者相"，以及俗语"亡者为大"也许就是这么来的。

有关水库的点滴记忆如同儿时调皮刻在小树干上的刀痕，如今树已茂盛合抱，一道道刀痕结疤成一只只眼睛，日夜醒着。几年前，夜宿浙江舟山群岛上的"东极岛"，夜半醒来，涛声盈耳，一时不知身在何处。见周围一片墨绿，以为又回到了大水田，又站在西冲界的山上放眼眺望。"风一更，雪一更，聒碎乡心梦不成，故园无此声"，词人纳兰似乎道出了我当时的心境。

仁者乐山，智者乐水。大水田有山有水，乡亲们艳阳高照当樵夫，杜鹃雨烟作渔者，放牛、砍柴、翻地、播种、栽秧、锄草、施肥、灭虫、收割，四季轮转，劳作不息。春天呷洋芋，秋天呷红薯，鼓腹而歌。每一个大水田人从呀呀而语、姗姗学步就善自嘲，我们山里好呀，井水甜又亮，空气清又鲜，夏天不用风扇、空调，冬天围着火塘烤火，锅里骨头炖嫩苞谷喷香。当然，人们在爬坡过岭歇脚息汗的时候，当山歌在风里和树梢栖息的时候，也经不住想象山外车水马龙的世界。如果谁家的崽读书攒劲，考上大学，走出大山，或当了几年兵转上志愿兵、提干、呷国家粮了，家人春风满面，邻里乡亲迎着他们的眼神笑靥如山花烂漫。

由于山水阻隔，大水田行路难。虽不至于难于上青天，但乡亲们平日里要出趟门，到县城或镇里办件什么事，得做个很大准备，下一个很大决心。从东边往司门前方向走有三十多里，盘山是简易公路，不通班车，赶早，做事利索点，一天可以打个来回。那时候驾驶员可能是大水田最风光、最呷香的职业之一，数得着的几个卡车司机走到哪儿都是向日葵般的笑脸，到谁家都呷得上"酒酿蛋（糯米酒煮荷包蛋是老家待贵客的礼节）"，真正是"离地三尺，高人一等"。我头一回去司门前，好像是参加什么竞赛，没得名次，故无印象，当时大水田属于司门前区管辖。而去县城参加师范考试是我人生第一次坐班车，从司门前镇里到县城有近两个小时路程，那时候我嫌时间太短，能多坐一会儿就好了。

　　后来，我在司门前八中读书，坡坎复山岭，走的还是那段路，那时大水田有几辆"小四轮"（货车），载货兼载客，从乡政府所在地到司门前镇得一块五的车费。大多数时候，我掏不起这个钱，只能用两条腿走。有时厚着脸爬上车，开出没多远，驾驶员便在路边停下车大声吆喝开始收钱，我只得下车，目送小四轮扬尘而去。我们村里有位蔡姓师傅做小本生意，和他女婿搭伙买了辆车，我坐过几次，当挨个儿收钱轮到我时，他瞟我一眼大声说道："你的钱，到时候找你爸一起结！"至今也不知道他后来找过没有，反正当时心里感激亦忐忑。当学生伢时，那个时候羞涩胆怯自卑，恨自己没钱，又恨为富不仁，心情很复杂。其实，心平气和时也能理解，人家的车是贷款买来的，营运也需要成本，再加上路不好走，担惊受怕的，总不能做亏本生意吧。

　　我上八中时读寄宿，一周或两周回家一次，米从家里拿，菜金每月十八元。周六中午呷过饭后归心似箭，再也没心思听课了，班主任也能理解我们住得远的难处，一般会让我们提前走。运气好的时候，天气晴朗，和大水田的几位校友结伴同行，一路上有说有笑，不觉得累，也不觉得远。这个时候心情最放松、最愉快，看什么都是风景，走到哪儿都忍不住哼唱。星期天中午就得往学校赶，如果就背个书包甩开两条膀子走还好，就怕要担米去学校。五十多里山路，三五十斤重的担子，开始还轻快，后来只能一步一步挪，到校时已灯火通明，同学们正在安静地上晚自习，接下来肩膀得痛几天，那滋味真难忘。

我当兵离家时就是沿着那条路作别故土，大水田中学和龙源中心小学的学生，夹道相送，献大红花，锣鼓喧天，鞭炮震耳……恍如隔梦，又仿佛如昨。现在，我问及亲友，老家子弟去当兵还这样欢送吗？回答说，早不这样了，都是悄悄的，家人送去，什么时候走的邻居都不知道，乡里也不管，只要在规定时间到县武装部集合就行了。服兵役虽然是每个公民应尽的义务，但这是多光荣的事呀，多么值得大张旗鼓欢庆欢送的事，这么好的做法怎么就没了呢？

山路没有留下足迹，但我们曾经走过；天空没有留下笑声，但我们曾经欢呼雀跃过。太源、屏风界、竹山桥……那一个个得在五万分之一军用地图上才标记的地名，有的已被记忆风化，有的被搓捻抚摩成心底的"结石"，一辈子就在那里，有时会把他乡的梦境硌醒。如今，八中也早已停办，校园破败得能作为现代版"聊斋"取景地，但学生宿舍门口的那棵桂花树，还有记忆中某位从未搭过话的女生，依旧年年飘香，风姿绰约。

大水田另一条通向县城乃至远方的路，是往南边走，到木瓜山水库管理所坐车，那里每天清早有一趟发往隆回的班车。坐车的都是周边十里八村的乡亲。开车前，上下挤满了鼓鼓囊囊的化肥口袋，横七竖八的扁担箩筐，得小心护着的坛坛罐罐；鸡鸭鹅鸣唱，小猪崽尖叫，人们相互热情招呼，热闹得很，得摆弄调整好一会儿，班车才载着一个合唱团似的队伍蹒跚、哼哼唧唧地上路。车开出一会儿，从大家哈欠不断和疲惫的神色看出，不要问，就晓得都是鸡叫头遍就起床，洗漱，收拾，打着火把，高级一点的打手电筒往车站赶。我们兄妹每次出门，父母早早起来烧火做饭，估计时间差不多了，就唤我们起床洗漱。灶膛柴火映红父母白发苍颜，想起马上又要去家千里，还有那么早的饭，做得再丰盛也吃不下多少，只是为了不让老人担心，做做样子罢了。木门吱呀，好像让星星惊了个颤，整个村庄还沉浸在恬静的睡梦中，远山、屋脊一片黛色，山风习习，山路灰白，露水沾衣，远处近处犬吠阵阵，还有树梢几声猫头鹰惊叫，好像扇着翅膀飞远了。当时有点毛骨悚然的惊恐，现在偶尔听到它们的叫声倍感亲切，他乡遇故人般，是多年前邂逅的那只么？

脚下深一脚浅一脚，和送行的家人拉话有一搭没一搭。来到水库边的渡口，寒鸦数声，水雾茫茫，寒风呼呼。双手合在嘴边冲对岸喔喔喔地喊。不一会儿，水声哗哗，随着几声哐当，一铁壳船出现在清早的晨雾中。父亲这时候都要和摆渡的中年人搭几句，无非是给您添麻烦啦，这么早，上哪儿去等，寥寥数语也像是灌满了风，冷清清的。我们白凼村去木瓜山水库管理所赶班车必须要坐渡船。叔叔在湖北空军某部当兵时，每次过年回家探亲，归队时全家相送。有几次他们一家三口回来，回去时，为了确保他们仨能赶上水库管理所的车，父亲特地请在管理所耕作队上班的建强表叔借来一条铁壳船，由姑父和建强表叔掌篙，从白凼小河的入口处沿着山岸慢慢将船撑到水库大坝附近，然后上岸。

每次赶车，半夜就出发。我们一家五口，还有姑父一家四口，加上奶奶、建强表叔等，老老小小十几个，怕惊扰了乡亲们的休息。我们悄悄说话，小心翼翼赶路，如一支奇特、滑稽去偷袭敌人的"武工队"。夜色静谧，宽阔的水面，远处近处如兽脊涌动的群山，在灰白的夜空背景下，如一幅大写意铁画。姑父和表叔站在船头、船尾相互配合着，抽起竹篙，探下去，弓腰用力撑起，手臂舒展，左右撑动，看起来很轻松，还有些美感。我们或站或蹲或坐在敞露着没有任何遮拦的铁壳船里，身旁深幽冰冷的水伸手可及，大人们小声絮絮叨叨地说些家常，几个细崽仔也冻得像狗，缩成一团，不吭声，大人逗一句才搭话，还好人多，也就不觉得冷清了。即便如此，披星戴月地赶早，而且是年后，出门打工的人多，有时还是赶不上，得到七八里外的小镇苏河去坐车。叔叔每次探亲结束归队，奶奶都要送，劝不住，走十几里路，一直送上车。有一次，在苏河，从没坐过汽车的奶奶也跟着上了车，买了两毛钱的票，坐了一段路后，下车，再慢慢往回走。说不清奶奶是想尝尝坐汽车的味道，还是想再送叔叔一程。后来奶奶的腰已弓得像虾米了还坚持送。

从木瓜山到隆回这段路我走得不多，具体经过哪些地方，一些小地名，还有些模糊。对于父亲来说，他熟稔得就像自己的手掌。20 世纪 80 年代中后期和 90 年代初，我们兄妹上学时，家里经营一家日用品小店，每隔十天半月父亲就要"下"隆回（我们那都这么说）进货，天蒙蒙亮就出发，到水库管理所赶早班车，每每天漆黑了，才把货物运到白汆村河口处。然后，父亲和母亲像蚂蚁搬家一样一点一点盘，待把货物全搬到家时，夜已深沉，万籁俱寂，月斜天际，父亲才想起忙了一天没顾得上呷东西，也不觉得饿，那股饿劲早过了。这条路上，身材瘦小的父亲蹚过多少露水，又见过多少喷薄朝阳和落日黄昏。正是由于交通不便，山路难行，父亲靠卖苦力，靠精打细算，靠从牙缝里去省，赚取中间微薄差价，供我们兄妹上学，让我们仨踩着他瘦弱古铜色的脊梁沿着漫漫山道走出来。

几年前，我们村修公路，先是挖一条"毛"马路。因为修路占用了一些耕地，占谁家的，没占谁家的，村民彼此闹矛盾。别看每家每户长年累月在城里打工，地几乎不种，但因修路占用，又闹得不可开交。父母饱呷交通不便的苦，说占用我们家的田没事，甚至让大家从我们家的田里取土填路。后来将"毛"马路铺上水泥，硬化。两次修路县里只是象征性拨了点钱，大部分款项由村民自筹，村里每个人丁除了得掏多少钱，还要出多少个工。当然还广泛动员在外当老板的、呷公家饭的积极支援家乡建设，多多益善。村里在小学校附近修一座小水泥桥，因为没钱，最后只得把村小学卖一半给私人，才勉强筹够工程款。买小学的也是憨厚村民，打工攒了点钱，买下房子用以自住。村小学光秃秃两层小楼、七八间简陋教室，一边是细崽仔们琅琅读书，追逐嬉闹，一边变成了农舍，鸡鸭奔走，牛哞猪叫，柴火炊烟。虽然山里的伢子家禽家兽司空见惯，但那一幕还是令人心酸，情何以堪。当时我听到这个消息，心里很不是滋味，恨自己靠工资养家糊口，囊中羞涩，即便帮衬亦杯水车薪。

如今，我行走在大水田那条已"沧海桑田"但依旧一眼就能望到头的短街上，乃至走在白函的田埂小路上，乡亲们只会觉得这人好面生，太多的人我不认识，他们亦不认识我。曾经摇头晃脑、有口无心地背诵贺知章的"乡音无改鬓毛衰"，今日竟走脑又走心成我容颜的素描。看着细崽仔山泉般清亮有些疑惑的眼神，我忍不住俯下身笑容满面地说："真乖态（漂亮的意思）！""孩子，别说不认识我，这乡音是我守护了一辈子的胎记。"诗人洛夫曾如是说。

我遥远的大水田，你的贫瘠、偏僻、闭塞，磨砺出你儿女"蛮子"（倔强）的性格，即便如蒲公英的种子随风吹落山崖石缝亦能生根发芽；你的富饶、秀美、清纯，培育出你儿女挑剔的眼光，让他们走遍世界半生归来，才知道你是世间最美的地方！

我遥远的大水田，我的胞衣之地，每一个月色如霜的夜晚，你的每一棵树，每一株草，每一块石头都在呼唤我的乳名。我天晴下雨戴一顶源自于你的斗笠，不是为了在人群里"拉风""装酷"，那情形如你树皮覆盖的屋檐，沉默温柔地伸过来，让我走得更宁静从容。

凝眸来处

你从哪里来，到哪里去，来做什么？这不只是传达室保安的问话，也是一个生而为人的永恒哲学命题。作为个体生命来到这个世界已属偶然，蕴含神奇。一个民族、某个群体亦然。在漫漫历史长河中，历经灾荒、瘟疫、贫穷、战乱，他们的生老病死，悲欢离合，流离迁徙，多少次危难险急，命悬一线，种系一孤。如果有纪录片或一部史书事无巨细记载我们民族、祖先走过的路，那该何等惊心动魄，引人入胜。

湘中隆回县老屋是木头结构，柴草炊饮，长年累月烟熏火燎到处黑黢黢的，堂屋里即使神的位置，神龛也未能幸免，上面泛黄变黑的红纸写着"本宗中山刘氏"等字样。记忆中逢年过节，尤其是每年农历七月半（中元节），祖父丰云公要在神龛前摆上简单祭品，纸钱明烛，烟雾袅袅，念念有词。祖父老了，然后就是父亲，神情俨然。我们细崽仔进进出出疯跑，家里很多东西被当作玩具，只有神龛上的物什不敢动。

祖父好酒，每餐必饮，小酌微醺就开讲祖上和他自己经历的一些事。祖父的絮叨如耳边呼呼作响的风或口袋里滚圆的石子抖落在山路旁的草丛里，没有生根，也没有发芽。幼时，总觉得日头漫长，祖父能熬成一张岁月的弓，把日头射落。待我等从外面转一遭，惊回首，祖父坟头已芳草萋萋，旁边的松柏树上只有风栖息。

拾掇祖父的记忆，父亲的描述以及修订时间不长墨迹未干的家谱，家族的脉络竟然联不成一串浑然的珠子。

家里的族谱、神龛，以及祖辈口口相传下来，我们的先祖是中山靖王刘胜。刘胜是汉景帝刘启的儿子，汉武帝刘彻同父异母的弟弟，他有一百二十多个儿子。班固在《汉书》说，"胜为人乐酒好内"。刘氏在汉代就有数百万之众，到了东汉末年，因为社会动乱，宗族派系斗争，族谱就已混乱不堪理不清了。所以，当年落魄到织草贩席的"皇叔"刘备自称中山靖王刘胜之后，因为不可考，饱受史学家诟病。刘备的"攀附"也许是一种政治远见和抱负。"中山刘氏"对于现代社会的我们只是一个如会标、徽章一样的符号，和我们的姓氏一样。这些，我也只是从一些书上零星读到，是目不识丁的祖父和只有小学文化、一辈子没出过远门的父亲所不知晓的。

先祖已消失在历史丛林深处，漫洇成地下考古层，根系庞巨复杂，即使用羊角锄、洛阳铲加上现代高科技叩遍神州大地也考证不出个所以然，那就说说祖上近现代的一些事吧。

祖上洪纲公和卢氏婆婆1792年左右（清乾隆年间）从湘中新化县孟公镇桥头湾村来到隆回（旧邵阳县）小沙江麻塘山兴屋场，族谱上载洪纲公系二十七世祖。这可能是从到新化孟公桥头湾房祖或是从哪代房祖开始计，因为到我这一代，时间已过两千多年了才是三十二代，不对头。2016年9月，我在南京溧水晶桥镇芮家村参观一座"中山刘氏"宗祠，他们从中山靖王刘胜算起已经传到七十七、七十八代，排辈和我们完全不同。按照年代推算，应该是清嘉庆年间，洪纲公携夫人卢氏背井离乡，风尘仆仆，跋涉数百里来到这云雾缭绕的白马山余脉——麻塘山。那时候的麻塘山洪荒野地，长虫出没，人烟稀少，称得上穷乡僻壤，深山老林，即使现在也是如此。他们来到这里是为逃荒、躲债、避难，还是家庭矛盾？来时多大年纪？在这儿开荒种地、白手起家最初经历了哪些磨难艰辛？山峦无语，草木枯荣，只有屋场旁几块大似牛牯的石头见证了一切。据传洪纲公会木匠，农闲季节走村串户做木工活儿，卢氏婆婆绩麻纺纱织布，家里家外一把好手。祖父健在时每年冬天开荒，修路、架桥、打理公共水井，白雪皑皑中忙得满头大汗，热气腾腾。今天，我只能从祖父的音容笑貌，言行举止，想象洪纲公的样子，身材不高，短衣打扮（绝不会穿长衫，家里可能没有一件长衫），神情木讷，头上兴许还有根那个年代的标志，猪尾巴样的辫子。由于他们的吃苦耐劳，精打细算，勤俭持家，在那个叫兴屋场的山坳里不但修了几间木头房子，扎下脚跟，而且还买了少许田地，日子过得安稳顺遂。

洪纲公和卢氏婆婆在麻塘山兴屋场生有一子，德江公，有无女儿不晓得。德江公娶伍氏，当地人，因家贫七岁进门当童养媳，在一个衣柜里裹破棉絮睡了几年，十五岁成婚。德江公和伍氏婆婆育有一女一子，女嫁洞口山门肖家，子曰业林公。洪、德两代过的是面朝黄土背朝天，昼耕夜织的生活，没有送子进学的意识，也许根本没有那个经济条件。

德江公四十多岁，业林公尚抱在怀中，才五六个月大，便病染沉疴，于1879年冬去世。德江公具体生卒日期不详，只能根据业林公的出生日期推算。业林公出生于1879年3月，就可以推算出德江公出生和去世的大致年月。祖上在当地是外来户，独门独户，没有旁系亲属，丧事由当地不是同一宗族的刘姓充当"家管"，大操大办，连骗带讹，很快把洪纲公挣下的那点儿微薄家业败光。伍氏婆婆抱着懵懂无知的业林公，说："你们不要把东西全卖了，我手上还有根'秧'呢！总不至于我们娘俩回新化'挂枪'（清明上坟祭祖），还捏饭团当饷饭吧。"当地刘姓一个流氓地痞样的人凶神恶煞地说："你手里的'秧'能不能养活都难说，再啰唆把你娘俩的骨头一起卖掉！"

这是迄今为止祖上传下来最形象直白的一段话，透露出洪纲公、德江公和新化老家还有联系，可能曾回去祭过祖，甚至伍氏婆婆也回去过。如今，祖母和父亲的理解是，当地刘姓威胁将把祖上在新化的"会田"卖掉，依据是伍氏婆婆说带小孩回老家"挂枪"只能捏饭团作饷饭。我认为不是这个意思，"会田"是刘氏家族的集体财产，主要为本族祭祀和子弟读书之用，以及帮衬救助生活困难的家庭，任何人不得买卖，否则就是背叛列祖列宗，将驱逐族门，死不归葬。所以，麻塘山刘姓不能、也不敢去新化桥头湾变卖刘氏的"会田"。

德江公去世后，小脚伍氏老婆婆肩不能挑担手不能扶犁，更不能下地干活儿，只有抱着怀里的儿子投奔嫁到邻县洞口山门的女儿。伍氏婆婆后来一直住女儿家，颐养天年。女儿女婿去世后，由外孙养老送终。听祖母念叨，伍氏婆婆在业林公举家搭草棚开荒种苞谷的地方"水洞寨"怎么也咽不下苞谷粑和蕨粑，于是又去了女儿家。可以推断伍氏婆婆应该回来和儿子业林公住过一段时间。

业林公由于中年眼盲，生活困顿，自顾不暇，未能尽子之责，侍奉母亲。多年后，祖父去了一趟山门，找到伍氏婆婆的墓地后在坟前简单摆了块石头。直到前几年，年迈祖母在姑妈陪同下数次去山门，探寻走访，经当地远亲引领指点，终于找到伍氏婆婆坟茔，立碑以志。现在，每年清明由弟弟让良驱车前往祭扫。老家麻塘山祖坟，先是由祖父领着父亲去祭扫，后来是父亲单独去。从家到麻塘山老屋场有几十里，且全是爬坡过坎的山路，来回得花一天时间，还得手脚麻利点儿。现在父亲年事已高，身体远不如从前，离家远的祖坟清明"挂枪"只能请让良代劳。我常思量哪年清明带上儿子心翔回乡祭祖，让他勿忘先人，知道自己是从哪里来的，有根系、祖宗和故土的观念。

业林公由母亲伍氏在女儿家抚养成人，娶洞口山门米氏婆婆米菊花。长大成人的业林公可以说是上无片瓦之遮，下无立锥之地，只有一双手讨呷。米氏婆婆娘家是造纸的，业林公由此学会一样谋生手艺——造纸。每年春天，业林公带着米氏婆婆"云游"一样四处造纸。据传，业林公和米氏婆婆新婚后，业林公背起简单行囊准备外出造纸，米氏婆婆怀着对家的留恋，对前路的迷茫恐惧，哭着不愿意跟业林公走。米氏婆婆的父亲说："不行，你嫁给他了，就得跟他走，嫁鸡随鸡走，嫁鸟随鸟飞。"

漏雨灌风近似草棚的"造纸屋"大多建在人迹罕至的山沟沟里，离广袤竹林不远的地方。早春当竹笋破土拔节时，业林公就得把"家"安顿好，赶在嫩竹抽枝挂叶前将其砍倒，劈成整齐竹片，放入池中用石灰浸泡，使之变软，经过碾压化浆，才可以造纸。这个窗口期很短，长出竹叶后就变老变硬，不再适合造纸。造纸是一门古老寂寞的技术活儿、体力活儿，尤其是化浆过程中需要人力反复踩碾，直至踩成油一样黏稠。记得小时候父亲常去生产队干这活儿。

业林公携米氏婆婆逐春天而行，一两年换一个地方。竹子生长亦有大小年之分，不可长居一地。据传业林公和米氏婆婆一辈子住过八寨、竹子坪、麻塘界等十四个地方。居无定所，全部家当两双手就能提走。他们当年完全是为了活命而奔波，不是生活，远没有那份其乐融融和诗意。业林公平常造纸，在无纸可造的季节或年份，就担柴卖，或帮长工。米氏婆婆就帮地主家舂米，制鞋，当用人，回到那个被称作家的"草棚"又缝补浆洗，养鸡种菜……

业林公生性忠厚、老实、木讷。据说有一次帮人娶亲，送彩礼去一户大地主家，业林公和一个老伙计抬的是一头两百多斤的大肥猪，汗流浃背地来到地主家，结果遭到一阵嘲笑："你们费那么大的劲，抬来这么一个奶猪崽。"地主家栏里的猪形如小象，每头足有五六百斤重，两相比较，还真像奶猪崽。开席了，别人大堂上杯盏交错，他们就在弄堂里、柴屋里将就。这时那个老伙计开始捉弄他，旱烟锅大小的酒盏，业林公才一杯下肚，嘴巴还没打湿，那老伙计马上指着业林公对地主家用人说："大师傅，我这老伙计今天累了，呷不下酒，你们赶紧给他盛饭。"业林公本来平日里就馋酒，只盼着这次能开怀畅饮，大醉方休。他面红耳赤眼睁睁看着酒盅被收走，呈上一碗香喷喷米饭。那个碗"斯文"得能揎在手里，就几口饭。业林公刚把一小碗饭呷完，那老伙计眼睛一转说："他在家里呷饭就斯文，今天抬东西赶路累了，你们赶紧上茶。"业林公讪讪接过茶水，那顿期盼已久的"盛宴"就这样草草收场。那天晚上，业林公肚皮贴背脊饿了一夜。从那后，他和那个所谓的老伙计三年没讲话。业林公的老实本分由此可见一斑。

业林公平常干的是力气活儿，加之缺油少荤，所以很能呷。有一回帮一小地主打工，午饭送到山上地里。小地主见业林公连呷几大碗，一副狼吞虎咽、风卷残云的样子，半带讥讽地感慨："这么能呷，难怪你一辈子受穷。"当时，业林公耷拉着眼睑不敢回话。几年后，小地主也败落变穷了，和业林公他们一起打工糊口。有一次呷饭，业林公已经放碗了，小地主还在添饭。业林公不紧不慢搭一句："我穷，能呷，就靠一双手讨呷。你呢，把自己的家业都呷光了。"一句话憋在心里，几年后才还回去。也直到这个时候，小地主才"感同身受"穷苦人的艰难与辛酸。

业林公为人处世谨慎、善良。有一年夏天，业林公在白马山庵堂附近砍柴，用来换米糊口。这时一个年轻人腿打着晃走来，可能饿狠了，他从路边苞谷地里掰下两个嫩苞谷，几口把苞谷棒囫囵呷了。这一幕被不远处几个干活儿的长工看到了，团团围过来，把年轻人抓住，捆在旁边一棵大树上，当"贼"一样抽打、取乐。有道可怜之人必有可恨之处，贫穷卑微的小人物有时候极具"劣根性"。当然，有一种可能就是嫩苞谷总被人偷，他们气愤又无可奈何，这一次终于逮个正着。中午，几个长工准备回去呷午饭，临走他们托业林公看住"贼"，别让他跑了，下午来他们还要继续打。长工们走后，年轻人哀求业林公放了他，他是饿得走不动了，才这么做。业林公很同情他，出门在外谁没个难处，同时觉得那些人做得太过分了。于是悄悄把年轻人放了，临走还把当晌饭的饭团分一半给他。

山中岁月，唯草木荣枯。一晃数年过去，有一次业林公挑一担纸到邵阳去卖。走在陌生热闹繁华的宝庆街头，突然一位相貌堂堂穿毛领大衣的人叫一声"恩公"，不由分说从业林公肩上接过担子。老实巴交的业林公吓得不敢吭声，颤颤巍巍地跟着"毛领大衣"走。"毛领大衣"把纸以一个比较公道的价钱买了，将钱如数交给他，又把他请进饭店，叫上几道美味，一口一声恩公请呷。业林公不晓得对方是什么人，有什么目的，不敢动筷子。"毛领大衣"说，恩公，您真不记得啦？直到对方说出几年前发生在白马山庵堂附近那件事，业林公才放下心来，举杯拿筷。业林公终老山野，这个看似传奇的小故事流传下来，意蕴深远，他想告诉子孙后代，勿以恶小而为之，勿以善小而不为，善恶有因有果。

业林公和米氏婆婆前半生到处造纸，落脚即家。后半生就在白马山水洞寨开荒种苞谷，地是源江湾一户大地主家的，每年交一担苞谷当租金。住的是低矮、四处灌风的茅草屋，盖的是蓑衣和一床破棉絮，呷的一年到头是苞谷和野菜，盐金贵，呷不起，有时候过年买一斤肉都是淡的。祖父丰云公有时戏言，祖上可是名门望族，千根柱万担瓜，两条毛船拖盐呷。只有部分写实，茅草屋是有多根柱子，粮不够瓜菜代，屋前屋后种有各色瓜果，家里有两只鸭子下蛋买盐，还有些夸张。祖母时常念叨，那时候真穷得不得了，茅草屋年年盖年年漏，寒冷的冬夜蓑衣当被盖，白天又披着上山干活儿，上面结串串手指长的冰溜溜。全家最值钱的就是一口没有"耳朵"的小锅。有一年过年，家里什么都没有，一家老小围着火塘，炒三升苞谷粒欢欢喜喜过个年。

光景难挨，更兼匪贼横行，深山老林，单门独户，周围十几里荒无人烟，当时社会动乱，百姓饥荒，常有土匪抢劫。业林公和米氏婆婆好不容易喂养一只鸡，或储藏一点儿粮食都要找个安全稳靠的地方小心藏好，以防被土匪抢走了。夜里如果突然狗叫，那更是心惊肉跳。

业林公穷困高山，或饮或赌娱以自乐。大雪封山，冰天雪地时，他经常提上几升苞谷去旺溪换酒呷，盛酒的用具是山里到处可取的竹筒。羊肠山路，陡峭难行，加上冰雪，业林公手上装满酒的竹筒有时跌破，酒汩汩流一地，这时业林公就趴在地上，一阵狂饮，随醉随倒，随倒随眠，哪儿都可打发一夜。又传业林公好赌，冬闲聚赌有时把裤子都输掉，外面寒风呼啸，没法出门。

米氏婆婆有大德，有广袤大地一样的胸怀，坚韧、伟大。她一生生育十四次，仅养活祖父姐弟仨。据传有一次生产，身边没人，饿得浑身无力，就是生不下来，最后她自己爬到后山掰了两个嫩苞谷，连棒带籽呷了，才把孩子生下。她一生节俭，珍惜粮食。据父亲讲述，家里有时食物变馊了，她坚持自己呷了，经常说"是我呷了它，不是它呷了我"。她抚育了祖父、父亲两代人，她的懿德至今恩泽光照后人。

业林公和米氏婆婆所养育的长子已十八岁，已经成人能顶一个壮劳力了，因患痢疾，俗称"打摆子"，无药可医，突然去世。业林公和米氏婆婆悲痛欲绝，米氏婆婆昏迷多时，经土方抢救，才转危为安。业林公心灰意冷，万念俱灭，纵情赌饮。麻塘山祖坟也不去"挂枪"了。十几年间，米氏婆婆烧香拜佛，尽管自己过日子都很艰难，还救贫济困，到处做好事。

业林公四十多岁了，米氏婆婆才生下祖父丰云公。丰云公才生下时羸弱不堪，岔开手指量不到两下。米氏婆婆这时年纪也大了，没有奶水，只能用米汤小心喂养。业林公中年得子，且是三代单传，尽管家贫，祖父还是备受疼爱呵护，砂罐煨饭他呷到七八岁。也直到祖父生下，业林公才恢复去麻塘山上坟。这时，祖坟旁的树木已经碗口粗了。

业林公由于好酒，加上常年劳累，五十来岁患眼疾，渐至双目失明。中华人民共和国成立后，祖父在白凼分得地主的土地、房屋后，1953年经祖父反复恳求，业林公才从水洞寨下来。

业林公生于1879年3月19日午时，逝于1954年5月8日酉时，享年七十三岁，葬于白凼塘现湾石子冲。

米氏婆婆生于1887年7月1日亥时，逝于1970年10月17日酉时，享年八十三岁，葬于竹节玉后面的椅形山。

业林公双目失明，祖父才十二岁，不得不挑起养家糊口的重担，十三岁就和邻居搭伙种苞谷。收获时，邻居分一大一小两筐苞谷回家，祖父也得一大一小两筐苞谷。年幼的祖父时常被重担压得边哭边趔趄而行。当然，这也是祖父最引以为骄傲的经历，晚年常酒后豪言：男子十五脱户族，女子十五振乾坤。大致意思是，男子十五岁要支撑顶立门户，女子十五岁得落落大方有所主见。祖父应该晓得，他当年只是一个身单力薄的大小孩，邻居是成年壮劳力，别人和他平分收成，是心好，是善待帮衬他们可怜之家罢了。如今老邻居们已不知所往，愿好人平安发旺。

业林公年幼失怙，由寡母抚养成人，对祖上的记忆全靠母亲描述。此后为生计奔波，晚年患眼疾，从此和新化老家再无联系。族谱也没有修订，甚至连洪纲公、德江公的生卒年月都不详，洪纲公的父亲（二十六世祖）是谁？无从考证。20世纪90年代初，祖父请人抄誊了一份"中山刘氏"族谱，前面一串世祖是套下来的，到了二十几世就断层了。

山西临汾是我服役部队"临汾旅"的发祥地，因为工作关系我曾数次前往所辖洪洞县，那儿是著名民间祭祖地。明初有大量移民迁往全国各地，有言"问我祖先在何处，山西洪洞大槐树"。我拿着祖上传下来的"辈字"，遍寻刘氏宗谱，试图找到先祖迁徙路径的蛛丝马迹，浩如烟海，不知所来。

2016年秋天，我通过新化的战友，几经辗转，找到孟公镇桥头湾的村支书刘承春。刘支书应该和我们是同宗同源，和我年纪相仿，论辈分长我一辈，是"承"字辈。他说，桥头湾刘是大姓，他父亲就是保管修订族谱的。通过查找，现存族谱上近百年来就一个洪纲公，生于嘉庆十五年（1810年）庚午十二月六日辰时，葬于安化碧丹溪王家山，娶妻张氏，安葬同一地点。很明显，此公非我先祖洪纲公。"洪"上面是"宽"字辈，上面记载"宽"字辈有宽立、宽和、宽蒙、宽贤等多人（不是单传），所以洪纲公父亲（二十六世祖）到底是哪个，无从确定。该族谱乃民国十八年（1929年）修。新化桥头湾房祖是腾汉公。后代兴旺，香火绵延。

祖父三姐弟，他排行老小。两个姑奶奶，大姑奶奶嫁旺溪陆家，高寿辞世，人丁繁衍上百口，今每临大事，互有来往。二姑奶奶嫁大水田曹家冲廖家，老人健在时，我曾登门烦扰过，老人去世，第三年"挂枪"，我在大水田上初中逃课去顶了回"娘家人"。

祖母蔡氏进秀，娘家兄弟四个，人高马大，神采奕奕。前些年我携妻带子回乡省亲，妻说，你那几个舅爷爷身材魁梧，个个一表人才。如今他们均老态龙钟，风烛残年。据说当年曾祖父业林公给祖父选这门亲事，就是看上祖母弟兄多。

祖母回忆说，她十一岁嫁到祖父家，嫁妆是一个巴掌大的小木箱，没有安装锁，也没有油漆过，里面仅一小把麻线。祖母娘家那时候人口多，祖母的父亲每天担柴卖，换回三升苞谷粒，实在养不活一家八口人，故祖母小小年纪就出嫁了。祖父送给祖母家的彩礼是十斤猪肉、一斗米。那只小猪崽是关在水洞寨深山里一个山洞里养的，当时土匪横行，家里的鸡和米，哪怕一点点好东西随时都可能被土匪抢走，别说是一头猪了，所以祖父家里那头寄托很大希望的猪，能提心吊胆地养到三十多斤很不容易。随着祖母出嫁，不时以水洞寨的苞谷、蔬菜接济娘家，以及大舅爷爷外出给地主做"长工"，每年换回二百斤稻谷，祖母娘家的光景才渐渐好转，全家人不再挨饿了。

祖母嫁到水洞寨祖父家后，跟着祖父一起在山上种苞谷。寒冬腊月，北风呼啸，他们在山坡上翻挖苞谷地，身上披的蓑衣结满了冰溜溜。过日本那年（1945 年），祖父家收获八十多担苞谷棒。初冬，很多外地人从很远很远的地方赶来用家织白布换苞谷。祖父家用苞谷换了好些白布，全家老小穿的是白衣白裤，毫不忌讳，也不用草木灰染一染。据历史资料记载，1945 年南方开始发生大饥荒，1946 年春夏之交，饥荒遍及湖南全省，灾民挖草根、剥树皮为食，继以"观音土"充饥，易子相食，截至 8 月，饥荒祸及四百万人，仅衡阳地区就饿死九万余人。

中华人民共和国成立初，祖父因为数代根正苗红叶壮苦大赤贫，被发展为"土改"干部，从白马山水洞寨搬下来时可在全乡选择住处，最后在白凼村"虎形屋场"安家落户，也是想离祖母娘家近点，相互有个帮衬。祖父在虎形屋场分到的房子是源江湾大地主、外号"干老五"的"庄房"。所谓庄房，就是地主家盖的给佃户住的房子，佃户租种地主的田地，上交租子，地主同时提供住处。我记得老屋前面靠近池塘的地方是一间仓库，祖母说，那是祖父用一间猪栏和邻居（也是亲戚）换的，猪栏在邻居那边，仓库在我们这边，换过来后彼此方便，再后来由于邻里关系不和，邻居觉得猪栏换仓库呷亏了，发生多次争吵。"干老五"在"土改"后，被安排在一座"陋屋（茅屋）"栖身，后因失火而被烧死。我总怀疑失火的原因，也许是他感到生无可恋，自己点一把火罢了。

多少年来祖上流离漂泊，单门独户，倍受欺凌，担惊受怕久矣。我曾在一首小诗中写道：

> 祖父打很远的地方赤脚走来／在一个叫白凼的小山村种洋芋红薯苞谷／最后把自己种进地里／从此，刘家有了自己的祖坟／在蔡姓人居多的村里／尽管祖父做了蔡家的姑爷／坐过蔡家的上席／我们家还是和田里的稗子地位相近／当叫风的村支书经过时瑟瑟发抖／父亲一辈子佝偻着腰／不全是生活的犁耙。

在中国，大多数农村都这样，外乡人初来乍到时感觉民风淳朴，风物怡人，一旦融入当地生活，有了利益纠纷，亲疏瓜葛，农民那点儿自私自利的小狡黠、小算盘、小伎俩让人叹为观止，无可奈何。

祖父在"土改"工作中的表现应该值得称道，对上认真负责，对下不死板，不生搬硬套，也就是现在人们所说结合各自实际，吃透上面的，摸清当地的，拿出自己的。那时候有的地主也是苦出身，省吃俭用，当牛做马攒点儿钱，刚买上地就解放了。对于那些没有劣迹恶行的地主，祖父区别对待，网开一面，甚至悄悄袒护。据传有个姓陈的大个子地主，在祖父的草棚里躲了一个多月，经不住想家，一回去就被"镇压"了。水田村有户姓邹的人家被划为地主后，幸亏祖父暗中帮忙，才得无恙。祖父后来那点儿口才和大局意识，估计就是那时候锻炼出来的。我记事时，村里谁家吵架、邻里纷争都来请祖父评理决断。

"土改"结束时，因为祖父出身好，是赤贫的穷苦人，上级请他去当脱产干部，甚至专程派了一个人来做他的思想工作，同吃同住同劳动一星期，答应培养祖父读书学文化。祖父环顾年迈的双亲和年幼的孩子。他说，每月六块钱的工资当个"自了汉"差不多，实在养不活一家老小。后来，苏河乡选乡长那天，祖父就没有参加。白凼村当时属于苏河乡。祖父托同是"土改"干部的大舅爷爷捎话，让大家千万不要选他，即使选上他，他也不会去。

大集体时期，祖父当生产队长二十余年，带领全体队员开荒筑园，春种秋收，兴修水利等。祖母说，有一年涨大水把很多农田冲垮了，即使大年初一也不歇工，没法挨家挨户去喊，只有在工地上放一串鞭炮，提醒大家出工啰。乡亲们即使起早贪黑，一年三百六十五天刮风下雨不停歇，由于土地贫瘠，粮食品种差，机械化水平低等，还有因为是"大呼隆"，干好干坏干多干少一个样，大家天天"磨洋工"还是填不饱肚子，穿的补丁摞补丁，吃的"瓜菜代"，活儿重呷稠点儿活儿轻喝稀粥，五荒六月断粮是常事。

在祖父当生产队长期间，父亲曾有过当兵的机会。在公社开会，作为生产队长的祖父带头大声表态，坚决支持儿子当兵。一回到家，就悄悄跟米氏婆婆说，您可千万要拦住你孙子别去当兵，现在只有您能拦得住。米氏婆婆从旧社会过来，不识字，对"好男不当兵，好铁不打钉"的观念是根深蒂固了，当兵就意味着挨枪子，再也没命了。何况她儿子又这么说。父亲顺利通过体检和政审，当公社干部上门家访时，米氏婆婆又哭又闹，死活不同意孙子离开她身边。对于农村老太太那种耍横撒泼，公社干部毫无办法，只得放弃。多年后，父亲回首往事，对于没能把握住那次改变命运的机会无不遗憾。

我们国家周边多年无战事，乡里外出当兵的有的提干，有的转了"志愿兵"，转业回来后安排一份稳定体面工作，日子过得很滋润。那些即使没有混出名堂的也见了世面，学了些本事，变得和一般农村人不一样。祖父后来可能心有所动，所以对叔父和我去当兵表示支持。叔父每次回家探亲，祖父都催促他提前归队，说早回去多干几天工作，能给领导留个好印象。1990年3月，当我接到入伍通知书时，祖父捋着胡子说，这在过去好比中"状元"。

祖母一辈子有过十一次生育，只养活父亲、姑妈、叔父三人。有的流产，有的幼年夭折。祖母说起过一件往事，不像有些事情她絮絮叨叨地讲，那件事她就讲过一次，我再也忘不了。

在叔父六七岁的时候，祖母又怀上了，嘴馋，想呷杨梅。祖母决定去"西山"摘杨梅。西山遍野杨梅，个大鲜美，在我们那儿出了名。从我们家到西山得走四十多里山路。祖母本来打算一个人去，无奈叔父哭着撵脚，要跟着去。早上母子俩出门时，天气晴好，万里无云。孕妇稚子好不容易走到那儿时，日头偏西，待摘下几兜杨梅时，天色已晚，傍晚时分乌云密布，下起大雨，在阵阵电闪雷鸣中祖母牵着叔父往回走，一路狂奔跌撞，祖母小产。在那个雨横风狂的夜晚，祖母生下小孩，咬断脐带，掩埋死婴，带着年幼的叔父是如何走几十里山路回到家的，永远无法想象。

祖母的坚忍顽强由此可见一斑。她没文化，她的世界就白囟村巴掌那么大的，乡里、县里都很遥远，再远的地方就是和月亮上一样的传说。外面任何大事大道理，曾经的任何艰难苦楚，从她嘴里冒出都成了居家过日子的细碎家常。每当和祖母坐在走廊的小板凳上，望着远处的"笔架山"，有一搭没一搭拉话，就觉得世界很小、很静，阳光很温暖，风儿很轻柔，时间过得很慢……

从我有朦胧的记忆起，祖母就是忙碌操劳的身影，起早贪黑，忙里忙外，挣工分，种菜种红薯苞谷洋芋，养猪养牛养鸡鸭鹅，洗衣做饭，给祖父烤红薯酒等，整天忙个不停。近八十岁，腰已经弯得像虾米了，还扛着锄头下地种菜，挑粪积肥，养一大群鹅，独自生火做饭。她说，自己做来吃舒心随意。直到前年，她不小心摔了一跤，把腿伤了，才和父母一起吃。即便如此，在人情往来上她还坚持自己的礼节，做到"礼性周全"。从祖母身上，我读懂了一个平凡而伟大的女性，读懂了天下许许多多祖母，读懂了那份沧桑宁静悠远。祖父祖母一辈子去过最远的地方，就是1987年去湖北当阳，他们小儿子那儿。当年叔父在部队是一个基层干部，婶婶是一名幼儿园教师，两个人白手起家，经济不宽裕。他们在那儿可能留下一些酸涩记忆。每每回忆起那一年时光，祖母常常一句话总结他们过得也难，连一台电视机都没有。祖父只是埋头喝酒很少说这些。

祖父老年嗜酒嗜烟嗜呷家禽"翘屏"（屁股部位）。酒是自家烤的红薯酒或洋芋酒，烟是自己种的味道冲口、焦油含量大的老旱烟。他酒醉而歌，起居随兴，性情散淡，生活全无规律。1994年初夏，突然胃疼。叔父闻讯带了五千元钱匆匆赶回家，婶婶深明大义，把刚存进银行的全部积蓄取出来。叔父和父亲一起带着祖父去大水田乡卫生院、隆回县医院检查。结果出来了，是胃癌晚期。医生说来日不多，准备后事，多加孝敬吧。父亲和叔父对祖父谎称只是小毛病，回家请幺舅爷爷（乡村郎中）用草药调养就可以了。

　　按照一般做法，如果儿女有经济条件，或者本人有公费医疗，应该就此住下，在医院度过余生，既减轻自己的痛苦又减轻儿女负担。但当时两个条件都不具备，祖父是一个土里刨食的农民，无从谈公费医疗，那时候连农村合作医疗都没有。儿女的经济条件呢，父亲也是面朝黄土背朝天、望天呷饭的农民，我弟弟妹妹都在上学，弟弟上高中，妹妹读初中，我当了几年大头兵刚进军校，每月津贴八十元，只能自保。父母供弟妹上学已经是当牛做马，手足胼胝，每花一个"银毫子"都捏出水，呷菜都缺油少盐，家里实在拿不出钱来给祖父住院治病。叔父和婶婶的工资都不高，还要养家糊口，他回湖北时，带回来的五千元花得只剩下几十块钱的路费。

　　祖父知道自己撑不了多久了，反复叮嘱父亲，家里两个小孩读书，负担重，丧事从简，不能在家里停留时间长，甚至哪一项该怎么开支，怎么样才能省一点儿，请谁来当"家管"等等，祖父都一一交代好。叫叔父不要回来，让他务必安心在部队工作，自古忠孝不能两全。祖父不知道叔父已于年底确定转业了。祖父临终前把叔父过年时寄回来的那一千块钱，小心翼翼压在床头，数了又数，反复盘算怎么开支。

　　1995年正月十四日未时祖父辞世，享年六十五岁。祖父1930年4月6日子时生于白马山水洞寨，安葬于白凼村"禾树垴弯"，即竹节玉后面的椅形山，我们自己家的自留山，和曾祖母米氏婆婆相伴一起。墓地山形如太师椅。

祖父病重期间，父母服侍床前，极其辛劳。白天父母轮流外出干农活儿，有的活儿只能晚上在月亮下或摸黑去做。祖父被病痛折磨，疼痛难忍时，多次悄悄翻找出绳索等物想寻短见，幸亏父母随时有一人在旁，发现及时，哀求苦劝，请祖父替子孙后代着想，千万不能走这条路。在农村，老人因贫困病痛自杀率高，尤其是边远农村更是常见。老人"凶亡"不但有辱家名，而且会使后代抬不起头来，命运不济，子孙不旺。祖父病中呻吟，他这辈子什么都呷够了，就是酒没呷够。祖母遵医嘱坚持不让祖父喝酒。可这时候陶罐里那点儿红薯酒、洋芋酒或苞谷酒对祖父来说是浇灌生命的甘泉，缓解痛苦的良药，他有时候自己撑着一点点挪过去，舀酒喝。父亲说："这个时候还拦什么呢，随老人去吧。"

祖父的丧事办得很简陋，简陋得有些寒酸，只是把老人"送上山"而已。祖父在世，父母赡养服侍尽力了，了无遗憾。薄葬，是祖父遗嘱，也是家境所迫。厚养薄葬是儒家思想，安葬的薄与厚那是做给生者看的，随各自能力和意愿吧。父母每每回忆起祖父替儿女着想的点滴，就感动唏嘘。祖父去世时我在上军校，才开学几天，收到父亲的信得知这一消息又是一个多星期后。当时我有写日记的习惯，回想起那一夜我心神不宁，老睡不踏实，这也许是一种心灵感应吧。

祖父的一生不是浸泡苦水里，就是暴晒烈日下。用乡亲们的话说，没有享过一儿点福。一个外来小姓，要在一个"丛林法则"盛行的偏僻小山村站住脚跟，支撑门户，经受住种种排挤欺压，其中的难处煎熬让人无法想象。就说房子吧，老屋是祖父从地主那里分来的，和邻居也是亲戚共一堵木墙，稍有纠纷，人高马大的邻居就爬上屋顶，把祖父"灶屋"顶上盖的杉树皮立即扒掉。祖母戴着斗笠生火做饭终不是长久之计，祖父只能杀鸡宰鹅，赔笑脸请人调解。为了那栖身的老屋和宅基地，我小时候见过祖父太多的无奈与无助。这些，我在散文《老屋》中有所提及。祖父曾说，他那百十斤幸好有骨头，不然早就被人嚼碎呷了。

祖父对我们兄妹仨的教诲融入日常的点滴，如早起即庭扫洗漱，有客人来访怎么招呼，怎样端茶倒水，收拾餐桌，呷酒席如何就座，如何敬酒夹菜，甚至如何走路等。我们一些上不了台面的行为习惯，祖父看到了就纠正，随时随地教育。祖父教育我们时一些俗言谚语常挂在嘴边，如："看菜呷饭""出门看天色，进屋看脸色""聚家犹如针挑土，败家宛如水淘沙""吃不穷穿不穷，人无划算一世穷""人活一张脸，树活一张皮""人凭良心树凭根"，等等。这可能就是中国传统文化中极为看重的家风家教吧。

　　祖父会唱"夜歌"，记得小时候睡眼蒙眬中经常有人来请，有时候深更半夜来敲门。唱夜歌，就是有老人去世后，晚上在棺材边摆一张大鼓，边打鼓边唱歌。祖父说，这是庄子传下来的，庄子老婆死了后不是"鼓盆而歌"吗？祖父说起那些"安神"的符咒，很古老很神秘很恐怖。如果"神"没安好，或者"安神者"功力不够，就会惊动亡灵，出现不好兆头，乃至出现"诈尸"。我想唱夜歌主要是让守灵的亲朋好友不感到清冷凄苦寂寞，尤其是在漫漫长夜，把死者一生的业绩，成家创业的艰苦，养儿带女的辛劳，送儿女读书的负重，即兴编成歌词婉转哀怨地唱出来，这是对死者最好的祭奠和怀念，对生者莫大的安抚和劝慰。有故事有细节有描绘有对话有旁白议论，唱到动情处，闻者肝肠寸断，泪水涟涟，棺前跪下一片，哭声震天。由于唱词都是基于以前或临时对死者的了解，见机行事，现炒现卖，极其考验"夜歌者"的口才和应变能力。如有的丧家有子女在外当官的，有出息的，要围绕他多唱几段，唱些好听的话，丧家会感到脸上有光，也许当即奉上一个小红包等。我小时候觉得好玩，晚上呷过饭后，就着点燃用来照明的"竹片"跟祖父学过几回。他高兴得直捋花白的连腮胡子，好像他的"衣钵"后继有人一样。我至今记得有几句唱词："日月不老西去东藏，山河不老冰雹风霜，树木不老刀砍斧伤……"至于怎么"安神""起鼓"，全忘了。

　　儿时我认为祖父很了不起，他一个"睁眼瞎"怎么就记得那么多古

猪，春糍粑，正月里有客人来拜年，美食喷香，炮竹声声，全家人其乐融融。

父亲兄妹仨，父亲、姑妈、叔父。父亲长叔父十一岁。母亲回忆，她嫁过来呷婚宴酒时，叔父正读小学，顽皮地钻进桌子底下，客人正呷饭时把桌子顶起来。

姑妈修姑嫁本村曹家，育有三女，小芳、小翠、满女，其中满女送人抚养。姑妈一生命运多舛，先是求儿心切，因计划生育历经磨难，以致精神恍惚。后来房屋遭受火灾，半生积蓄，化为乌有。多亏姑父能干，开展家庭养殖业，精打细算，勤俭持家，光景尚可。

叔父光复少时顽劣，不事农活儿，让他砍柴，捧本书（估计是长篇小说）慢吞吞的能把路上的蚂蚁全踩死，边看边走，走到山下日头偏西，找个平展的地方坐着看一晌。黄昏牛羊入栏，倦鸟归林，山村炊烟袅袅时，他还是捧着那本书，以同样的姿势往回走……诸多"糗事"，至今坊传，已为笑谈。叔父中学毕业当兵，在湖北当阳空军某部服役十几年后，营职转业到湖北宜昌市建委任职，享受处级待遇。婶娘当阳简氏简燕，幼儿园教师，性情贤淑，持家有方。膝下一女，刘菡，嫁湖北随州任家，生长女任涵悦，次女刘任馨。

我们家族"世隶耕"，未尝有"仕"，亦未尝有闻。叔父是家族走出大山的第一人，改变了我们家在当地卑微的形象，提振了家族的名誉声望，给我们兄妹乃至后世子孙打开了一扇外面世界的窗户。大山沟沟里白云深处的人家，大多以有一位在外面工作的亲戚为荣，如果是工作体面、地位显赫更是眼睛朝天看，说话高三分。我们小时候也未能"免俗"，以在远方当军官的叔父为自豪。叔父每次回家探亲，在亲人面前展现的是他最光鲜灿烂的一面。独自在外打拼，备尝艰辛，他从不言及。领导交给你任务，要当作是看得起你；少说话多干事；报喜不报忧等。我当兵后，他多次来信，谆谆教导。他对我们兄妹仨的成长在精神层面上的影响很大。

父亲承友，是个老实本分的农民。身无长技，以种地为生，农民的思维、眼光、观念，农民的言谈举止、生活方式、待人接物。有时候被沉重的家庭负担压得喘不过气来，或被命运的踩躏欺凌逼迫到狭窄阴暗角落，他眉毛紧蹙，半天憋出一句话：我就这个能力，我一个农民能怎么样。当然，他身上也有农民吃苦耐劳、忍辱负重、精打细算、勤俭持家，朴实善良的品质。

父亲性格敦厚，性急，务实，不虚套，有事说事，就事论事，无事不闲聊。即使现在，我时常打电话回家问候家里情况，如果是父亲接的，他劈头就问，有事吗？有事就说，没事就挂电话，忙着呢。他一年四季从早到晚忙忙碌碌，挂在嘴上那句话是，农村里的活儿是干不完的，一个农民不干活儿呷什么？父亲的性格可能因为他是长子，和所承担的家庭重担有关。父亲和叔父的性格迥异，叔父继承了祖父自由闲适散漫的性情，兴之所至，情感勃发，有烟时思绪翻飞絮絮而谈，有酒即指点江山豪言壮语。

父亲像中国大多数农民一样，毕生劳累就为了三件大事：孝敬父母，为父母养老送终；抚育儿女，供其读书，指望儿女有出息；修一座遮风避雨，在当地不算落伍的房子。此三事父母当作责任义务也是事业。尤其是为了儿女不再像他们那样土里刨食，他们呷苦受累，忍气吞声，四处求人，当牛做马拉着生活的犁耙手脚并地几乎是跪着往前爬。我们在艰难无助、茫然四顾时，也怪父亲目光短浅，能力孱弱，不能给我们创造好一点儿条件。但回头一望风雨中烈日下父亲白发苍苍、瘦小佝偻劳作的背影，就无语凝噎，什么话都讲不出来。是的，他一个老实本分的农民，给予我们生命，把我们养大，不至于挨饿受冻，没有中途夭折，供我们上学，就已经竭尽全力了。

我们在历经磨难后，才发现父爱如山，仁者乐山。古人云，毋以财货杀子孙。林则徐说："子孙若如我，留钱做什么，贤而多财，则损其志；子孙不如我，留钱做什么，愚而多财，益增其过。"父母教会我们正直清白做人，真诚踏实处世，给了我们健全的体魄和心智，人生的路全靠我们自己走。因为自己的不懈努力，人生才如此充实完美，才能品尝生活的甘甜，才懂得感恩惜福。我自己的以及从周围观察到的人生经验是：这个世界没有救世主，不但亲生父母管不了你，谁都管不了你，一切全靠自己奋斗。完全靠父母的，没有成器的！

听祖母和上了年纪的邻居说，父亲小时候话不多，大人们围着火塘聊天时他猫在一旁闷声不吭，很多时候大家忘记了他的存在。弟弟让良遗传父亲的性格，话少，小时候大人说话或有人逗弄他，不说话也不哭闹，就那么瞪大眼睛看着听着，所以邻居一位奶奶给他取绰号"猫头鹰"。

父亲少时勤快，每天上山砍柴，柴火堆成山，露天放久了，有的腐烂，乡邻戏称"柴主"。父亲去大水田读书很辛苦，刮风下雨，每天天蒙蒙亮呷点剩饭出门。冬天冰天雪地，没鞋子穿，早上米氏婆婆用笋壳叶子把父亲的脚仔细包好，不晓得笋壳叶硌不硌脚，不晓得一天下来"笋壳鞋子"烂成什么样子，没有问过父亲。几十年后，我们重复父亲的经历，去大水田乡政府所在地上学，山路弯弯，情景依旧，只是我们条件稍好些，冬天有"解放鞋"穿。由于路途较远，每天两头黑，特别是冬季。我们兄妹大多在学期开学跑上一两个星期后，就寄宿学校。读寄宿，花钱多，还想家。年幼，没离开过家门，尽管家境贫寒，缺油少盐，勉强温饱，但还是想家，夜幕降临时想父母的唠叨乃至责骂，鸡鸭入笼的叫声，秋虫的鸣唱，火塘边的温暖。

父亲小学毕业，恰逢"文化大革命"，据他自己说成绩尚可，但没继续求学，回乡"挣工分"。当年，中国还没普及五年义务教育制，更没有九年义务制的说法。父亲这个文化水平在偏远农村还算得上"知识分子"。想象得出，他刚回生产队参加集体劳动时也像很多年轻气盛、血气方刚的年轻人一样，外表温良，内心波澜，期望在广阔农村干出一番事业。无奈心比天高，风高浪急，脚步趔趄，他无法把握命运颠沛的帆船，错失诸如当兵、厂矿招工等逃离"背犁耙"的机会。

父亲弱冠之年结婚成家。母亲本乡木瓜山村西鸡界廖氏伟娥。两人系父母之命，媒妁之言。母亲姐弟八人，她老大。母亲只读过一年小学，还是三天打鱼两天晒网，然后干脆回家干活儿。母亲的祖父耄耋之年尚挖地播种，割草喂牛，活到九十多岁。外公腿微带残疾，和外婆均不识字，朴实善良，老实本分到有道理都说不出个所以然，唯一的"活路"就是向土地"讨呷"，无论风雨，起早贪黑地干活儿。母亲的祖父和父亲重男轻女，舅舅们中学毕业，几个姨妈都只上过小学。母亲年幼辍学后，就在家没天没夜做家务、干农活儿，还要带下面的弟弟妹妹。母亲回忆她的祖父和父亲干活儿又蛮又犟，当年他们都是壮劳力，母亲经常跟着他们走几十里翻过几个山头去干农活儿，摸黑回来时还要挑担柴火。山路崎岖，柴草沉重，母亲身单力薄，脚下打战，几次差点摔下悬崖。茫茫夜色中她禁不住失声痛哭，她的祖父不但没有好言劝慰，反而大声斥责。路边的苦蒿草也慢慢长大，母亲在繁重的劳动中长大成人。母亲回想在娘家最大的好处就是能呷饱饭，几个劳动力开荒种地，加上外婆精打细算会过日子，即使最困难的年月，家里也没断过粮。

外婆家留给母亲的回忆是苦涩与酸甜，但留给我们的是宁静与温暖。小时候正月里我们兄妹跟父亲或母亲去外婆家拜年，那是最期盼、最幸福、最欢呼雀跃的事。我们沿途乡间小路，爬上一道高坡，隐约看到外婆家云雾缭绕的木房子，依稀有欢笑声，甚至听得出是三姨或二姨的声音，父亲开始燃放爆竹……热气腾腾的茶水，美味可口的饭菜，嘘寒问暖的关切，还有难得几天不会被父母吆喝干这干那。艳阳高照或白雪皑皑，我们和年龄相仿的小舅、小姨一起疯跑、打闹、玩耍。小舅只长我一个月，小姨比我还小。一晃多年过去，外婆和外公先后作古，舅舅姨妈各自成家立业，搬离他处。小草啃噬山路，风雨侵蚀故旧。低矮的老房子由于长期没人住，年久失修，风雨飘摇，荒草没膝。外婆家那几棵风姿绰约的毛桃树，那点缀璀璨山坡的木槿花，那吱哑作响的菜园柴扉，早就在年年相似的野草春风里不知何处，但一直温润抚摸我的记忆，让我在每一个黄昏回望老家的方向时，莫名伤感。

父母结婚，父亲穿一件黑色灯芯绒衣服去接亲。母亲后来再也没见过那件衣服，疑惑问起，父亲才说是跟别人借的。那年月大家都穷，谁家走亲戚，大人小孩向邻居借件好衣服出门，不足为奇，但当新郎官的衣服向别人借就罕见了。

在老家乡村至今如此，子女婚嫁后，父母就算了却心事，大功告成。我们家亦如此，父母婚后不久即与祖父分家，得一口小锅，两间房屋，一间灶屋，一间卧室。祖父宽宏，没有分外面的欠债。

母亲怀上我时梦见一条大青蛇缠腰，所以我名字里有个清字。当时父亲在苏家冲修建代号为"803"的国防工程。后来因某些原因，该工程停了，父亲也闲在家中。母亲独自在家随生产队出工，饱一顿饥一顿，晚上累得不想动了，一个红薯两个土豆也能对付一顿。傍晚收工时如果能从稻田边的水沟里捉到几条泥鳅，放在火塘里煨熟，那可是喷香的美味。父亲在"803"每星期打一次"牙祭"，能呷上几块肉。母亲吞咽着口水央求父亲，下次打"牙祭"时省点，包两块肉回来给她尝尝。母亲望眼欲穿，直到父亲从"803"卷铺盖回家，她都没呷到。母亲怀我七八个月时，挺着大肚子回娘家，外婆见母亲面黄肌瘦的样子很心疼，吩咐大舅把家里喂的那条大黑狗宰了。一条近二十斤重的土狗，炖上，母亲几顿连汤呷完。母亲说，我能养活搭帮了那条狗。我出生时，姑妈忙着生火做饭，饭滤出来，才发现忘了放米，还是那点儿剩饭在锅里翻滚。祖母大清早去公社食品站排队买肉，天黑时两手空空回来。母亲见了，大哭。做"三朝酒"，家里终于杀了头猪，净重三十七斤。锈迹斑斑如火盆的小铁锅终于见到了油，薄窄的肉片沾在锅上，铲不动。每道菜一端上来就一扫而光，最后把碗都舔干净。这些都是母亲的唠叨，和我有关的呷的故事。

父母生我们兄妹仨：让清——我 1971 年农历十月初七酉时生，1990 年 3 月入伍至宁，从军二十六载，团级转业，入职江苏省政协。娶妻四川吴氏淑芳，生子宇翔。

弟弟让良，1975 年 9 月 29 日生，1996 年考上邵阳师范学院，毕业任教，后从政。娶妻谢氏艳梅，生女心怡，子君陶，女清欢。

妹妹喜琼，1977年5月19日生，卫校毕业，性情稳重聪慧，因幼时脸部破相，工作婚姻几经周折，经不懈努力，上天垂爱，终有所得。工作在金石桥镇政府，嫁荷香桥周家，生女怡然。和前夫有子廖湛秋。

让良出生时我全无记忆，只记得他牙牙学语时不会喊哥哥，我抱着被子或枕头把他压在下面，他面红耳赤地拱了起来，我惊讶他怎么那大的力气。妹妹喜琼出生时，我记得太阳有一竿高了，我好像在放鸭子，一会儿往家跑一趟。我站在老屋外的凳子上，母亲在里面昏暗的卧室里叫我去喊祖母和"毛衣洞"的老婆婆。我爬上房屋后山坡上的菜地，那时候感觉后山坡好高哟，爬了很久才爬到上面。后面的事就模糊了。

我们三兄妹儿时为做家务活儿，为呷得像那些兄弟姊妹多的家庭一样打打闹闹，长大各自成家，天各一方，平常难得一见，彼此默契，相互帮衬，相互理解，互不计较，尤其是对待渐渐年迈需要赡养的父母，各尽所能，承老人欢心。我一直认为尽孝主要是尽心，尽自己能力，不要相互攀比，若一定要比，只能比谁更孝。做人做事摸着良心，扪心自问，无愧于人于己于天地即可。《礼记》中关于孝道：大孝尊亲，其次弗辱，其下能养。因为自己的能力德行使父母受到人们的尊重，这对于我等普通人可能难以企及。莫言那句话说得直白，大意是人活着要对生你的人和你生的人负责。也正是如此，人类社会才生生不息，繁衍向前。

村里和父亲年龄相仿的人大多出门打过工，父亲就守着几分贫瘠土地，没出过远门。至今，去过最远的地方是湖北当阳，叔父当兵的小城。那时叔父和婶婶尚未结婚，父亲代表祖父去考察了解叔父的亲事。父亲当阳之行是我们家一件令人激动兴奋的大事，对于父亲来说无异于一次辛苦之旅。他一路上小心谨慎、省吃俭用到宜昌，找了个邮电局给叔父打了个电话，接线员说通了，听了半天没声音。父亲付钱出来，看到别人打电话的样子，才晓得刚才自己把话筒拿倒了，听的那头用来说，说的那头用来听了。父亲文化不高，见识有限，平常只是从电视或与人闲谈了解外面的世界，加上性格固执，仅凭他的经验和见识处理暗流汹涌、江河日下的世事，即使"窝"在偏僻小山村也曾数次上当受骗。

家里父亲说了算，母亲只能算是"参政议政"，需要做件什么事，她得在父亲耳边反复说，耐心劝，才有可能办成。我们小时候的穿戴，全是补丁摞补丁，有时候要买个学习用品，只能悄悄跟母亲说，再由母亲和父亲商量。家里需要开支的地方多，经济来源就指望母亲喂猪或卖点鸡鸭什么的。父亲当家只能靠省，一分钱能捏出水来，从牙缝里抠，舍不得吃舍不得穿。从小到大，我到姑妈那儿做新衣服的次数能数得出来。尤其是十几岁，情窦初开时，希望能穿干净、体面点儿，可身上总是破衣烂衫，在女同学面前说话都不好意思抬头。若干年后，有同学说我当年成绩好，高傲。大笑中丝缕苦涩。我在司门前读八中，得走近五十里，能蹭到车的机会不多，有时得挑几十斤米去学校，由于没钱交伙食费，还是经常"断炊"。冬天没有棉衣，穿母亲一件黑色灯芯绒棉衣去上学。山路漫漫，冷雨潇潇，至今难忘。

父亲年轻时当过生产队长，带领社员们出工干活儿。我曾经问他，为什么要去当那个生产队长？他说，那个时候年轻气盛，想进步。我完全理解父亲，一个农村青年，内心深处总躁动不安，想干一番事业，想站在高处，出人头地，甚至幻想有一天走出大山，呷上"国家粮"，光宗耀祖，衣锦还乡等。那种强烈的愿望和冲动，哪怕只是波涛汹涌中的一根稻草，也要去想办法抓住。这是一代代"遗传"的梦幻。后来，我在军营读路遥的《平凡的世界》，就被书中主人公——农村青年孙少平梦想跳出农村，与命运顽强抗争的种种举动，引起心理的共鸣、感动与震撼。

父亲生产队长卸任后，又担任过民兵连长、村团支部俱乐部主任、夜校老师，20世纪80年代中期参加过乡计划生育工作队。"搞计划生育"是一个轻松活儿，父亲把它当成农闲季节的一个"副业"去做。只要乡里计生干事叫一声，他就跟着去起哄，像打猎喊山一样。母亲坚决不让父亲参加，说不让别人生孩子，那是断子绝孙的事，在母亲的坚持下，父亲也就不再跟着跑了。

父亲在生存的沼泽地里摸爬挣扎，拉着命运及全家老小生计的犁耙往前走，复杂的人情世故把他煎熬成现在这个样子：一个现实、实用主义至上的老农。他这辈子最大的成就可能就是把我们兄妹拉扯长大，目送我们走出那个偏僻小山村。以他的能力，也只能是目送我们离家的背影渐行渐远。晚年就是竭尽全力把木房子拆了，翻盖一座跟得上趟的"小洋楼"，这是他的梦想，也是他的门面。

父母供我们兄妹读书，主要靠父亲精打细算做点儿小生意，开一个小代销点，卖点烟酒油盐针头线脑等日用品。隔上三五天，父亲要去趟木瓜山或县城进一次货，大部分去县城。那时从家到县城，得天蒙蒙亮就起床走七八里乡村小路，再坐轮渡，去赶木瓜山水库每天唯一一趟进城的车。如果没赶上，就得再走七八里去苏河。父亲为了能赶上木瓜山水库的车，清早天没亮就出门赶路，在县城东跑西颠忙得脚不沾地地进货。他的钱捂得紧紧的，一分都舍不得花，当然也没空停下来呷东西，他要趁早把清单上的事情办妥，一定得赶上那唯一的一趟车。父亲满头大汗，一路颠簸，小心护卫把鼓鼓囊囊的大包小包、瓶瓶罐罐随班车运到木瓜山水库管理所，再肩挑手提一件件挪到水库码头边，搭船，到白凼村水尾处……卸下货物，这时经常寒月如钩，暮色沉沉，远处近处传来阵阵犬吠，谁家飘出诱人的饭菜香，父亲喉结一咕噜禁不住做了个吞咽动作。这时，他还是昨天晚呷的饭，已经二十多个小时没呷东西了，甚至连水都没顾上喝一口，肚子早已饿过头，没了饥饿的感觉。此时，母亲已经喂过猪牛、鸡鸭入笼忙停当家务，打着手电等在码头。父母在夜色中就像两只悄无声息的蚂蚁一点一点把货物搬回家。

父亲挣钱，就像从汗水里熬盐巴。父亲常说，我呷了那么多苦，如果你们兄妹没有出息，我心口这股气都呼吸不畅。

后来，最让父母操心的是妹妹喜琼的婚事和工作。父亲希望能给女儿谋得一份安稳体面的工作而经历的种种艰难，是很多优秀的小说家都无法想象的。其实，这归根结底还是父亲作为一个农民目光的短视、能力的局限，没让妹妹读高中考大学。如同当年我高中只读了一个学期，父亲就让辍学外出打工，由叔父领着介绍去湖北宜昌某印刷厂，学徒一年，月薪八十元，年底回家，上交五十元，糊口而已。现在回想，如果当年我把高中扎实读完，后面的路也许不会跋涉得那么苦难、趔趄。少读一年，枉走十年路。这是我最刻骨铭心的体会。古人云：万般皆下品，唯有读书高；家无读书子，官从何处来；书中自有黄金屋，书中自有颜如玉……这可能有"古墓"一样的腐朽气息，但干任何行当都得靠文化打底，这是不可否认的。父亲对我的期待，可能是学门手艺，或者和村里其他人一样出门打工，挣点儿钱结婚成家盖房子，像村里绝大多数人一样，碌碌无为，终老小村。当兵后，能转个志愿兵，回到小县城安排一份旱涝保收的工作，这是他所能想象到的。

老家山高林密，地少且贫瘠，加上交通不便，信息闭塞，生活不易。父亲的情感被岁月的风霜雨雪磨砺得麻木粗糙，让我们能体会到温暖温情时刻不多。我只记得上初中二年级时，右脚小腿突然发麻，胀肿，走不动路，父亲来学校看我，甚至悄悄请来一个年轻的"神汉"到教室外面烧纸钱。父亲临回家时塞给我几毛钱，当时对我来说是一笔巨款。还有就是我当兵离家时，他帮我准备一大包教科书，还装上亲友邻居送的一些鸡蛋。后来，那些鸡蛋挤碎很多，把书弄得很脏。一路上，每个新兵都带了些鸡蛋，谁都呷不下，变味了，只得扔了。母亲让我们记住的温馨细节倒是俯拾皆是，随意抽起一个"线"头，都能娓娓道来，绵延不绝。这些，我想以后作文记述。

红尘滚滚，芸芸众生，长河浩渺。在大千社会，历史洪流里，我等只是沧海一粟的"草民"。我的祖上薪火相传，逶迤走来，也只是浊浪排空中的浪花一朵。

近几十年来，国家实行严厉的计划生育政策，加上生活水平的提高，人们养儿防老、养儿续香火的传统思维在中国很多地区已消融、解构，老家由于落后闭塞，这种观念还是比较强。现在社会科技发达，交通便捷，信息发达，人们逐利而居，流动性大，很多人遗忘了故土，迷茫了乡愁。

我们隆回大水田乡白凼村的中山刘氏无论居住何处，繁衍到哪代，都要记住，我们是从哪儿来的，住过哪些地方，我们的祖上历经了哪些苦难，于国于家有过哪些辉煌，有哪些传之子孙的经验教训等。历史的走向需要宏观、粗线条，但更应该有细节、有温度，可感同身受的领会，那就是每一个民族，每一个姓氏，乃至每个家庭，每个生命个体的故事。这些往往最能打动人，最让人唏嘘感慨。祖母、母亲都虔诚信佛，相信生命生生不息，相信人故云了后是去了另一个世界。我独处或冥想时，经常感觉到祖先慈爱温暖的目光像星光一样，穿越时空注视着我们，微笑注视着我们在人世间的所言所行。

感恩中国共产党、毛主席，让我的祖辈翻身得解放，从白马山上一户靠租地种苞谷、住草棚赤贫的农民，"土改"来到白凼村分得属于自己的土地和住处，从此定居，有了立足之地。

感恩邓主席，他高瞻远瞩、大手一挥的改革开放，让我们解决了温饱，有机会多读书，走出大山，放眼世界。

感恩热心真诚帮助过我们的所有人，雪中送炭，锦上添花，滴水星火皆不忘。

童年琐忆

湖南省隆回县大水田乡白函村，是湘西南群山深处一个偏僻小山村，山清水秀，一条无名小河沿着山冲潺潺流淌。河中遍布石头，大者如牛如象，小者似拳像卵。两边崇山峻岭，林木繁茂，依山傍水有梯田星罗。全村百多户人家沿山冲散居，山民顺应农时，土里刨食，日出而作，日入而息。人呷地一生，地呷人一口，旱时有洼田，涝时有坡地，人勤地不懒，一年累到头，勉强糊口。日头徐缓，每天如昨，生老病死，婚丧嫁娶，炊烟袅袅，牛羊哞咩，鸡犬相闻，人情往来，家长里短，山居岁月，有鸡毛蒜皮、口舌是非之琐碎，亦有群山逶迤、地老天荒之寂寥与苍凉。

1971年农历十月初七酉时，即掌灯时分，我呱呱坠地于白函虎形屋场一个赤贫农家。翌日，天蒙蒙亮，祖母上大水田公社食品站排队买肉，天黑空手而归，母亲见状，大哭，想呷肉，嘴里几乎伸出手来。祖父丰云公给我取名"宝孙"。祖上三代单传，头孙添丁，祖父欣喜。母亲力阻，后按辈分排行取名"让清"，我上中学时自作主张改名"跃清"。

祖上以造纸手艺和耕种为生，先祖从娄底新化县孟公镇桥头湾辗转流落至此白马山水洞寨，住茅草屋，租山地种苞谷，数代单传至祖父。土改时在白函村分得地主家木屋几间，始举家搬下山。祖父虽目不识丁，但能说会道，处事公正，深明大义，刚解放时曾担任过农会干部，后担任过多年生产队长，乡邻偶有纷争，均请其评理。祖母蔡氏进秀，不识字，慈善勤俭，虔诚礼佛，生养十一回，仅养活父亲、姑妈、叔叔。父亲光友高小文化，普通农民，当过生产队长、民兵连长，做过小本生意，靠卖力呷苦，精打细算，侍老奉亲，养大儿女，一生操劳。母亲廖氏伟娥仅三天打鱼两天晒网地上过一年小学，近乎文盲。勤劳本分，善良能干，家里家外，一把好手，会做布鞋、烤酒、打豆腐等，在破衣烂衫趔趄过日子的岁月里就靠母亲辛勤缝缝补补。父母都是急脾气，他们干农活儿累了或因生计艰难、生活的碾压磨砺，我们兄妹儿时因为贪玩耽误干家务或打碎碗或做错什么事，少不了挨顿"竹笋炒肉"——用细竹枝抽打，一打一道痕，不会伤及骨头；或"爆炒栗子"——用手指头敲脑袋，生痛。

我孩童时，没有上过幼儿园，那时山村里没有幼儿园一说。整天和小伙伴们和泥巴过家家、爬树、攀石头，与小虫飞鸟走兽游鱼，各种花草树木为友嬉戏。冬夜围着火塘听稀奇古怪的传说，听祖母和母亲絮絮叨叨轻哼老掉牙的谚语、童谣。这些是我的启蒙教材，构成我打量这个世界最初的色彩，也是我一生历经千百次刻画涂鸦，依旧温暖不褪的底色。

老家有俗语，七岁脱牙齿，八岁帮爷使。我很小就帮大人分担家务，大人清早出门挣工分，我们小孩子就在家干些简单活计。印象中五、六月，父母每天出门前，规定我剥大半脸盆洋芋，得够全家人的晚饭。由于穷，加上做饭费时费力，山民一天只呷两顿，至今如此。剥洋芋的工具是一小块瓷片，一般是碗被打碎后留下来的，操作起来有一定的技术难度。让才几岁的我每天剥多少洋芋，当年的苦恼记忆犹新：剥少了，怕挨打受骂，待硬着头皮、顶住屋外小伙伴们的呼唤欢笑声剥完，玩的时间又没有了。那时候家家户户都一样，出洋芋的月份呷洋芋，出红薯的月份呷红薯，出苞谷的月份呷苞谷。我们一家五口人，每顿拌上杂粮煮一升米，盛饭时父母呷杂粮多，我们兄妹仨主要呷米饭。有一年外婆来我们家做客，夸几个舅舅怎么孝顺，把米饭省给外婆呷，他们自己呷洋芋。我也想学舅舅，但一碗洋芋在我碗里翻来覆去，实在吞不下去几个，母亲见状，接过我碗里的洋芋，把碗里的饭拨给我。比较起来，我喜欢呷红薯米饭，有股甜丝丝的味道，但呷多了久了，容易上火。

稍大些，我每天提个竹筒跟父母出工。大人们排着队散开在山坡上挖红薯、拾苞谷，我光着脚丫满坡飞跑捡蚯蚓，"清妹几（伢仔），这边有一条！""喂，这里有一条大的！"不到晌午歇工，竹筒里就装得满满的。一群半大不小的鸭子老远一看到我晃荡个竹筒，忙扭着屁股迈着小短腿像群洋芋一样滚过来。鸭子呷蚯蚓看上去像我呷二指宽的肥肉片一样欢。有的蚯蚓又粗又长，我用柴刀背利索地砸成数段，眨眼间，地上只剩下零星的黏糊糊的土粒和几点血痕。一只只鸭子鼓囊着嗉囊，踱着方步懒散开来，那神态只差缺根牙签哼着小曲了。

儿时身单力薄，只能是在大人干活儿时打打下手。如父母炒菜做饭，帮着生火、添柴，上菜园拔菜、洗菜、剪辣椒。小时候呷辣椒用一把很钝很不好使的剪刀剪，需要技术，干活儿后还双手火辣辣的。还有扫地、洗碗、抹桌椅板凳；喂鸡、喂鸭、喂牛；黄昏时清点鸡鸭鹅入笼；上邻居、亲戚家借个什么东西，传句什么话；种洋芋、苞谷、豆子时帮着拌草木灰、撒种；晒谷子时搬张小板凳坐在阴凉处提防着鸡和麻雀们来呷。鸡雀们不但呷，而且把谷子扒得到处都是。小时候总觉得麻雀是个"小坏东西"，20世纪50年代曾把麻雀列为"四害"之一，据说是因为毛主席小时候看到麻雀呷稻谷，这么说毛主席小时候也干过这活计。其实，麻雀呷稻谷只是偶尔为之，它们最主要还是呷害虫，我也是后来才晓得。儿时，阳明田表姨父给我买过一把黑色玩具手枪，他是后面要提到红梅表姨的丈夫。那是我最珍爱、印象最深刻，但不是曾经唯一拥有的玩具，二舅给我买过一把口琴。表姨父当时在海南某部当兵。若干年后，我才晓得当年父亲和表姨父一起去体检当兵，因为曾祖母极力阻拦，父亲身体合格却没去成。表姨父穿着缀有红领章、五星的的确良军装回家探亲，那份荣耀光彩能照亮一条山冲，很长时间他是我们家最显赫、最引以为自豪的亲戚，直到叔叔当兵、提干。表姨父后来从排长岗位上转业，在大水田乡政府当武装部长多年，我入伍时就是从他手上走的。表姨父送的手枪几天就被我拨弄出毛病，父亲见状，收缴，规定只能在晒谷看鸡的时候玩。父亲想以此来拴住我的"驿动的心"，专心当小看守。但晒谷时就我一个人，小伙伴们早就跑远了。我模仿电影里的镜头，把手枪从腰里一拔，大喊冲呀杀呀，几个来回冲锋就索然无味。

小时候放鸭放鹅最多，持根系有红布条的长竹竿，号称"鸭司令""鹅司令"，没有凛凛威风，只有沉甸甸的责任。童蒙无知，毛手毛脚，走路飞快，家里鸡鸭鹅大都散养，满地觅食。由于走路带风，时有小鸡小鸭躲避不及，丧生脚下，这时肯定免不了一顿责打。放毛茸茸的小鸭小鹅，最紧要的是不能让老鹰叼走了。山村里的老鹰就像个穿黑衣服的特务或幽灵，不知躲在哪棵大树上，一不留神，一个俯冲就把小鸡小鸭小鹅叼走了。所以，村里上了年纪的人有个习惯，在山坡上锄草挖地时，不时冲着房屋的方向喔喔地喊，那是在驱赶老鹰，别把小鸡叼走了。记得我六七岁时，有天早晨，祖母让我帮她放鹅，就在家门口附近的小山湾里，她反复叮嘱我要喊住"矮柏鹰"（老鹰）。我觉得离家不远，老鹰吃了豹子胆？还有，我在和小伙伴们玩时并没有"疯"，不时朝山湾方向打望，老鹰翅膀一掀，就能看得到。当祖母大声没好气地叫我时，我才晓得闯祸了，虽然闯祸的不是我，但挨骂甚至挨打的肯定是我。那次，一只斤把重刚开始退绒毛半大不小的鹅，被老鹰啄得惨不忍睹，胸脯肉都撕烂了，可能是有点儿重，它叼不动，才就地进食。祖母絮絮叨叨斥责我好一会儿，但把老鹰啄剩的鹅肉洗弄干净，炒得喷香时，我还是当仁不让、胃口大开地吃了一只腿。

放鸭放鹅包括养鸡，最容易引起邻里口角纠纷。鸡鸭鹅可不管谁家的庄稼，见了就吃。鹅吃秧（禾）苗像镰刀割草，转眼间哗啦一片，过后即使撒上草木灰，禾苗长势还是差一大截。水稻从开始扬花、结谷到成熟开镰的月份，每家每户的鸡鸭鹅都要关好圈好。平时喂些稻谷、玉米、菜叶等，不能奔走、寻不到活食的家禽们这时屁股都尖瘦尖瘦的。夏末秋初，庄稼拔节结果的季节，如果谁家的"养双"（家畜家禽）不小心闯进别人家的稻田、红薯或玉米地里，肯定有一场是非争吵。双方都是本分厚道人家还好，占理的一方说几声，理亏的一方受几句，赔个不是，赔几升谷米，也就算了。如果有一方"霸蛮"，不讲理，那可就有"好戏"看，你来我往，骂骂咧咧，多少陈芝麻烂谷子的事都翻出来，甚至不相往来数月至数年。"养双"最难看管是在庄稼收获季节，有的地收完了，有的还没收。儿时，每当有稻田收割，父母就让我把鸭鹅赶到还散发着禾草清香的田里去，这样鸭鹅把撒落的谷粒捡呷了，不但不浪费，还节省了喂食。由于插秧时间不一，品种不一，这时候常见的情景是不远处还有零星稻田没有收割，稍不留神，鸭鹅就溜到稻穗累累的田里"大快朵颐"。父母老实木讷，有理都憋不出几句话。邻居家的"养双"呷了我们家的庄稼，他们顶多说两句，还是笑着说，怕别人受不住。但如果我们家的"养双"呷了别人家的，我肯定会挨顿"竹笋炒肉"或"爆炒栗子"，有时候吓得磨蹭半天不敢回家。

有一年水稻收割季节，母亲叫我把家里的几只鹅赶到我们家刚收割过的责任田里，反复叮嘱我看紧点儿。鹅本来是一群，很大原因是我的"渎职"，夭折得仅剩几只。收割后的稻田里散落好些谷粒，得让"养双"赶紧捡来呷了，不然过些日子就会发芽，可惜了。紧挨我们家的是一户廖姓邻居家的田，还没收割。他家的稻都收割得晚，为防止成为鸟雀、家禽的重点"袭击"目标，他在田里插有好几个稻草人，田埂边撒上一小撮一小撮稻谷或米粒，那都是拌过农药的，为防止下雨或露水降低药性，隔几天就撒上新的。每年稻熟，别人家的稻田一般不放药，但廖家肯定会放，不过放之前，也和大家招呼，扬言放药啦，看好自家的"养双"。那天，我看到那些浸泡过农药的米粒，发黄，还拌有细碎的玉米渣，有的米粒被水泡涨了，黄中鼓得白胖，颜色倒是蛮好看的。我把几只鹅，好像是三只或四只，放在我们家的稻田里，并拖来几个稻草蔸当篱笆，做简单的隔离，然后跑到小学校操场上，和小伙伴玩"打仗"的游戏去了。我们家所在地虎形屋场，虽然仅六七户人家，但由于处在整个山冲的中间地带，村小学就建在离我们家不远处，代销点、碾米机（用柴油机带动）等傍依着村小学，村里难得放一次电影、看场戏，或村支部、全体村民开个"几年不遇"的什么会议都在小学校里进行，所以我家附近是全村的"政治经济文化中心"，平日里和那些白云深处、独门独户的人家相比，要热闹多了。

那天我和往常一样，脚底生风，身轻如燕，在阵阵脆亮叫喊声中，跑得满头大汗。不知不觉间夕阳西下，饭菜飘香，锅碗瓢盆交响曲中传来邻居家唤细崽仔回家呷饭的声音，不由得口中生津感觉到肚子咕咕叫了。这时猛然想起那几只鹅还在田里，匆忙赶过去。暮色中它们依偎蜷缩在我家稻田的一个小角落里，像几个乖巧无助、等待大人的小孩，它们都呷得饱饱的，嗉囊扭曲着，鼓鼓的，但是看上去精神不太好，鸭、鹅呷饱了，都是那神态，懒得动，也有可能是呷了浸泡过农药的米粒。我不敢多想，更不敢把自己的担心告诉母亲。那天晚上，我像往常一样，在煤油灯下扒几口红薯米饭，帮着做些家务后，简单洗漱就上床睡了。

半夜里，我睡得正香，母亲突然把一只死鹅猛地扔在我头边，我被吓醒，一动也不敢动。母亲哭喊着，骂我怎么就没看好鹅，一回家早点儿告诉她也行。母亲对呷过农药的鸡鸭鹅救助措施就是趁其食物还在嗉囊里，没开始消化时，将其嗉囊剖开，用水洗干净后，缝上。如此一折腾，那只家禽虽然能侥幸活命，但生长速度就像忽然打个"盹"，比同伴要小一大截。这样做总比被毒死损失小些，毒死、瘟死的家禽有的人家不吃，直接埋掉，我们家是剖洗干净，拌上生姜辣椒炒来呷了，多日没沾油荤的我们还呷得很香。那天晚上，祖父的姐姐曹家冲的姑奶奶正在我们家做客，姑奶奶执着燃烧的竹片劝说好一会儿，母亲的气才算消些。

儿时，因为种种淘气、偷懒，挨打受骂多次，其他都已经忘了，只有从梦中惊醒的那次，一直忘不了，有时候甚至突然醒来。在这里我没有责怪母亲，更没有丁点儿记恨她的意思，只是想起那时候家道艰难，村子里那么多父老乡亲仅为糊口而奔走挣扎，就禁不住黯然垂泪。那时候家里什么东西都精打细算，几乎每分钱能捏出水来。米、肉、油、盐、布等每一样生活用品什么时候动用，用多少都经过反复掂量。哪个亲戚来我们家，如果带来包糖果、点心，母亲都要小心翼翼收藏好，以备人情往来，当然很多时候被"属鼠"的弟弟偷呷了。记得我上小学三年级，曾在一篇作文里写到，有个亲戚到我们家住了一晚，送了一包白砂糖，被弟弟抠了个洞，偷呷了不少，母亲发现后边骂边追，弟弟往楼上跑，眼看快追上了，弟弟突然说："妈妈，你看谁来了？"母亲一回头，弟弟顺着屋柱子滑下去，跑了。作文被王腊生老师当范文读，当时同学们哈哈大笑，谁也没觉得什么，但现在想起不由得心酸。那时候，家里"养双"还没长大，日后的开支就盘算好了，什么时候哪个亲戚庆寿，谁家"过火"（乔迁新居），谁家结婚，生崽等，到时候提一只鸡或一只鸭子当礼物。家里来客了，能够杀鸡杀鸭，那可是最盛情的招待。那时候偏僻小山村的农家生活真可用《诗经·豳风·七月》中的诗句来形容：

> 七月流火，九月授衣。
> 一之日觱发，二之日栗烈。
> 无衣无褐，何以卒岁？
> 三之日于耜，四之日举趾。

换下开裆裤不久，我就开始放牛。用祖父的话说，跟牛屁股。放牛亦有须知，山里的细崽仔都知道。路遇牛一定要贴路边站，让牛先走；牛打架，不要去赶、去拉，得赶紧往高处跑，站在高地方，因为打输的那头牛，一定会慌不择路地往低处跑。这时候低矮的小路上如果有人，那就十分危险。牛，在我们老家有家庭成员一样的地位，对种田人来说可是命根子。我们那儿有说法：如果晚上梦到被牛追赶，就是"家仙"不宁，祖宗因为你的不敬，开始怪罪了，所以牛是先祖的象征。传说杀牛者，会九世为牛。小时候生产队里杀牛的屠夫，满脸锅灰，倒披蓑衣，打扮得奇形怪状。农历四月初八，正是草长莺飞，农事繁忙时，即使再忙，那天也不能让牛下田干活儿，传说是牛的生日，多种版本之一。如果那天让牛耕地，它就会眼泪双流。当然，我没看到过，在我眼里，牛又大又亮的双眼在任何时候都是水汪汪的，温柔，慈祥，如一个敦厚宽容的长者。临到那一天祖父肯定会叮嘱，让牛歇一天，那是观音菩萨说的。那个季节，牛已耕作多日，身形消瘦，泥点斑斑，步态疲惫。这时候把它放在哪儿，它就在那儿一片安静呷草，静卧，不会乱跑。

我刚放牛时还是生产队，山和田地没有分到户，生产队里的牛每家每户轮流放，一头牛一个工分，放十几头牛比一个壮劳力的工分还高，那时每隔几天我就能挣一个壮劳力工分。这样的"好"日子没过多久，就分田到户了。我清楚记得分给我们家养的是一头大黑公牛，乡亲们都叫它"扁担牯"，形如门板，浑身漆亮，牛头昂然，走起路来目不斜视，不紧不慢，真是威风凛凛，尤其是一对角，又尖又长，状如扁担，更添风采。

扁担牯和我们虎形屋场院子，以及周边院子养的公牛都打过架，全被它打得落荒而逃，慌不择路。偶尔有其他院子里的公牛"越界"，发起挑衅，这时候小伙伴们叫嚷着："把扁担牯赶过来！"扁担牯打赢了，我又唱又跳，那份欣喜与自豪就像我自己打了胜仗一样。

扁担牯打架厉害，但呷草很不专心，把它放在哪个山坡，转眼间就不见了。太阳快下山时放学了，小伙伴们结伴叽叽喳喳沿着山冲走，上山寻牛。邻居家的牛大多很快能找到，就在早上赶上去的那片山坡，尤其是有几条带着小牛犊的母牛，很安静，几乎从不乱跑，放在哪儿就在哪儿。而扁担牯就不知道跑到哪儿去了，有时候侥幸能找到，有时候转一大圈都找不到，遁入山岭中，云深不知处，不知道它跑到哪座山头去了。

傍晚，暮色四合，群山俱寂，山村的黄昏炊烟袅袅。小伙伴们欢声笑语地赶着自家的牛往回走，大部分时候我扛一捆柴火也默默地跟着回家。在昏黄的煤油灯下，匆匆呷两碗红薯米饭，我又光着脚丫跟着祖母、父亲进山寻牛，母亲得在家里干活儿，有剁猪草、煮猪食、喂猪等一大堆家务活。夜凉如水，白天光脚丫踩在布满碎石的山径上，没觉得什么，晚上好像每一颗石子都硌得脚板生痛，只能尽量弯着足弓，弹着走，这样好受一些。父亲走在最前面，祖母跟在最后，我走在中间，树林里不时传出野兽踩断枯枝声，或惊起夜鸟扑扑啦啦飞起，我不由得一阵心惊肉跳。尽管老师说"世上无神鬼，都是人造起"，但我还是怕。小伙们说，鬼专挑中间那个人打。

有的人家晚上进山寻牛，边走边呼唤，如果是母牛或牛犊会哞哞叫地答应。但扁担牯像个沉默寡言的"硬汉"，几乎不屑一应。所以我们祖孙仨从不唤牛，只是沿着山道慢慢走，边走边竖起耳朵听，听它在哪边响动。很多回能找到，有时候遇见它正顺着崎岖山路往家走，夜色里老远就能听到它粗重的脚步声和喘息声，这个时候见到它是最亲切、最可爱的。也有过没找到，翌日一早看到它已安详地躺在牛栏里，嘴巴一嚼一嚼的，也有过"夜不归宿"，第二天傍晚才回来。

后来，我们家又养过好几头牛，有公牛也有母牛，还有小牛犊，但没有哪一头像扁担牯一样让我难忘。为此，我曾胡诌过一首小诗，以资怀念：

扁担牯是我们家一员
黑色，一对又长又尖的角像根扁担

扁担牯打架
是我最自豪的时候
小伙伴呼喊着往两边山坡上跑
低吼，往低处落荒而逃的肯定是其他杂毛牛
扁担牯爬母牛
是我最早的性启蒙
就像今天的孩子上网
弹出的色情图片
扁担牯腿野
别人家的牛懂事，就在那安静地吃草
天黑了，扁担牯不知疯到哪儿去了
奶奶爸爸和我呷过晚饭去寻牛
走在前面，走在后面

老师说世上没有鬼，我还是害怕

今天痴迷夜晚的山林，欢喜虫儿唱歌

这份情谊可能由那时的惧怕发酵

就如对父亲的感情从扬起的巴掌下养成

扁担牯是以什么方式出走？

怎么也想不起来了

偶尔想象欣然路遇

两鬓斑白的我

它还认得吗

　　我们家还养过几只羊，外婆家送的。小时候，外婆家养有一大群山羊，公的母的大的小的白的黑的。每天一早打开栅栏羊群涌出时蔚为壮观。记得有一只最大的黑山羊，我们细崽仔能当马骑，骑在上面能飞蹿开去，不过转眼就可能摔个四脚朝天。儿时在外婆家跟三舅或小舅一起放羊，很难忘记某个雨后黄昏，羊群静静地在遍布乱石的山坡上呷草，天边一道彩虹，三舅坐在一块黑石头上，举起右手，手指作剪刀状，朝着彩虹嘴里念念有词："剪，剪，剪……"天边的彩虹果然慢慢一点点消失，天色渐渐暗下来，这时蝉鸣愈响。过年时，我们兄妹到外婆家拜年，我每天和年龄相仿的小舅一起放羊，转眼几天过去，我们要回家了，小舅极力挽留，把他珍藏的"小人书"拿出来让我选，我稍一犹豫，不为所动，还是和母亲或父亲一起回去了。"放牛得了坐，放马得了骑，放羊走烂脚板皮"。山羊呷草是浅尝辄止，坡坡坎坎到处跑，所以放羊是最操心的。我们家里养的那几只羊，让我叫苦不迭，咬牙切齿，从一道山梁追到另一道山梁，从一个山冲追到另一个山冲，有时候边追边哭，叫着喊着骂着怎么也撵不上。

又稍大些，十来岁，身体开始像麦苗一样抽条拔节，这时候除了放牛，还要砍柴，砍柴是"主业"，放牛成了捎带的"副业"。星期天一大早起来顾不上洗漱，拿上柴刀，上山砍担柴火回来。呷过早饭后，和小伙伴们赶着自家的牛，吆喝着，说笑着，把牛赶到几乎固定的"图嘎冲"某处山坡，然后大家就在附近砍柴，有说有笑，山谷回应，好不热闹。上午砍担柴回来，歇会儿，呷个萝卜红薯洋芋玉米或喝几口井水，一天呷两顿，没有呷午饭的习惯，又约上小伙伴进山，砍担柴火，顺便把牛赶回家。

平日里，上学前一大早把牛赶进山，放学后和小伙伴们一起进山寻牛，边走边捡柴火。黄昏时分，牛儿成一串优哉游哉地走在前面，小伙伴们挑着或扛着柴火有说有笑地跟在后面。这时，小山村到处升起炊烟，鸟儿归林，牛羊入圈，鸡鸭鹅叫唤着入笼了，牛哞羊咩声都是那么温柔绵长。夕阳将稻田坡坎上的红薯苞谷地，以及近岭远山涂上一抹金色。大人们劳累一天，收工回家了，歇息了，细崽仔们疯玩一天了，笑声叫声消失在各个火塘边……一切都是那么宁静祥和，就连大人们的斥责声，细崽仔的哭闹声也是那么温暖、温馨。

白凼村的每一个黄昏如一粒种子，根植我心灵深处，长大后，无论我在哪里，每到黄昏我就莫名感动，惆怅，神思。据科学分析，黄昏是人情感最脆弱的时候，游子最想家的时候，也是最渴望现世安稳的时候。小时候，我一个人偶尔在外婆家小住，白天和小舅小姨一起玩，把三舅爷爷家的小狗按在水田里当牛耕地，弄得泥乎乎的。天快黑的时候就想家，望着家的方向出神，想象父母弟弟妹妹这个时候在做什么。我上小学五年级就在大水田中学（那时候小学高年级和初中在一起）读寄宿，每到天黑时想家的心思就像春草一样蔓延，尤其是受了什么委屈时，更想。当时觉得大水田离白凼那个小山冲很远很远，中间隔着数重山，得走好长好长的山路呢。后来，中学辍学去宜昌打工，以及当兵离家，想家的情感渐渐没有那么浓烈了，但每个黄昏依然让我驻足凝神。读马致远的"枯藤老树昏鸦，小桥流水人家，古道西风瘦马，夕阳西下"，李清照的"梧桐更兼细雨，到黄昏，点点滴滴"，崔颢的"日暮乡关何处是，烟波江上使人愁"，佚名诗句"有谁问我粥可温，有谁陪我立黄昏"，以及读到《诗经》中关于黄昏时的情感描写，顿时如电击一般。真是千古同情，亘古同理。

君子于役，不知其期。曷其至哉？鸡栖于埘。日之夕矣，羊牛下来。君子于役，如之何勿思！君子于役，不日不月。曷其有佸？鸡栖于桀。日之夕矣，羊牛下括。君子于役，苟无饥渴？（《诗经·国风·王风·君子于役》）

饱受磨砺，历经沧桑，脚步趔趄，感觉自己永远在路上。来路已经走过很久很远，去路不知何处。每到黄昏，思绪就淅淅沥沥，悠悠荡荡，想这时母亲该在家门口翘首把我探望，唤我："清妹几（伢仔），回来呷饭啰，你跑到哪个云南四川去了？"

春之绿

春季到来绿满窗，山里伢子砍柴忙。春天里，换下厚厚的长满虱子的棉衣，光脚丫奔跑在田埂路上感觉身轻似燕，像踩有弹簧一样，哼着唱着蹦着跳着。如朱自清笔下所言总想打几个滚，空气氤氲，满眼鹅黄苍翠，时时觉得身体里有股莫名的欣喜，情愫在游走萌芽。

春天里砍柴，草木返青湿气重，但艳阳天每日砍三担柴火少不了，因为柴每天要烧的，做饭炒菜煮猪食天冷时烤火，都得烧。柴火得多砍些放在那儿，晒干或阴干，烧火时，随用随取，总不能烧湿柴吧，烟雾缭绕，可受罪了。我们那儿也有儿女几个，身强力壮，还烧湿柴，私下里遭人耻笑。

这时，坡坡岭岭到处开满了花，万紫千红，有桃花红、李花白、菜花黄，还有粉的紫的叫得上名叫不上名的，把整个山野装点得热闹非凡，花团锦簇，引得莺儿啼、蝶儿舞、蜂儿忙。开得最热烈、最张扬的还是映山红，蜿蜒山径旁，一簇簇一丛丛一片片，含雨带露的映山红娇艳欲滴，分外妖娆。映山红可以呷，把花蕊掐去，放在嘴里微微甘甜，我们在放牛砍柴的路上常常采一把大嚼。山上还缠蔓有金银花，听名字就知道是白色或金黄色，长柄小花，淡雅清香，泡茶喝有清热解毒功效。遇上金银花，小伙伴们肯定会不畏荆棘的采摘回去，晒干，一小捧金银花或许能卖一两毛钱，可以买个作业本和一支铅笔。晒干的金银花当年一斤能卖到三四块，最贵的时候卖到十来块。隆回小沙江那时候就广种金银花，每到花期，村里很多人去小沙江帮人摘金银花挣钱。我姑妈曾凑过那个热闹，不过她挣的那几千块钱，被搞传销的全骗走了。隆回发展成中国金银花产业基地，应该就是从那个时候开始的。

春天山上唯一的野果就是"范"，即野生草莓或树莓。我们把树莓叫树菢，长在一种小灌木上，淡白小花，果实由青慢慢变红，个小，稍硬，酸甜。记得图嘎冲有座陡峭的山坡，生产队放把火后种了一两年粟子，肥力不足后撂荒了，长满树菢。我们砍柴放牛时就沿着山坡慢慢往上爬，边爬边摘菢呷。住在"外坨冲"等山上的小学生，放学路上也爬坡摘菢。我曾在山坡上树菢丛里捡到过小书包，被雨水浸得稀烂，不知那细崽仔接下来是怎么读书的。前几年我每次回家，都要到图嘎冲去走走看看，那座山坡早已林木茂密，无法上山，几乎密不透风。草菢长在一种低矮的草本植物上，比草莓高些，个大，入口即化，甜丝丝的。记忆里，儿时最好呷、最美妙的野果可能就是菢了，我们那形容做某件事轻快容易就如呷菢一样。在砍柴放牛的路上如果遇上几树菢，那是格外欣喜的事，自己小心翼翼呷巴几颗，或呼唤小伙伴一起分享，或用宽大树叶包上些带回家给弟弟妹妹尝尝。山上还有一种叫"野鸡菢"，应该算是草菢，还有"乌菢"，一般长在小河边的藤蔓上，一嘟噜一嘟噜的，味道像桑葚，呷过后满嘴乌黑。还有一种叫"蛇菢"，长在伏地的草上，外表红艳艳的像菢，里面呈白颜色，有毒，不能呷。

　　春笋欣欣然酣睡初醒一样，几乎一夜之间落满枯枝败叶的竹林里随处可见一道道裂缝，那是竹笋正破土而出往上长。这时候如果往下挖，一挖一个准。不像冬天里挖笋，完全凭技术，得看山向，看每棵竹子的具体长势，分析其"当界""背界"。这些我都不会，我在腊月里挖过冬笋，忙乎一天，浑身尘土、筋疲力尽就挖到一两根大拇指粗的。邻居中有个叫廖和平的是挖冬笋的老手，一天能挖大半化肥口袋。那时候叔叔还在湖北当阳空军某部服役，每到过年前携妻带女回来探亲。从遥远大地方、远到超出了一辈子没出过远门的祖父祖母的想象的大城市来的婶婶，祖父祖母当作贵宾待，一日三餐变着法子做好呷的。老家话说"抓脑毛心"了，还是怕招待不周，怕饭菜不合她口味，怕怠慢了。婶婶呷饭像猫舔食一样，祖父祖母更担心，后来悄悄见她多夹了几筷子冬笋，于是祖父就从廖和平那儿隔三岔五买些冬笋，炒上新鲜瘦肉，清香脆嫩，细滑可口。我们那时候也偶尔沾沾光，那可能是我呷过最美味的冬笋。

春笋长得快，几天一变化。在山上放牛砍柴时，我曾竖根树枝或立块石头做记号，春笋一个晚上能长几厘米，冒出几片笋壳叶。我们那立夏有呷笋的风俗，寓意细崽仔身体像春笋一样长得又快又高。身处大山，遍地竹林，乡亲们对已出土、见过阳光的笋是瞧不上的，认为呷起来"哈口"，尤其是缺油少盐的年月，呷在嘴里让人有种心慌慌的感觉。

竹子浑身是宝，一生是宝。未出土和刚出土的嫩笋可以呷；晚春及初夏的春笋长高拔节，开始脱壳，抽枝，冒叶，这时候人们就上山砍嫩竹子，劈成片，晒干，做造纸原料。村里曾有过"造纸屋"，后来改革时姑父买下来迁居至此。每到初夏，村里男丁上山把嫩竹子砍回来，劈片，放在一个偌大如池塘的池子里，用石灰泡软，再人工踩成泥，就可以造纸了。我曾祖父业林公年轻时以此谋生，走遍周边百十里大山。我上山砍过嫩竹子，也曾和祖父到龙源村买过嫩竹片，山路漫漫，日高人渴，终生难忘。

春笋蜕变成竹子脱下来的笋壳叶，也可以卖钱。那时候供销社收购，村民从山上捡来，整齐捆扎，挑到十几里远的公社（乡）供销社，能换上几斤煤油或盐巴。我初中毕业的20世纪80年代中后期，正赶上改革开放，全国乡镇企业办得红红火火的时候，我们乡里不知是哪位"领导"从哪里得来的创意，用笋壳叶制造地毯。据说湖南益阳那大地方有个盛产竹子的地方，开了地毯厂，比较成功。记忆里除了老家大水田乡、白凼村，所有的地方都是大地方。我们乡"企业办"的人去考察调研一番后，选派了几个青年骨干去学习了一段时间。说不上是乡里的第几个企业（前几个皆无疾而终），地毯厂在人们叽叽喳喳的期盼与热议中宣告成立。

记得父亲跟我说起地毯厂的事，是一个月光晃晃的晚上，在老房子堂屋前的走廊上。白天我砍了三担柴火，有点儿累。暑假里整天砍柴，无书无报无电视无广播，我只知道山上哪种野果该熟了，而全然不知十几里外全乡"政治文化经济中心"乡政府所在地发生的事。父亲让我到地毯厂去"上班"，我不愿意去。不是从一个山沟沟里的乡镇企业的前途、效益等方面的考虑，我只是害怕同学，尤其女同学们笑话，最主要的原因是我还想读书，上高中。父亲说，去吧，趁企业刚起步，你去了，以后说不定还很难进呢，如果企业发展壮大了，你就是老师傅。在父亲的反复劝说下，我像往常每学期开学一样，挑着简单行李，带上一星期呷的米，去地毯厂上班了。

和我一起去地毯厂的有我们一个村的同学蔡立军，估计他父亲和我父亲是一样的想法。还有一个家住附近的女同学，一个朴实能干的妹仔，后来嫁给一位中学老师。山乡里老师有工作、呷国家粮，也是有身份、有地位的一类……多年过去了，我脑海里还是她十五六岁的模样，微胖，圆脸红扑扑的，一笑很羞涩的样子。一同进厂的还有好几位年纪相仿的校友，男男女女，来自全乡的年轻人。我们的工作就是将染上各种颜色的笋壳叶丝在一个固定架子上编成地垫，城里人放在门口进屋时踩踩去鞋底泥灰的那种。原料很简单，把从山民手里收购来的笋壳叶，先堆在一个池子里用石灰泡软，然后用机器扯成细丝，再染上色，晒干。坐在阴凉的地方干活儿，比烈日里砍柴锄草轻松多了。上班时大家说说笑笑，晚饭后在附近马路上走走，我们几个男同学工友在龙源发电站下面那个深潭里游泳、嬉水，偶尔溜达到乡政府所在地玩。老食品站已空置，被人租下作为录像厅，整天打斗震天响。我们花五毛钱看场录像。那时候的音像市场泥沙俱下，武打凶杀色情的录像片居多，让我们这些情窦初开的细崽仔看得脸红心跳，往回走的路上没法交流，谁也说不出口，当年幸好没出什么事。

天气转凉，快到九月了，父亲可能"回心转意"，还是决定让我去读书。一场秋雨后，在大家的欢声笑语、大呼小叫中我和同学蔡立军赶了辆"小四轮"，去了"声名远扬"、已连续几年高考"剃光头"的隆回八中。记得我们开学没多久，有个周末回家走到龙源时天已全黑，我们还在地毯厂呷过一次饭，风卷残云，香甜味美。和昔日工友们聊起，他们感慨：我们走了后，再也没那么热闹了。还说这厂能不能办下去还不知道呢。果然，没过多久，地毯厂像前面几个乡镇企业一样，没有制造出任何产品，就胎死腹中。记得地毯厂还有个白马山上的女孩，名字忘了，身材窈窕，长相清秀，头发是当时流行的烫卷头发。据说因为不同意父母做主的婚事，喝农药自杀了，甚是惋惜。后来，数读《红楼梦》，我每每由"大观园"想起那段时光。青春是美好的，尽管青涩稚嫩以及羞于启齿的窘迫生计，仍难掩其鲜亮的光芒。

夏天我们在竹林里放牛、砍柴，竹桩盛上雨水后，滋生蚊虫，蚊子很多，稍不留神就浑身红包。我在一篇短文《寿礼》里提到过，母亲背着还是婴儿的我上山捡竹枝，露在外面的小手小脚和脸被叮得伤痕累累。我们兄妹上山捡竹枝只是当柴烧，没有卖过，那时供销社也好像不收购了。碗口粗的竹子一般用来请篾匠编织箩筐、筛子等器具。还可以卖钱，我们上小学初中时好几个暑假，父亲把我们家自留山的竹子砍下卖钱，得从图嘎冲、雪接冲的山脚下扛到木瓜山水库边，根据大小，价钱不一。我上初中时一次能扛两根半不大不小的，弟弟也能扛一根大点儿的。现在，据说老家山上的竹子几乎没人要，家里用具大多成了塑料制品，当柴又烧不完，卖吧，一根竹子从砍到运出来就十来块钱，做小工一天还两百多呢，太划不来了。由于多年没人上山挖冬笋，亦没人砍竹子，竹林越长越密，也越长越差，有的慢慢成片发瘟，死去……

这些是我由春天牵扯出老家竹笋、竹子零零碎碎的记忆。翠竹依依，昔我往矣。

春天里各种知名的和不知名的鸟儿在山谷山腰山峰，在大树上灌木丛里鸣唱飞舞，筑巢，觅食，生儿育女，每个山冲、每条山涧像开演唱会似的。小时候总觉得鸟儿是可爱的、神奇的，它们的生活多自由，想去哪儿就去哪儿，飞着走，可以上天上树上屋顶，到处玩耍不要干活儿，不要担心父母的斥责甚至打骂。当然，有时候也想天黑了它们去哪儿，天冷了它们如何过冬，但几乎没想过它们饿了呷什么，寿命有多长，平时有什么危险……我们那时候没有什么环境保护意识，看到鸟儿就想抓，看到鸟窝就想掏，看到鱼儿就想捞回家，看到蛇就得把它打死，看见马蜂窝就得想办法捅了或烧掉，这是每个山里伢子的习惯，好像天经地义的一样。邻居大点儿的细崽仔爬上爬下抓喜鹊、掏麻雀，我们蹒跚学步时羡慕得眼睛发直，待大一点儿也跟着学。大人劝细崽仔们莫打鸟，说春天打鸟，来生会父母早亡。还说俗语"劝君莫打三春鸟，子在巢中望母归"。后来才知道这出自白居易的《护生诗》，前两句是"莫道群生性命微，一般骨肉一般皮"。鸟自为主，一切生命皆自为主，道法自然。这简单的道理得走过多少路、读过多少书才明白。

冻桐子花后，草木返青时老家开始呷"水牛花粑"。田间地头一种叫水牛花的低矮灰白小草和糯米粉揉成一团，蒸熟，丝缕青绿，甜糯清香，人间至味。江南苏州无锡一带早春也有这种类似的粑粑，他们叫"青团"，是用一种名叫"浆麦草"的野生植物或者艾蒿的汁液加糯米粉和糖一起做的，颜色看上去差不多，但口感和味道相去甚远。

清明时节"挂枪"，是老家春天里比较重要的礼仪。慎终追远，我们每个人都要知道自己从哪儿来，到何处去，根在哪儿，这也是中国人之所以是中国人，我们的精神灵魂所在。老人去世，头三年"挂枪"最隆重，亲朋好友盈门，几套"响器"（锣鼓）喧天，鞭炮响铳轰鸣，仅次于丧礼。当然现在也简单了，只是至亲聚在一起，一两桌客，有的儿女在很远的地方打工甚至没回去。

我们中山刘氏洪纲公大概于清朝乾隆年间从娄底新化桥头湾来到邵阳，隆回旧属邵阳县，全国较大的县治。流离颠沛，辗转多地，三代单传，传至我辈，已有七代。由于祖坟分散，在交通不便的年月，得花好几天才把诸位先祖祭拜到。早年祖父领着父亲祭扫附近的两座祖坟，父亲领着我们兄妹去过，后来我们外出求学就父亲独自一人去。当祖父丰云公也上了祭奠的神龛后，祖父生前最担心祖先的坟地无人祭扫，父亲就领着弟弟让良上坟，现在父亲已老态龙钟，每到清明是让良开着车来回奔波。

南宋诗人高翥描绘清明扫墓的情景:南北山头多墓田,清明祭扫各纷然。纸灰飞作白蝴蝶,泪血染成红杜鹃。日落狐狸眠冢上,夜归儿女笑灯前。人生有酒须当醉,一滴何曾到九泉!

这是人丁兴旺的人家,我们刘家由于祖父往上三代单传,人丁单薄,加上子孙住得天南地北,各自创业,难得聚拢。清明上坟时大多冷清,只是例行礼仪,告慰祖先。后辈皆奋发向上,努力有为,不辱先祖。

花褪残红青杏小,燕子飞时绿水人家绕。大地郁郁葱葱,春深了。乡村四月闲人少,才了蚕桑又插田。老家有俗语"春种如差兵,秋收如抢宝",这个季节山村里最忙。趁天晴收割油菜、洋芋,忙着育秧苗,种豆子、苞谷等;落雨天栽辣椒、茄子、黄瓜等各种菜秧,扦红薯。我们家父亲在山上扦红薯,山地是趁天晴翻好的,母亲在家剪红薯苗,我们细崽仔就披蓑衣戴斗笠用个大竹篮一趟一趟地往山上送红薯苗。来来回回,不知不觉间鸡群唧唧唧柔软温情地叫着开始入笼了,山里雨天黑得早。

子规声里雨如烟。一把秧苗趁手青,开"秧门"莳田,即插秧的第一天得看皇历选个好日子。拔秧、甩秧、插秧、打垄线,蓝天白云或斜风细雨,斗笠蓑衣,青山环绕,田水镜平。"手把青秧插满田,低头便见水中天。心地清净方为道,退步原来是向前。"如果不谈长时间弓腰劳作的辛苦,那景象可诗可画,让人陶醉。偶然读杨万里的《插秧歌》:"田夫抛秧田妇接,小儿拔秧大儿插。笠是兜鍪蓑是甲,雨从头上湿到胛。唤渠朝餐歇半霎,低头折腰只不答。秧根未牢莳未匝,照管鹅儿与雏鸭。"掩卷长叹,感慨良多,上千年来,老家父老乡亲还是如此辛勤劳作。

我们家几位邻居莳田时热热闹闹亲朋好友坐几桌,哗啦两三天就莳完了。我们家莳田大多只是父母冷冷清清地忙,祖父由于年轻时在白马山上种苞谷,不会种田。住在附近的姑妈姑父有时候也来帮帮忙。记忆中,有一次家里莳田,姑妈姑父及毛衣洞的表叔们来好几个,中午呷饭坐满一方桌。就在这时,乡里的邮递员来到家里送信,交给祖父一张汇款单,六十元钱,是在湖北当阳当兵的叔叔寄来的。祖父平常每次收到叔叔的信都很高兴，晚饭后让父亲在火塘边的煤油灯下，用土话逐字逐句地读，有的地方还要读上两三遍，父亲分析解释几句。祖父端着根油亮暗红的长烟杆，看似悠闲地吧唧吞吐着老旱烟，好一会儿才慢条斯理地口述让父亲回信的大意。那天祖父收到叔叔的"汇票"更是高兴，硬把邮递员请到上席，吩咐祖母把辣椒炒小杂鱼和米粉肉再端两碗上来。邮递员几碗烧酒下肚后，一番恭维，祖父也喝得差不多了，话更多。老家莳田月份米粉肉是家家户户餐桌上的"标配"，那肉裹上一层厚厚的糯米粉后，在火塘上反复熏烤，肉色微黄，肥油渗出，浸入米粉内，蒸熟后肥而不腻，香味扑鼻……那天那个身材敦实、脸色酡红、胡子拉碴、浑身有股难闻气味的邮递员几乎呷完一大碗米粉肉。我们几个细崽仔看得直吞口水。祖父对一个乡村邮递员那么敬重，我印象深刻。那时候，家里对"呷公家饭"的人都很敬重，如果乡里干部能"看得起"到家里呷餐饭，不但好酒好菜好饭招待，还在邻居面前深以为荣。不像现在，据在乡镇工作的妹妹说，有时候到了谁家能给个好脸色、不唆狗咬你就不错了，请你呷饭，没门儿。

莳过田后，牛是不能放了，改为每天早上进山割牛草，这是大人的活儿。但细崽仔还得砍柴。

春潮带雨晚来急。冷不防一场骤雨，小河涨水漫堤，浑浊的水卷着枯枝败叶滚滚向前。我们细崽仔最喜欢落雨，这时候田间地里的活儿忙得差不多了，雨天可以不用出门干活儿，可以到小河边看涨水，还可以到"回水湾"的地方去捞鱼。虽然大人见了会担心责骂，但我们还是满头水雾地用一只簸箕在近岸的水草间一遍一遍地捞，收获无几，乐此不疲。

夏之恋

夏季到来风雨急，山里伢子砍柴忙。蝉鸣吵切，日头漫长，整个夏季我不是在山上砍柴，就是在砍柴的路上。每天早饭后，我们三五个年龄差不多的男伢子或站在自家门口呼喊，或上谁家会合（去对门老三家比较多）后，一起上山砍柴。去哪儿，从哪儿走，很多时候是七嘴八舌临时决定，一般哪座山柴火好，哪座山很久没去了，我们心里有数。我们放牛砍柴最远的地方是"黑把夏""燕子潭"附近，那儿流泉飞瀑，有一道高耸入云的悬崖峭壁，还有半大不小的大溶洞。如果不是因为生计，仅以游人的目光打量，那是风景幽美的胜地。从"燕子潭"下面挑一担上好的硬杂木柴火上来肯定累得汗流浃背，气喘吁吁。那时候也不觉得苦，不觉得累，歇肩时和小伙伴们谈笑几句，冲山谷喊几声，山谷回响，或眼望着蓝天白云浮想联翩。前几年，我回家时曾特地探寻去"黑把夏""燕子潭"的羊肠小路，丛生灌木合抱大树及腰深的茅草将小路啃噬得干干净净，看不见任何踪影。

小伙伴们也有意见不一致，彼此闹矛盾，甚至"黑面"，见面把脸扭到一边，不搭话。具体因为什么早忘了，反正没几天又搭话了。小伙伴们砍柴时豆子一样撒在山坡上，大呼小叫，很少碰到野兽，即使偶尔路遇，小动物们亦掉头就跑。稍大点儿了，见到某棵灌木上搭有鸟窝，稍稍避开，尽量不去惊动、破坏。防不胜防的是蛇和马蜂，经常见到蛇盘在树上乘凉，也许刚呷过小鸟或几枚鸟蛋。可能由于砍柴声惊扰它了，在我们屏声息气的"注目礼"中，它缓缓扭动身子，滑下树，从容溜走，样子很"绅士"。夏天傍晚时分下山时偶尔见山径上横着一截小桶粗的杉树或枞树木桩，不经意跨过去，突然暮色中木桩动了起来，前面山坡上的茅草如波浪般往两边涌，哗哗啦啦——这时几乎能把人吓得瘫坐在地上！那是一条巨大的山蟒在乘凉！这种山蟒几乎能把小牛犊、山羊吞呷了，但少有听闻，它们还是主要以小野兽为食。我儿时放牛砍柴被马蜂叮过多次，好几次整个头和脸肿得像个大冬瓜，眼睛肿成一道缝，睁不开，脖子肿得跟脸一样粗，和身躯连成没有"起伏沟壑"的一片。马蜂最"疯"的时候是农历白露前后，和蚊子猖獗的时间差不多。这时候只要轻轻一碰筑有马蜂窝的灌木，立即炸窝，整个蜂窝倾巢出动，团团围住"活物"攻击。有一句歇后语，光屁股捅马蜂窝——敢惹不敢撑，说的就是这个意思。马蜂叮人有个特点，闻风而动，它们跟着风追。如果你不小心捅了马蜂窝，但你又趴着不动，没有暴露目标，马蜂只是出来漫无目的地悻悻转一圈，又回到巢里。被马蜂叮过的红肿处涂抹上母乳容易消肿，但我们那仅三五户人家的自然小山村，很难讨到母乳，只能任其自然消散了。

夏天在山上砍柴遭遇暴雨是经常的事。偏僻山村，几乎没有天气预报一说。遇上大雨，跑回家是来不及的，也不能指望家人送雨具来。群山苍茫，家人不知道你在哪座山头砍柴，家里除了斗笠蓑衣，也没有其他雨具。好在夏天的雨来得急，去得也快。我们或躲在哪棵茂盛的大树下，由于山高，到处是大树，也没有避雷一说。或哪块仅可容身的岩石下，或干脆飞快地砍几把灌木、茅草搭个简易草棚。我在我们屋后面的山上，在"雪崽冲"的山上都搭过草棚……大雨滂沱，远山近岭笼罩在迷蒙雨雾中，风刮着雨，形成一道道雨帘雨幕或缓或急地移动。世界是嘈杂的，又是安静的，我避雨的立锥之地仿佛融入整个茫茫大地，又好像一座孤岛。一花一世界，一沙一世界，我好像是世界的中心，又好像孤独地被世界抛弃。后来我读到笛卡尔的那句"我思，故我在；我在，故上帝在"，如遇故知般感动。大树、石坎、草棚，临时躲躲小雨还可以，对大雨就没办法了。我们很多时候一个个淋成"落汤鸡"，有时仍坚持砍一担柴回家，有时把零乱的柴火丢在山上，落荒而逃。现在每到夏季，乌云摧城时我常固执地站在街边的大树下，邂逅一场含尘土味的暴雨，仿佛和久违的青春撞个满怀。夏天由于淋雨多，早晨蹚露水多，母亲不时用一种长得像"水花生"一样的草煮鸡蛋给我们呷，草的具体名字忘了，微苦。煮蛋样子像茶叶蛋，说是祛寒的。离开家后，我再也没有呷过那种水煮鸡蛋。

那时候我们都是光着脚丫上山砍柴，由于我性格比较莽撞、急躁，不注意一些细小事，身上经常被马蜂蚊虫叮咬，树枝划伤，荆棘扎伤，石头碰伤，走路跌伤，双手双脚几乎伤痕累累。一处还没结疤，又添新伤。有时候枝丫碰触伤口，痛得直咧嘴，甚至眼泪在眼眶里打转，眨眼间又嬉笑如常，毫不在意。砍柴艰辛，因为"少年不识愁滋味"，因为和小伙伴一起，唱歌、欢笑、打闹，我们从未感到愁苦烦闷，一点儿小小简单的收获，如砍几根硬杂木柴火，捡几枚鸟蛋，摘一兜可以充饥的葡萄一样酸甜的小串野果"暖饭团谷"，都是一种难得的惊喜，能让我们高兴回味好几天。中午太阳最热或一早就下雨，我们也会在家歇一天，三五个小伙伴聚一起玩玩扑克，即便四角磨圆，老缺几张，我们也玩得兴致勃勃。我有时从哪个亲戚家摸来一本"没头没脑"的书，如获至宝，看上半天。不知不觉间雨住了，太阳出来了，又得上山砍柴。老家有传说，一个樵夫进山砍柴，观两位白胡子老爷爷下棋入迷，一局未毕，他转身寻找砍柴的斧头，发现斧柄已经腐烂，原来他误入仙境——山中一日，世上已千年。故事流传甚广，很多地方有大同小异的版本，后来才晓得出自南北朝时期的《述异记》。我对这个神话的理解是，山中无甲子，岁月不知年。老家父老乡亲日出而作，日入而息，周而复始，每天重复昨天的劳作，一天就是一季，一季就是一年。今天，人们的生活和多年前先祖们面对的太阳相差无几。整个夏天，乃至一年中的每一天，我们从不为学习、不为考试分数担心。大人也不过问，即使有人问起那羞涩可怜的分数，大人也只是笑笑。我们没有考虑过前途，担忧长大以后干什么。如果硬要撑破脑袋想，我想我们的人生就像祖辈父辈一样，学会顺应农时侍弄庄稼，到了年纪相亲、定亲、娶亲，盖房子、生崽、添孙……

夏天的清早天气凉快，是一天里干农活儿的最好时机。"一个早晨半个工"，勤劳的人天蒙蒙亮就起床，上山砍柴、割草，下地锄草、翻红薯藤。夏天地里的红薯藤必须翻一到两次，不然藤条上的触须会长出一个个指头大的小红薯，根部的茎块长不大。踩田，老家叫韬田，就是光着脚丫踩禾苗周围，有松田实根除草的作用。只有遭人耻笑的懒汉才睡到太阳晒屁股。我们半大不小的细崽仔也趁着天气凉快，上山砍一担柴火回家后再呷早饭。我们家我是长子，清早大多是我上山砍柴，年幼的弟弟妹妹在家帮忙做家务。经常是我满头大汗、气喘吁吁地挑担柴火回家时，看到弟弟妹妹正啃着喷香的烤苞谷棒，那是在火塘里烤熟的，比在饭上蒸熟的更香。这个季节苞谷"缨子（胡子）"可能刚刚变黑。我们那苞谷胡子没黑，大人是不准呷的，认为只有"败家子"才呷嫩苞谷。小时候家里穷，没什么零食，烤苞谷棒可能是最美味的零食了。有一次看到他们一个苞谷都没给我留，只顾自己呷得有滋有味，我很生气，感到委屈。我砍柴那么累，你们在家轻松多了，这时候我就赌气拿起柴刀冲到地里砍上一大捆，哗啦哗啦拖回家。这个过程几乎是哭着骂着进行的，今天已成为五味俱全的笑谈。儿时我缺少沉稳、宽容、大度，多年来，扪心自问我这方面修养一直做得不够。直到现在，我也只能是时时告诫提醒自己不要失态，不要不顾形象，要大度、稳重、从容些。当然，今天我们不会因为烤苞谷棒争吵了，但是要防止因为别的比苞谷棒大一点点的利益而争吵。我们彼此要明事理，识大局，将心比心，以心换心，即使有误会不理解，也要忍一忍，退一步海阔天空，如此才能家和万事兴。

夏天最难忘的是下河洗澡（游泳）。小伙伴们砍好柴火后，来到村里的小河边，一个个脱得光溜溜的如"蛤蟆"一样，扑通扑通跳下河。洗澡最好的去处是"庙现"，那里有几块方正石头，应该是土地城隍庙旧址，即掌管阴间"户籍"的地方。小桥的上游和下游不远处，各有一个灌溉用的简易水坝，我们就在水坝里嬉戏畅游。上游水坝离几位舅爷爷住的毛衣洞要拐个山弯，约里把路，离我们家迈开腿走也要十几分钟。且两个水潭离路边有一箭之遥，相对隐蔽，很是符合我们这些"猛子"疯玩。"猛子"是老家对愣头愣脑男孩的称呼。后来，我们稍大点儿，就"明目张胆""大张旗鼓"地自己动手，在小学校附近的桥下，搬来些石头，利用原来的水潭，顺势拦成一个水坝，深处也近灭顶。桥下水潭很方便黄昏月亮初上时洗澡，那里离家不远，人来人往，不像"庙现"白天都寂静得"鬼打死人"，天黑了更让人感到害怕。那时候，谁家父母都极力反对细崽仔下河洗澡，夏天周边村子不时传来某家细崽仔洗澡淹死了。"欺山莫欺水"，小时候因为背着父母下河，没少挨"竹笋炒肉"，细竹枝抽在刚洗过澡的皮肤上，一抽一道印，先是发白，转眼鼓起一道血红，真是"一捆一掌血，一鞭一道痕"。挨过打后，照洗不误，只是更加小心，更加防备。我们有时是上山砍柴之前洗，有时洗好后回家前故意往身上抹沙子、土灰，搞得脏兮兮的，看上去像是没下过水。

为了方便洗澡，我们很多时候就在"庙现"两边山坡上砍柴，一担柴砍好，汗流浃背，呼啸下山，扑通下河。蓝天白云，青山绿水，濯身山涧，好不惬意。《诗经·伐檀》里说："坎坎伐檀兮，置之河之干兮。河水清且涟猗"，我一直觉得描绘的就是我们儿时砍柴洗澡的情形。在小河里，我无师自通地学会了"仰泳""蛙泳""蝶泳""狗刨式""自由泳"等，这些书面名词，我后来才晓得。那时候只是像条泥鳅在水里，怎样省劲，怎么游得快、游得远，就怎么来。

小河带给我们另一个欢呼雀跃的快乐就是捉鱼。夏天，水量充沛，有虾蟹在浅水滩悠闲地觅食晒太阳，有着美丽花斑的鱼在一个个深潭里漫游，阳光的照射下，历历可数，皆若空游无所依。稍一惊动，它们一闪躲进潭水深处的石岩或石缝里。小河里的鱼一般不大，一二两重我们就惊呼看到"大鱼"了。夏天，我们穿件短裤背心，很多时候只穿短裤，背个鱼篓，有时提一个桶，扛一根长竹竿，竹竿一头绑条泥鳅或一只蛤蟆，沿着小河钓螃蟹，有时一下午能钓大半篓。在小河里钓鱼，我没有耐心，也不懂技术，只能用最笨拙的办法捉鱼。我们的办法首先是将河水分流，搬来些石头，在缝隙里塞上些草苋，修一道简易小水坝，尽量将河水引向一侧的支流。然后在那条近乎断流的主流里"洗石灰"。石灰是从造纸屋附近浸泡嫩竹片的池子里肩挑手提运来的。上面只是涓涓细流缓缓而下,河水很快变得浑浊不堪,躲在石缝里的各种鱼儿纷纷上浮,探头或翻白。这时小伙伴们蜂拥下河,端一只簸箕,见鱼就捞,看谁眼疾手快,看谁在浑水中能准确把握——鱼儿最后那猛一冲的时机和方向……整个河滩像打翻一筐梨一样,人群乱滚,笑骂声、叫喊声、落水声闹翻了天。我小时候总捞不过别人,还老"被骗",比我们大点儿的修挡水坝、挑石灰出力多的细崽仔叫喊:捞到的鱼放一起,统一保管,最后大家平分!我把捞到的每一条鱼以及红尾巴泥鳅(我们也叫沙泥鳅)认真而虔诚地交给某某。没想到他趁我们不注意,不声不响地溜走了,当然属于大家的鱼也全部带走了。我稍大点儿,捉鱼的前期工作也能多做些,捞鱼能力也强些了,但我从没干过欺负小伙伴的事。据说还可以用一种草叶或者新鲜核桃外面的壳在河水里搓出绿油油的汁液来,漫延开,也可以"药鱼"。这种环保生态的技术,我们从来没有试过。

夏季长,活儿不少,出汗多,少油荤,口味寡。这季节如果用小鱼小虾螃蟹炒辣椒,那可是天下最美味的下饭菜,几大碗饭下肚,大汗淋漓。夏日清早,偶尔看到邻居家大人身穿长衣长裤在门口的池塘里用箩筐打捞小鱼小虾。只有细崽仔才干的事,大人居然也去做,当时感觉怪怪的。我们父母从没在门口的池塘里捞过鱼虾,他们认为"好呷"不是好品行。现在我们老屋前的那几口池塘已消失在几座参差错落富有"现代气息"的小洋楼间,难觅踪影。村里人盖房子没有什么规划,想怎么盖就怎么盖。

夏天的夜晚,凉风习习,万籁俱寂,全家老小坐在屋檐下乘凉。不时有小花蚊子和"哑闷仔"叮手脚,得拿把蒲扇或一块毛巾驱赶。望着偶尔有一两点光亮的远山,有一搭没一搭地说话。夜色愈深,星光好像愈亮。远处传来几声清晰的狗叫,各家屋檐下乘凉的人群渐渐打着哈欠回屋里上床睡觉了。这时,或许能看到小河里隐约有火把冒出,时明时暗,时聚时离，时疏时密，形若荧光，飘忽不定，大多数时候是沿着河坝往上走。有胆大者曾悄悄前往，一探究竟，说是一群十三四岁穿白衣服的细崽仔在捞鱼抓虾。这时候千万不能吭声，人一说话，那群白衣少年顿时消失，只留下不舍昼夜的哗哗水声和一片漆黑夜色。据说胆大者跟着白衣少年们走了一段后，没头没脑地说一句："你们的鱼可要给我留一份。"第二天一早，胆大者来到昨晚说话的河滩，在一块平整的石上会有一堆算得上丰厚的鱼虾。夏夜里，河滩上隐约闪烁的灯火倒是见过，白衣少年从没见过。我认为那是村里几个头脑活络的后生在夜里捞鱼，捉"夏蚌"，一种肥硕石蛙，金黄色体大肉肥味美。可老人们说，那是"弹巨神"，一种精灵神怪，常附在古树上，或者说以古树为家。夜间他们以十三四岁细崽仔的面目出现，偶有路人途经古树，行为不端，言语不敬，他们就以"箭"伤人。中箭者身上会莫名其妙地疼痛或溃烂，得反复请罪祈祷，才能痊愈。记得小时候，我们虎形屋场附近有三棵古树。两棵在我们屋场的后山上，一棵是核桃树，有四五人合抱之粗，高耸入云，树冠如云，小时候我们常在树下乘凉捉迷藏。每年五六月份如细穗状的花开清香阵阵，秋天能收获十来担核桃。打核桃时全村男女老少齐出动，热闹如"赶场"（赶集）。高高的树顶上有喜鹊搭过几个窝，也曾突然飞来过一窝蜜蜂，有簸箕大小的。蜂群迁来的时候，像一阵轻轻地敲打铜锣的声音，正在做家务的母亲第一个发现，她保密了好几天，由于树太高，父亲犹豫再三不敢冒险。几天后，一户邻居趁夜色用麻袋将蜜蜂扫下装回家，从此他们家就成了养蜂户，呷上了甜津津的蜂蜜。母亲说，一窝蜜蜂如果数量太庞大，又产生一只专侍生产的"蜂王"，它们就会分家，新的蜂王随时有可能带领部分蜜蜂"分道扬镳"，这是养蜂人需格外注意的。

那棵核桃树之王，在村里分田分山到户后，被一户邻居费了九牛二虎之力一点点砍了，理由是大树遮住了他们家的庄稼地，使他们家的红薯、苞谷长势不好。后山上另一棵是栗子树，结的果实比板栗小，圆圆的那种，由于树下有堆坟地，细崽仔们颇为敬畏害怕，那棵树保留至今。还有就是我们家斜对面那棵伸出双手抱不过来的檀树，老人们叫它"水口树"，树下生有茂盛的箭竹，六七月份长出小笋，我们隔三岔五就如去菜园一样，上那儿采些小笋回家做菜呷，细笋炒肉，那是一道美味，只是难得有肉。就是这棵檀树，传说住有"弹巨神"。我们虎形屋场和弹巨神算是邻居了，多年来相安无事，它们从来没有怪罪谁。后来，那棵树渐渐干枯，以被雷劈倒谢幕。"弹巨神"住的地方竟然遭雷劈？大水冲走龙王庙。有人说树枯前，"弹巨神"就已迁走了，也许没去多远，也许是千万里外的某株大树。弹巨神在，树不枯，它们是相依相生的。儿时，不时听到谁被狐狸精、老鼠精、大树精、麂子精、野鸭精等各种各样的精怪附体。这些人女性居多，我们不太认识。好像大山里任何动植物只要长得足够大，时间足够长，都有可能修炼得道，甚至某个物件因为某种机缘也具神通。某个木讷的女人突然间惟妙惟肖地用一个已去世多年人的腔调说话；某个沉默柔弱的女人一夜之间变得亢奋异常，又喊又叫，又唱又跳，声称乃某某大仙驾到，几分钟内把自己家里的楼板全部掀掉，又在几分钟内全部安装好……在大雪纷飞、一家老小围坐火塘的冬夜和盛夏乘凉看星星萤火虫的夜晚，感到后背凉飕飕的，觉得我们那个小村庄，乃至整个大水田，就是一个"人神鬼精怪"共生的世界。"仙"就是"人"在"山"中，我们那儿每个人都是神仙，过的是神仙日子。

20世纪80年代中后期，不时见有人用手摇发电机在河里电鱼。这种"竭泽而渔"的方法，把河里的大小鱼虾螃蟹泥鳅等几乎一次就一网打尽，很长时间了无生机。

再后来，就是外来几个"老板"合作投资，在上游修一拦水坝，将河水全部截流，然后引入一根长长的巨大的铸铁管道，在下游修一座小型水电站。从此，河水断流，昔日一个个波光粼粼的深潭变得绿苔斑驳，满是垃圾，积有少许乌黑发臭的污水……如今在夏天，乡亲们连农田灌溉都成了问题。

小水电站对我们那儿的生态环境的破坏无法估量。不见了流水潺潺，不见了鱼虾欢跳，不见了青山下的绿水。村里人挂在嘴上的"风水风水"，连水都没有了，何谈风水？我始终弄不清这小水电站是怎么修起来的？据说，现在国家正在整治小型水电站，老家那条小河能否恢复往日的欢唱，回归梦里依稀的流淌，想起它就揪心，禁不住唏嘘慨叹。

在小山村，漫长的夏天只有两个节日，一个是端午节，另一个是"七月半"，也叫盂兰节、鬼节。小时候家里穷，端午节没有包粽子、插艾条蒲草纪念诗人屈原一说，只是知道过了那一天，蛤蟆爬虫等开始活跃，带有毒性了。山民对"七月半"格外重视，全国很多地方是农历七月十五（或十四）晚焚香烧纸敬祖先，我们这儿仪式早七天开始，得整整持续一星期。每天早晚两次，我们亦是每天呷两顿，摆上煮肉、酒水，呷饭前向祖先祈祷。"祖先"回家和子孙小住七天，冥冥之中打量子孙每天的生活劳作，想想也怪有人情味的，就像村里某位老人想女儿和外孙了，就挂着拐杖到女儿家小住几天。敬祖先的那几天里，祖父母叮嘱我们细崽仔不能乱说乱骂，行走得沉稳，不要乱冲乱撞，待客得有礼数。据说曾有人晚上在堂屋门口撒一层细草木灰，第二天一早看到一些零乱痕迹，依稀可辨有猪、牛、羊、马、鸡、鸭、鹅等以及人的脚印，这说明他们家的祖先投胎各样。听起来有点儿滑稽，甚至不能自圆其说。当然，这也是对祖先的大不敬。七月十四晚送祖先回家，祖父母和父母亲做"斋粑"，用糯米粉做成一个个小糍粑，还要煮祭品、祷告等，得忙到很晚。我们细崽仔像一只只小狗小猫一样早早上床睡觉了，第二天一早起来，那细滑糯口的斋粑是最好的解馋，也是儿时七月里最深的记忆。

秋之韵

　　白凼山冲沿河两岸梯田里的水稻渐渐金黄，稻穗低垂，微风拂来，轻轻摇晃。山坡上的红薯地绿油油的，苞谷"缨子"已黑，叶子开始发枯，空气里弥漫着醉人的馨香。稻田已经开始排水以方便收割。每家每户的鸡鸭鹅看得更紧了，两个扛锄头的村民见面，彼此要说几句眼下的年景。

　　开镰是山村的盛典。讲究的人家开镰不但看天气，还要看皇历。亲戚朋友邻居们早就约好了，那一天都赶来帮忙，像莳田时一样热闹。大姑娘小媳妇大娘大嫂们一般负责割稻，一清早能割倒一大片。早饭后，太阳从"弹巨神"树上升起一竿高，男丁壮劳力们出动，稍有现代气息的"打谷机"开始呜呜地响起。大家按照各自分工纷纷忙碌起来，踩打谷机脱稻谷的，传递禾把的，后面掏草出谷的，捆草苑的，当然最多的还是躬身或蹲着割禾苗的……欢声笑语，红红火火，热热闹闹。女人们唠家长里短，打工见闻，不时发出一阵小鸡或母鸡叫唤一样的笑声。年轻后生"狗撒尿"，干活儿就一股劲，没有恒心耐力，比着干一会儿，又忍不住歇会儿，追逐打闹。中年人手脚不停，不紧不慢，这是挑第几担谷回家了？去年这丘（块）田打了几担？有亲戚在问，主人在回想，比较。这是帮手多的人家，动用打谷机，最少得七八人，甚至十几个才忙得过来。当然，那两三亩责任田一天就能"颗粒归仓"。我们家打禾，有的年份亲友们也赶过来帮忙，但更多的时候就父母亲慢慢做，我们兄妹仨割稻子，递禾当帮手。父亲用的是古老而简单的打谷桶，又叫禾桶，节奏徐缓单调，一把一把地将稻谷高高举起再用力捶落在禾桶里，然后伛偻着瘦小的身子把一担担湿润的谷子送回家。我们家的，包括祖父母的几亩田经常得忙乎五六天才弄回家。

秋收过后的田野有股稻草的清香，一个个稻草蔸星罗田间，走在荒草丛生的田埂上，不时惊飞肥硕的蚱蜢。这时候，我们细崽仔握根长竹竿在刚收割过的田里放鹅或鸭，光着脚丫踩在柔软湿润的稻田里，心里充盈着秋收后的喜悦和宁静。有时我们也在排水沟里捉泥鳅，躬身抓扒半天，一根野草串起几条泥鳅，笑容和泥浆同时洋溢脸上。

老家地处高山，用凉寒的山涧水灌溉稻田，所以一年只种一季。尽管耕种那些巴掌大的梯田只能靠"纯手工"操作，乡亲们的日子还算过得从容，不像山外丘陵和平原地区，一年种两季，"双抢"时节蓬头垢面，救火一样奔走于田间地头，几乎把人忙得抽风。据说生产队时期，也可能是"大跃进"期间也种过双季稻，但一年忙到头，收成还不如种一季好，后来也就"无疾而终"。我对生产队"大集体"的印象模糊，仅存一点儿片段式的记忆。记得有一天傍晚生产队在"早禾田"，我们屋对门一块向阳的稻田分苞谷，金黄色或饱满或"癫头"（颗粒稀疏）的苞谷摆成一堆一堆的，每家每户抽签，抽到哪堆是哪堆。我们细崽仔在苞谷堆间奔跑欢笑，当时觉得好多好多的苞谷哟！今天想起，实在寒酸，半箩筐就装下一季的苞谷收成。

如今，村里年轻人都出远门打工了，很多田地荒芜没有人种。尤其是那些山坳小山冲里的稻田，灌溉、施肥、除草都不方便，更是撂荒得茅草齐腰。父亲已年近古稀，种了一辈子地的他一看到田地撂荒心里就难受。他除了把自家的田全部种上，还"瞒"着我们把家门口附近的属于别人的几丘田也摸索着种上。父亲在电话里说，种一点儿是一点儿，能减轻一点儿你们的负担也好。父亲留给我的记忆年轻、沉默，干活儿利索，但近年每次见到他都把我的记忆打碎一地。他发白如秋阳下的枯草，缺牙的两腮愈发尖瘦，身材看上去更加瘦小，行动大不如前。唯一稍稍让我们欣慰的，就是他一顿还能呷两碗饭。

秋色愈加浓郁。图嘎冲、雪崽冲、红薯堉……放眼望去远山近岭，层林尽染，万山红遍，如火似霞，像哗啦啦漫天铺开绫罗绸缎，正是"一年好景君须记，最是橙黄橘绿时"。地里的高粱红了，豆荚熟了，粟穗低垂……苞谷收割了，我们细崽仔在泥土松软的苞谷地里对苞谷秆挑挑拣拣，把水分充足的折断当甘蔗呷，偶尔碰到一两根清甜的，撞大运一样。晚上还有一项家务，在火塘边油灯下将一个个苞谷棒剥粒。那可是一个苦差事，父亲粗厚的大手很快就能剥一个苞谷棒，我们困得眼皮直打架，半天还没剥一个。夜深了，父母一声你们睡去吧，顿时如得"大赦"。

葡萄、梨子、板栗、核桃等水果、坚果排着队，赶着趟熟了。那时候，我们家没有种任何果树，父亲对这些不顶饥也不顶渴的玩意儿很不屑，估计长在我们家的地里因担心影响庄稼长势也会被砍掉。可我们细崽仔眼热嘴馋，管不住手也管不住脚，更管不住小鸟一样窜飞的心思。如今，回想起偷摘邻居家的葡萄、板栗等，并没有文学作品里描绘的那样刺激，但美好温馨。由于邻居大人们之间常因为鸡毛蒜皮的小事怒目相视，剑拔弩张，我在外"厚脸皮"偷摘了什么，果树主人发现，一番指桑骂槐，我回家十有八九会挨顿"竹笋炒肉"。

秋高气爽，漫山遍野绿油油的红薯地，和山岭上碧绿的翠竹、杉树林连成一片，铺天盖地，绿流飞瀑，如海洋，似绿绸。家家户户要种五六十担红薯，小到"巴掌地"，大到好几座山坡，全是如绿色山洪暴发般的红薯地，我们家门口那座山干脆就叫"红薯垴"。这种状况一直延续到 1998 年，政府号召广大农村退耕还林，很多红薯地才渐渐种上杉树，现在已经茂密成林了。种红薯，春天趁下雨扦红薯苗，前后得忙十几天。夏天，烈日炎炎时得翻红薯藤一两次。最少一次，勤快的翻三次。还有月光晃晃的夜晚要防止野猪来捣乱。野猪们大多成群结队出动，它们拱过的红薯地，像犁耙胡乱耕过，几乎绝收。我曾用竹竿做过一个驱赶野猪的"响器"，和小伙伴们一起上山赶野猪。上山时想着怎么也得坚持到后半夜，结果呢，只是天擦黑月亮刚上来时到山坡上转一圈，就纷纷回家，呼呼大睡，下半夜野猪照来不误。

挖红薯时已是深秋，都是收割完水稻以后。开始降霜了，每家每户老老小小从早到晚都在红薯地里劳作。我们家挖红薯时，母亲在前面麻利地割红薯藤，手满一握，随手扎成一把，晾晒在地头。这些红薯藤待稍微晒干就背回家，搭在屋檐下、走廊上、房梁间，冬天水瘦山寒没处割牛草猪草时用来喂牛喂猪。父亲负责挖红薯，一锄下去，手拎藤蔸，轻轻一提，一嘟噜大大小小红薯沾着新鲜的泥土哗啦冒出。父亲的动作轻盈、灵巧，一气呵成，白晃晃的锄头很少碰伤红薯。我们兄妹仨亦步亦趋地跟在父亲后面，或蹲或坐或跪把刚挖出的红薯一个个去掉根须剥掉泥土，然后摆拢成一堆堆。那个季节，山坡上每户人家都是这种分工合作的模式。隔上一会儿，父亲就用箩筐装满红薯送到地窖里。地窖离红薯地不远，就在某处向阳的黄土坡上，外面搭几片杉树皮挡挡雨雪，简单几块木板拼一起作门，可以上锁。也有在自家堂屋挖个大地窖。一个大地窖能装三四十担红薯，寒冬腊月冰天雪地，地窖里暖烘烘的，红薯兄弟姐妹们层层拥挤在一起，安然越冬。当然也会腐烂一些，被钻进来的老鼠啃坏一些。陈年地窖装红薯前会在里面烧几把茅草柴火，亦防鼠驱鼠，亦在地窖的黄土壁上形成一层黑黢黢的烟灰，更添防潮保护作用。最气愤的是被"村贼"惦记，一夜之间被偷走好几筐，红薯如消水一样下去一大截。那时候大家都穷，不时有人家丢了红薯、萝卜、柴草，丢了鸡、鸭、鹅，甚至晾晒在外面的衣服、被子、粗麻蚊帐等。暮色中，有泼辣村妇站在坡坎不指名不道姓地破口大骂，周围寂静，这时候谁也不会应一声或搭句话。渐渐夜色如帷幔笼罩山野，骂声让那个夜晚来得更加沉闷，那也是乡村"灰色"一景吧。

早晨太阳爬上山，红薯地里弥漫着雾霭水汽，大人细崽仔们挑箩筐扛禾枪（一种两头尖的扁担，用来挑红薯藤）。持镰刀背竹篮出门挖红薯时，大家有说有笑，大人之间相互招呼。细崽仔们追逐打闹，有时还扯几朵白色或紫色的红薯花捏在手里，玩上好一会儿，氛围是轻松愉快的。日影缓慢移动，午后，细崽仔们好像被晒蔫了一样，一个个没了声音，手脚也慢了下来。开始是蹲着打理、分拣红薯，慢慢变成坐着跪着，一点点往前移，毫不顾忌潮湿的泥土地。如果没请人帮工，我们即使在田间地头干重体力活儿也不呷午饭，讲究的人家可能带一壶水放在地头。我们有时候忍不住用钥匙串上的小刀或割红薯藤的镰刀，削一个红心红薯呷，以解渴充饥。早年我们那儿只有白心红薯，后来有了红心的、紫心的，口味不一。红心水分多，松脆微甜，合适生呷。

天色已晚，地里只有微弱的光亮，勉强还看得见，人们慢慢摸索着彼此招呼着回家了。我们还在干活儿，父亲坚持要把那一小块地挖完再收工。我们兄妹仨谁也没说话，手上机械而麻利地忙碌着。这时气温骤降，身上皮肤收紧，寒意阵阵，脚板一触地就生痛抽紧，双手一层厚厚的红薯浆，像长了层老茧一样。这种浆汁发黑，无论如何搓洗，都洗不干净，它们顽强地附着在手上好几天，任其慢慢消散。那时候挖红薯季节，学堂里每个学生手上都这样，大家感到很自然，习以为常。

天完全黑了下来。远处近处的人家点点温暖的灯火，偶尔传来碗筷碰撞声、说话声，这时候我们实在太累了，几乎是咬着牙挨时间了。那一刻，母亲可能许诺今晚炒豌豆、炒花生这些平时难得一尝的零食，最让我们忍不住口水直流的是说炒腊肉呷。家里已经好久没沾油荤了，每年一入夏小油罐里的猪油就已见底。炒菜放油开始是用筷子尖挑一点儿，意思一下就行，后来纯粹变成开水煮白菜，黄乎乎的，透凉了就像灶台上大铁锅里的猪食。我很多次从山上砍柴回来，又累又饿，面对如此难以下箸的饭菜，气愤咆哮，连哭带叫。每当此时母亲就说，你以后有能力自己找好呷的。挂在火塘上方那一两块或许长有"肉虫"黢黑冒油的腊肉，是母亲盘算好什么时候待客用的。那晚回家或许被父亲低沉嘟哝几句，母亲脸上讪讪的，取下的腊肉又轻轻放了回去。好些时候母亲做饭，我们帮着烧火、洗菜，忙到很晚，哈欠不断，还是硬撑到饭熟肉上桌，一个个胀得肚儿圆。呷过饭不久，我们兄妹仨简单洗漱一下就上床睡觉，天塌下来也不顾了。而父母还要端着煤油灯，四处查看，鸡鸭鹅进笼入圈了吗，牛草上了吗。还要剁猪草，煮猪食，喂猪。栏里的几头猪已饿得尖叫，猪们两条前腿搭在圈门上，把门打得山响。如果它们能像马匹一样腾跃，早就狂奔而去了。如果它们能开口说话，肯定用最脏、最恶毒的话骂过八辈祖宗多少遍了。

　　白凼村人均只五六分田，还有好些因为计划生育超生以及外村嫁来的没有分到口粮地，很长时间各种矛盾不断。如修路架桥等出工出力出钱的事，经常扯皮。按人丁分，有人叫嚷没分到田；按田亩分，有人说住村里的也沾光，难道他们就不走路过桥。水田大多为产量不高的山泉水田，所以呷饭得精打细算，细水长流。把蔬菜杂粮掺着呷匀着呷，出洋芋的月份呷洋芋，出苞谷的月份呷苞谷，出红薯的月份当然是红薯唱主角。红薯的呷法多样，可煮，放在烧开水的铁锅里煮熟，煮过红薯的水微黄甘甜，喝上两大碗，解馋又解渴。还可以把红薯切成丁，拌米饭一同煮熟，米饭亦微甜。可蒸，在米饭快熟时，把握住火候将红薯放在饭上，迟了有可能半生不熟，呷了老放屁。可煨烤，用火塘里滚烫暗红的柴火灰掩盖，煨熟。我们细崽仔最喜欢这么呷，热腾，喷香，闻者无不喉结滑动。家里红薯多，白心红薯主要用来喂猪，眼下天气渐冷，年关将近，该把"架子猪"催肥了。如果送公社食品站完成购销任务也能按重量分甲乙丙几等打个好"等级"。即使自家作为"过年猪"杀来呷，也肉厚肥膘多。红心红薯适合生呷，还有可选十几兜、几十兜挂在房梁上，待水分风干些，皮蔫起皱时，煮上一锅，滑甜腻能抽丝，嘴黏，味道甚好。紫心红薯淀粉多，煮烤蒸皆宜，打粉最佳，一担红薯能磨出几十斤粉。记得有几年初冬，家家户户将紫薯磨碎，过滤，沉淀出粉。晚上水井旁、小溪边，煤油灯昏黄，忙到深夜。红薯淀粉可搅拌成粑，煎烤做菜，亦可打粉条。腊月里打粉条时，灶膛里柴火烧得旺旺的，帮忙的亲友嬉笑奔走，热火朝天。我们家老屋二楼一排排竹竿上晾满粉条。接下来，天天粉条，顿顿粉条，直呷得反胃冒酸水。红薯煮熟，晾晒而成的红薯干是待客的上好茶点，也是细崽仔们最喜欢的零食。我们去外婆家拜年时，外婆还把红薯干放在锅里炒一炒，使粘牙需要嚼劲的红薯干变得松脆，别有风味。我们家很少做红薯干，祖母做过几回，数量不多，还晒在筛盘里就被我们不时抓一把呷完了，她唠叨几句也就算了。村里家境殷实的人家红薯干能呷到来年六七月，让人羡慕得直吞口水。

红薯在我们那儿据说曾经救过很多人。20世纪50年代末，全村出动大炼钢铁，眼看实现"共产主义"已胜利在望，从此再无饥馑。秋天稻谷熟了，大家忙得没空收割，任其倒伏，脱粒，在田里发芽。初冬，一场小雪后，村民大炼钢铁回来，才想起地里的红薯。红薯藤早已干枯萧瑟，而埋在地下的红薯居然一个个饱满新鲜。那几年外面世界饥饿不堪，我们那儿因为勉强能填饱肚子，没有饿死过人，全得力那年冬天红薯丰收。我们那里鲜有外地姑娘嫁来，更别说山外平原、丘陵地区"大地方"的了。但"三年经济困难时期"除外，那几年曾有不少人逃荒到我们那儿，有的人家把女儿嫁在当地。如今，如果路遇说话口音不太一样的老婆婆，不用问，她们慈祥如菊花般的脸庞就是某个时代的"伤痕"。

秋收后又可以放牛了。晴朗天也正好砍柴，这季节山上各种灌木开始变红，落叶，水汽不重。运气好的时候还能碰到各种野果，有藤梨（猕猴桃），有看起来像猪腰子成熟后炸开的黄榄等。这些野果很不打眼，掩藏在茂密葱绿的树林里，不像北方山坡上那些野枣呀，柿子呀，红嘟嘟的，一眼就能看见。

秋天进山放牛砍柴，无论天晴还是下雨都美好欢欣。牛哞羊咩，欢声笑语响彻山谷，如同庆典。细崽仔们叫喊着约定，砍好柴后，分头捡些枯枝落叶烧一堆火，有人去不远处的地里弄来些红薯、苞谷来放在火上烤。总有一些庄稼收得晚，让大家帮着呷。山野里临时烧起的火堆，草木灰薄，没法煨红薯。火焰熊熊，火候不好把握，如此烤熟的红薯、苞谷外表焦黑，里面还不一定熟。捧在手上一番吹吹打打拍拍，嘻嘻哈哈呷过后，嘴唇乌黑。如果是半生不熟的红薯，一路"连环屁"像发射火箭一样助力回家。有时候也只是拔个萝卜来呷。曾经山高路陡、人迹罕至的黑把夏、燕子岩下面竟然有人种有萝卜。想想看，一群半大不小的孩子砍好一担柴火后，大汗淋漓，又累又渴又饿，那水灵灵的大白萝卜，嘎嘣咬一口，水直溅，那个甜美呀，胜过任何美味的水果。

　　白露秋分夜，一夜凉一夜。一场秋雨一场凉。深秋，落雨天，或落过雨后，天气冷飕飕的，没法上山砍柴，但牛还得放。我们四五个小伙伴披蓑衣戴斗笠，将牛群赶到图嘎冲某处山坡。牛儿散开甩着尾巴悠闲呷草。我们寻一溪水潺潺的平展地，分头去捡柴火、挖红薯、掰苞谷。有一段时间是捉蚱蜢。深秋枯草衰黄，草籽粘衣，人走过荒草没脚踝的小路，惊起一只只肥硕的蚱蜢。我们就把蚱蜢捉来，三下五除二地去翅、去头、断身，抽出里面内脏，放在溪水里洗洗。廖老三每天从家里偷偷带来一把小铜勺，还用树叶包了一点点猪油，我们就用铜勺在火上油炸蚱蜢呷。油炸蚱蜢，黄亮香脆，那个美味呀，至今想起仍齿留余香。老三家劳力多，家境殷实，其他几个小伙伴家口多粮少，缺油少盐，家里油罐稍微一动，担负煮饭炒菜工作的"娘老子"马上就晓得了。后来，老三母亲还是知道了，她看老三在家里呷饭时食量骤减，一问，老三说了。她把老三数落一番，再也不准他拿铜勺和猪油出来了。

　　秋雨绵绵，秋风瑟瑟中，我们围着火堆，打趣说笑着童谣俗语，"叫花子烤草火，只向胯下扒"，比喻自私自利。"打破砂罐城，逃走汤元帅，捉起芋将军"，说的是几个叫花子用砂罐正煮偷来的芋头，快熟了时，有人追赶，慌乱中砂罐被打破，他们抓起芋头就跑的狼狈情形。儿时，对这些童谣没有特别的感觉，现在想起，生活尚如此困苦，还这么快活，真是悟"道"有福之人。我们有时候围成一圈席地而坐，背上的蓑衣正好可做坐垫，用一副四角已磨圆、少了好几张的扑克，打上几回"五十K"，其乐融融，不知不觉天色已晚，山雾四起。

　　秋雨中，枞树林里的蘑菇打着小伞羞答答地掩藏在草丛里、落叶间。当然早春时蘑菇也多。寻牛路上，有时我们特意绕道黄排上湾的枞树林，光着脚丫探寻宝藏一样穿梭在林间，用茅草把采来的蘑菇穿成串。尽管我采回去，母亲也不会用它做菜，因为家里没油，炒蘑菇、竹笋、蕨菜之类的野菜需要较多的猪油，否则难以下咽。但我每发现一朵油亮亮的小蘑菇还是抑制不住一阵小小的兴奋。

　　淫雨霏霏，久雨未晴最难受就是没衣服换洗，没鞋子穿。仅一套补丁少点的衣服淋湿了，一时没有别的衣服换，有时候为了在学校里穿得体面一点儿，连夜在柴火上将其烤干。如果哪儿不小心烧坏了，气恼不已。鞋子更是艰难，天气日冷，光着脚踩在碎石路上，脚板生痛，尤其是早晚。白天上学，脚板搭在课桌下那根木条横梁上，比直接放在水泥地上会好受一些。

　　秋收了，不一定是丰收。父亲经多日盘算，选一个晴朗的星期天，领着我一起去交公粮。父亲挑着满满一担谷子，扁担闪悠闪悠地走在前面，我挑上几十斤呷力地紧跟着。从我们家到大水田乡政府所在地，那是全乡政治经济文化中心，那一片红砖房密集，有供销社、食品站、卫生院、乡中学、粮站等。乡亲们常说就五里路，那一个个山弯，一道道坡坎，其实远不止两千五百米，如果实际丈量估计有十五里山路。气喘吁吁，汗湿衣背，来到当时觉得宽阔且高大巍峨的粮站。大晴天，十里八村交公粮的排着队，粮站门口的空地上挤满了人。好不容易轮到我们，粮站一胖墩中年汉子用一根木棍样的东西往箩筐里一戳，或用手抓把谷子一捏，面无表情地说，不行。不是水分重，就是秕谷多，有时候两者都占。中年汉子不由人分说地走过，迎接他的是一张张汗津津谦卑的笑脸。没法，父亲转身去附近人家借风车，粮站或许有风车，可需要用的人也在排队。借晒垫，就在粮站的水泥地上晒。这时，父亲说了一个让我印象深刻的理论：人们上粮站交公粮，总觉得自己的谷子最好，应该能过关，但是呷国家"统销粮"时又觉得公家的粮食质量差。其实"统销粮"就是我们老百姓现在交上去的，有的甚至没挪仓库，为什么会有这种感觉呢？人呀，关系到自己的利益时，秤砣、准星就不一样了。

太阳西斜，粮站的人渐渐稀疏，父亲和我张罗着收拢晒在地上的稻谷。这时，粮站工作人员开始呷晚饭了，那中年汉子端个碗站在门口，像视察一样在我们面前转一圈。那似曾相识的香味直往鼻孔钻，一瞥眼，能看到那碗里白亮亮的米饭和油汪汪的蒜苗炒新鲜肉。此时，更饿，吞咽更频，感到饿得"肚子贴背脊骨"了，我们还是一早呷了两碗红薯米饭出门的呢。当时就想长大以后如果能像粮站职工一样呷上"国家粮"就好了。在儿时"井底之蛙"的眼光里，公社（乡）干部、供销社售货员、木瓜山水库职工、大水田初中老师、公社卫生院医生等都是让人羡慕的对象。他们皮肤白净，头发洁净，衣服干净，两根裤管有整齐的裤缝。他们干的活儿轻松，对人爱理不理，多问几句白眼一翻，到点儿就端个搪瓷碗优哉游哉地去呷饭，饭菜也是让我们直吞口水的。那时候一想到当国家干部就是那个样子。父母也以此教育我们，能呷上"国家粮"，天晴不用戴斗笠，落雨不要背蓑衣，不再面朝黄土背朝天，那可是祖上积德，莫大的荣耀呀。

傍晚，寒蝉声阵阵，我和父亲一前一后走在寂静回家的山路上，难得说一句话。晚上，呷过饭后，月光明亮，我端坐屋檐下，遥望近处远处群山，白天的劳累好像消散了些。

记忆中，老家秋季的节日仅中秋和重阳。整日为生计奔波的父老乡亲对这两个节都不太重视，少有人家在这两天歇一歇，张罗一顿好饭菜。我在大水田中学读初中时，有一年过中秋，我和小舅正轮流趴在乡政府院子里的自来水龙头上喝水，我们细崽仔都是喝凉水，渴了、饿了，趴在溪边、井边、自来水龙头上灌个肚儿圆。这时在乡政府开小卖部的红梅表姨喊住我和小舅，说那天是中秋节，给我们俩一人一块月饼呷。表姨父从部队排长转业回来，在乡政府担任多年乡武装部长。那是我过中秋第一次呷月饼，甚是香甜。可小舅说，那月饼生虫子了，变味了，不能呷。我当时的想法是，即使有虫，还是能呷，老家夏天米、腊肉不是经常长有虫子，不是呷了吗？还能增加蛋白质呢？还有，表姨一家四口，靠表姨父那点儿工资不够开支，表姨开个小卖部补贴家用，如果没有生虫，她肯定要卖钱，能省一点儿是一点儿，能赚一点儿是一点儿，彼此都不容易。

农历十月初七，对很多人来说只是深秋一个普通平常的日子，对于我和我母亲来说这天有着特别的意义，我在这一天来到这个世界，母亲亦初为人母。儿时，很多年的那天早上，祖母会给我一个温热的煮鸡蛋，我每一天都过得混混沌沌、快快乐乐，接过鸡蛋才晓得那天是我的生日。那个鸡蛋，我要握半天，在小伙伴们面前炫耀一圈，才舍得呷，一点儿一点儿地呷，闭着眼睛品咂，那是属于我独享的美味。

炊烟径直升腾，黑白相间的云层看上去比棉被还厚。收割后的山野了无生趣，天气无风无晴亦无雨。这时一早一晚，常有无数枯叶一样的雪鸟，轰地一下落在对面山坡上收割过的荞麦地或红薯地里，疾起疾降，疾来疾去。望着它们云朵般的背影倏然消失，我很想知道它们是怎么聚到一起的，其他几个季节都去哪儿了？我没有问母亲。这时她自个儿轻轻叨念，要变天了，就要落雪了。

冬之雪

初冬，太阳懒洋洋地爬上屋脊，晒到走廊上，上午九、十点钟呷过很晚的早饭，小伙伴呼喊着把牛群往图嘎冲赶。很多时候是去"黑把夏"，虽然那儿很远，羊肠山道更陡更崎岖，但那茅草茂，柴火好，大多是笔直的硬杂木，砍起来方便，耐烧，火旺，且炭火好。

砍好柴火，我很多时候或坐或躺在荒草坡上，嘴里噙一茎涩甜茅草，眼望着蓝天白云，浮想联翩。突然，不远处橡树上一只可爱的小松鼠窸窣哗剥地打破我的思绪，小松鼠在开始准备过冬的食物了。灾荒年月，有邻居在板栗树林里寻到一松鼠洞，挖出一斗板栗，得以度饥。那些板栗是松鼠一家老小用来过冬的，人挖走呷了，它们这个寒冷的冬天可怎么办？想起就辛酸难受。

水瘦山寒，民居零星。触目入耳有袅袅炊烟、阵阵犬吠，既温暖又清冷。收割后浸水的稻田（即冬水田）如一面面明晃晃的镜子，人走过，不时惊起一群戏水的鸭鹅嘎嘎哦哦地叫唤。冬日的白囟村温暖慈祥如吧嗒着老旱烟、满手老茧的老人。行人稀少的村间小路上难得见到一个人。乡亲们隔老远从其走路的神态身影就能认出是某某，看病，走亲戚，赶场（赶集）回来了。偶尔冒出一个外乡人，在大家眼里如"外星人"降临，有关他的一切总有人去打探。

临近腊月，出门打工、上学、上班的年轻人陆续赶回来了。带回欢声笑语，也带回一种风尘仆仆的清新气息。与此同时，到处响起零星爆竹声，山谷回响，打破转眼一年的沉寂。这个季节，订婚的，过门结婚的，"过火"乔迁新居的，祝寿的，请和尚道士向菩萨"还愿""念经""拜忏"的，沿依山傍水的村间小路走来，偶有院落响起锣鼓声、鞭炮声、唱经声、张罗饭菜小媳妇大姑娘们的欢笑声……冬日，农闲了，丰收了，在外打工的寄钱回来了。天寒地冻，适合办酒席，即使没有冰箱、冰柜之类的电器，食物也存放方便，不像夏天，一个晚上就变馊了。小山村还没通电，更没有电视的时候，漫漫冬日，没什么娱乐。于是谁家老人去世，"庆菩萨"庆祝菩萨保佑；"拜经"，根据许愿，请和尚唱各样经书；"庆娘娘"，传说皇帝的老婆，娘娘也成了神，附在女主人身上，令其全家万事顺遂，人财两旺。堂屋里挤满看热闹的人。人愈多，做法事的师傅跳得愈欢愈起劲，拖着长音唱得愈抑扬顿挫。

谁家有什么喜事，办不办酒席，年初就放出风来了。邻居村民亲友早有准备，届时住在附近的大娘大婶们热情地赶过来帮忙。炒菜有专门的师傅，如今听说有专门承接酒席的班子，可带桌椅板凳、锅盆碗筷上门一条龙服务，甚至食材都可以按要求备好带来。也有请亲友过来帮忙的。近亲们挑担"皮箩"，红色箩筐，内装米、肉、酒等礼品，点放鞭炮来庆贺。远亲乡邻则端几升米、拿几块钱赶过来呷喜酒。在老人、女人眼里，热闹与否，就看坐多少桌（四方桌，一桌坐八人，现在也有大圆桌了），上多少个碗，有多少道菜。什么席面，东坡席即以东坡肉为主菜，糖头席即以糖醋肘子为主菜。热闹的有十几桌、流水席几十桌。菜，每家每户每道宴席都差不多，大多是家常菜。所谓几个碗，也就是一道菜端出来两碗，有六到八道菜不错了，也就是十二个或十六个碗。村里上了年纪或稍有身份地位的人，对呷什么不在意，但谁坐哪儿，那可是"大事"。主人家如果座位没安排好，考虑不周到，该尊重的长者没有请到相对应的座位上去，那氛围可微妙了，有的长者甚至拂袖而去，多年不再往来。我祖父是很讲究的，不但对来我们家的客人讲究，他外出做客也很讲究。如果在谁家，座次没排合适，他老大不高兴。

老家做喜酒一般都亏本。由于"随礼"有限，大办大亏，小办小亏，精打细算的人家能保本就不错了。现在乡亲们也务实多了，红白喜事不再劳心费力费钱地大操大办，大多是至亲好友坐一两桌，悄悄热闹一下就算了。儿时，尤其是长身体的时候，缺衣少食，难得打次"牙祭"。村里偶有婚丧嫁娶，父母打发我们去呷酒席，趁机饱餐一顿。及长成青涩少年，情窦初开，心理变得像贾宝玉一样，极不愿意和那些叽叽喳喳、家长里短的大娘大妈们围着一张桌子就着几个碗呷饭。

村里家境富裕及有儿女呷"国家粮"的人家办喜事、庆寿、子女当兵、上大学等，会请来戏班唱一两天戏，或放一场电影，有全村同庆同乐的意思。记得还是生产队时，放电影好像是全乡每个村轮流来。我们村一年到头估计能轮上三四回，那可是全村欢呼的盛典呀！哪天放电影，早就传开了，大人们收工比往日早，细崽仔们连晚饭都没心思呷，匆匆扒上几口，饭碗一放，大呼小叫、欢呼雀跃地奔向放映场。远远地看到暮色中的白色幕布，那是最美最让人心旌激荡的旗帜。住得近的人家早已抢占有利位置，围着放映机摆满了凳子。这个时候如果谁有亲戚是那儿的，最自豪、最让人羡慕。当然远道赶来的就只能站着，或搬块石头、挪个树桩、抬根木头过来坐，或爬上周围的大树。人太多太挤了，有的干脆站在幕布的后面。所以每一场电影散场后，如同发生过战争，满地狼藉，石头、木头、草把、树皮、果皮、瓜子壳、破鞋子、烂衣服到处都是。"讲究"的人家揣上些瓜子，他们把边嗑瓜子边看电影当作享受。

电影结束，住得近的老老小小好像还意犹未尽。平常在空旷地没有这么亮的灯，几个细崽仔安静地睁大眼睛在明晃晃的电灯下，陪着两个放映员有条不紊地收拾放映器材。那时候放电影的是两个家住大水田的帅气年轻人，一个叫廖小星，后来改行当老师，再后来进县城当公务员了；另一个叫廖景福。他们那时候走到哪儿都享受明星般的"礼遇"，众人瞩目，欢声一片。放完电影后，大家热情招呼，留饭留宿，住在谁家那可是谁家的荣耀。他们一般住条件较好的村干部家。

住得远的，有十几里山路，得翻过好几座山头。人们打着用竹片或杉树皮扎成的火把赶路，难得见手电筒。竹片火把亮，但烧得快，杉树皮火把光亮暗，得边走边扬，得以助燃。据说夜晚一个人打杉树火把走路，不能就着吹，不然会出现一个毛嘴脸和你一起吹。火把挥舞成一条条或长或短或密或疏的龙，伴随着阵阵欢声笑语缓缓消失在一个个山坳、山弯里。这时偶尔会传来一声尖叫，紧接着一阵大笑，那是有人踩到水田里，掉进沟里，大伙儿七手八脚地将其拉上来。记得我们院子里几个比我大一点儿的细崽仔曾到大水田去看宽银幕电影《孙悟空三打白骨精》，当时得买票，我也想去，但没钱，一毛钱也掏不起，也害怕走那么远的夜路。他们那天晚上看电影回来，暴雨，伸手不见五指，几个人只能趁闪电划过的光亮飞奔赶路。翌日早上太阳出来了，我们在上山砍柴的路上，他们手舞足蹈地向我描绘孙悟空如何腾云驾雾，怎么打妖怪，毫不提及夜里淋雨的狼狈。

从电影散场那一刻起，接下来多日电影里的故事是人们热议的话题，大人如此，细崽仔们更是念念不忘。我们模仿里面的情节冲打厮杀，模仿某一句口号呼喊。根据电影里某个特征鲜明的人物给小伙伴取绰号，大多依姓氏取。如有一两部影片中有坏蛋叫"刘胡子""刘大麻子"，小伙伴们就跳跃着叫我刘胡子、刘大麻子。我当时小，脸上没长胡子，也没麻子，对这些绰号很是气愤，最主要那个角色是坏蛋。当然，这些"无本无根"的绰号，毕竟没有生命力，大家叫过几天后，觉得没趣，也就不叫了。但有的人某个绰号像是长在他（她）身上一样，跟随其一辈子。如一位表弟叫"康老板"，就是源于儿时他们看过一部电影，里面有个人物叫康老板。如今，"康老板"三十多岁了，大伙儿还这么叫他。那份亲切美好与温馨，不仅仅是童年的记忆。

我不晓得我们乡电影更换影片的周期以及渠道是怎么样的，反正有时候一部影片看过多遍。尤其是岁尾年头村民喜事多，放电影频率高的时候，如《南征北战》《英雄虎胆》《飞夺泸定桥》等看过多遍，很多台词都会背了，我们仍不厌其烦。一听说哪儿放电影，还是闻风而动，用老人的话说丢了魂一样。当然，也有"情报"误传的时候，比如听说今晚哪个院子放电影，我们早早呷了晚饭兴致勃勃赶到那儿，还有周边院落好些细崽仔赶过来，可是连当地人都莫名其妙的，压根儿就没有那回事。于是，我们就在那儿大呼小叫奔跑打闹一阵，那么多小伙伴难得聚拢一起，分外热闹。有时候是幕布已经挂起来了，村民像一群南极企鹅一样安静地伸着脖子等到半夜，前方打探的年轻小伙各种消息走马灯一样不断飞奔传来，纯粹人为制造紧张氛围。这时我脑海里就浮现出战火纷飞时前方的军情传递，还有皇帝召回岳飞的"十二道金牌"的情景，估计都是这种火急火燎的情形。一会儿说放映员还在咥饭，一会儿说已经在路上了，一会儿说不知去哪儿了，一会儿说今晚不放了，等等。有时候人们等到月儿西斜，鬼影都没等到。有时候几乎在大家耐心的临界点上，终于欢呼雀跃地等到了。还有的时候老年人和一些住得远的人慢腾腾、无精打采地回去了，那些年轻后生的坚持和守望最终有了回报：电影放映！而且是有"八一电影制片厂"字样和闪闪"五星"的战斗片！

那时候放电影前的当天下午村里就会安排两个后生去乡里挑电影担子。能第一时间获知影片名字，甚至大致内容，后生们很愿意干这活儿，表现积极，何况还记工分略有补助。电影担子是两个漆成草绿色的木头箱子，里面装有放映机、发电机。发电机是小型汽油发电机，702型号，很是笨重。十几里山路，两个大木箱东晃西晃的，即使两个人轮流换肩，也需要一把力气。两位放映员一般是甩着手杆来，最多捎上铁皮盒，装有电影片子，拎在手上也不轻。

放电影时最难受最焦急的就是发电机老启动不起来。虎背熊腰的年轻人一个个轮番上阵，用一根油乎乎的黑短麻绳拉上一气。老爷发电机开始是八面来风不为所动，如果极不情愿地给点儿面子，哼哼唧唧，噗噗噗地启动了，那真是菩萨保佑，万事大吉。后来，我当兵上军校学电源专业，其中就有702发电机，他乡遇"故人"，爱恨交织，我多次把它大卸八块，反复琢磨个透，也算是解儿时的心结吧。

如今，我们村每家每户都有电视机，也没有装什么闭路，有线电视。每户人家"各自为战"安装一个"锅盖"接收卫星信号，好处就是收到的台多，甚至有国外电视台，缺点就是受天气影响大。乡村电影，已如一个风烛残年的老人渐行渐远，几近绝迹。

一入冬，大人和细崽仔们都在隐隐地盼着什么。

喂猪喂牛的草（饲）料已准备得差不多了，主要是晾干的红薯藤。老人细崽仔住处灌风的地方甚至牲口圈已堵好了。米，缸里已装满，还碾好一担在箩筐里。柴火屋除了堆满大路货毛糙柴，殷实讲究的人家屋檐下还整整齐齐码有一排硬木劈柴，或"树兜骨"，即从山上挖回来已干枯的树根、树桩，劈开，码好。现在想起那些树根做根雕更好，但那时候都当柴火烧了。这些硬木柴烧起来才过瘾，像外国壁炉里的柴火一样，时间长，火不紧不慢，不大不小，很适合冬天里农家烤酒、打豆腐、做粉条等。

冬月乡间，看似如炊烟般散淡，其实男男女女手头儿都没闲着。大嫂大娘大婶们忙着浆洗缝补，纳鞋底；大姑娘在织毛衣，绣鞋垫；男客们上山砍柴、挖笋，或修路、修桥、修井台、修水渠、修田埂等，再没事干就提个破竹筐到处捡牛粪狗粪丢进自家田里。庄稼人农闲不闲。我父亲说，当农民要想把日子过好过踏实，一年到头有事做。如果会点儿手艺的，如木工、竹篾、油漆等，这时候挑着担子四处帮人家打制、油漆家具器皿等，这样不但省了家用，还能挣点儿油盐钱。冬月嫁女儿的人家多，得准备嫁妆，桌椅板凳等一套红色油漆家具。有上了年纪的老人，摸索着开始准备"老材"（棺材）。还有平整宅基地、盖房子、装房子，那时候大多是木材房……这其中竹篾匠最可怜，大冬天还整日摩挲冰冷的竹子。现在他们几乎失业，因为大家都用塑料制品，山上的竹子几乎没有人砍。在陶然与悠然之外，也有几许别样的景象，村小学旁边的代销点里一年到头，总有几个"闲汉"和小店经理廖敦禄凑在一起打字牌。从炎炎夏日到冷冷冬天，好像一直是那几张蜡黄瘦长的面孔，又好像不是，他们似乎不愁呷不愁穿不愁没柴烧。当然不远处，间或有女人在哭闹咒骂一阵，甚至冲进小店，耍一番泼辣。

某个早晨或午后，天色铅灰，不刮风也不太冷。空中飘起零星雪花，那一刻山川大地草木牲口乃至所有生灵都在凝神谛听，都在扬起因朔风吹的干裂的脸，迎接那丝缕湿润与温情，迎接那场一年一次期盼已久的邂逅！

"落雪啰！"屋外有人喊。如懒猫懒狗般蜷在火塘边的细崽仔们顿时惊起，冲到屋外，仰着脸，转着圈。大家追呀打呀跳呀唱呀，很多细崽仔垂着鼻涕，穿几件单衣，脚上拖一双又黑又烂又破的布鞋。可能太长太大了，长期拖着走，也就成了布拖鞋，露出的脚后跟冻得比胡萝卜还红。我的脚后跟也年年生冻疮，稍一受热就痛痒难耐。据说过年时在牛栏门口蹭一蹭，来年冬天就不会生了，我试过，不灵。我直到当兵后冬天穿上厚棉布鞋才没再生冻疮。大家刚才还蹲在火塘边瑟瑟发抖，现在谁也不觉得冷，浑身是劲。

下午也许只是零星小雪，或下"沙落骨"，即雪沙或冰雹。这时道路湿滑，地上还没有积雪，只有远山和近处的树叶上胭脂般沾有薄薄一层。黄昏时雪越下越紧，鹅毛大雪纷纷扬扬，铺天盖地。天色渐暗，落雪的夜晚寂静而热闹，浓烈而温柔，寒冷而温暖，每个细崽仔蜷在被窝里心里充满兴奋紧张与期待。

落雪天，细崽仔起床不用大人三催四请，天一亮一骨碌爬了起来。有时候由于前一天没有落雪，早起的大人在屋外喊："快起来哟，落好大的雪！"我们照样一跃而起，以最快的速度穿上像铁壳一样冰冷的衣服，冲出屋外，被白茫茫的世界晃得眼睛发花。

落雪天，我们理直气壮、理所当然地不用砍柴放牛割猪草，可以尽情开心放肆地玩。我们滚雪球、堆雪人、打雪仗，找一斜坡用一条长板凳当滑板，人坐在上面，以脚驱动，快速向前。当然，我们"猛子"们玩得最多的还是骑"高脚马"，在两根竹竿或木棍上安装两个脚踏，脚踩在上面，双手握柄，提着走，近似踩高跷。高脚马骑得好的，可以上楼梯、过河、爬山等，这些我均能"弓马娴熟"。最刺激、最激烈的就是骑高脚马打架，几个"猛子"骑在高脚马上，奔跑、跳跃、躲闪，单腿弹跳，来回碰撞，谁先被撞下算谁输。年纪小时，我只是个游离外围呐喊吆喝的小喽啰，及年纪稍长，也是一员骑高脚马驰骋白凼小学校操场的"悍将"。

雪落几天了，到处白茫茫一片。山上的竹子、松树、杉树、枞树上覆盖一层厚厚积雪，附近山上不时清晰传来树枝被压断或竹子弯曲爆裂声，积雪噗噗落地声。雪厚，且持续多日，山上一片狼藉，如大炮轰过一样。雪后天晴，我们就上山收拾断枝倒树破竹当柴火。这时，鸟儿已无处觅食，我们细崽仔就如鲁迅笔下描绘的那样，扫一块空地，撒一把谷子，用根短木棍支一张筛子，木棍上系条长绳，人躲得远远的牵着绳子，开始"守筛待鸟"。祖父曾给我做了一个自动的捕鸟器具，用一个简易触动的机关支起筛子，在机关上装一块硬纸板，纸板上撒些米粒，只要鸟儿一上硬纸板啄米，触动机关，筛子就会落下来。那个装有机关的筛子在我们家老屋的二楼支了很久，从冬天到早春，好像就捉到过一只麻雀，很快就放生了。如今，祖父已去世多年，但他帮我做那个捕鸟器具时的细致专注与慈爱的神情，至今历历在目。

雪天，我们还曾上山打猎。我只是跟着小伙伴们在雪野里乱跑一气，收获的只是把裤腿弄得湿透，偷偷穿走的祖母那双补了又补的雨鞋又穿破了，害得祖母絮絮叨叨责骂好几天。老家古时属楚，南蛮之地，盛行"梅山文化"，有巫术之嫌。有山民以打猎为生，更多的人半农半猎，在周边山上用石块设置一些小机关，偶尔捕到些小野兽。据说入了"梅山道"后，能捕到更多的猎物，但死后魂归"梅山"，不能荫泽子孙。

雪天黄昏，群山苍远，村间小路人迹罕至，零星民居，三两声狗叫，愈显"天寒白屋平""柴门闻犬吠"的意境。衣服单薄，无论多冷就两条单裤过冬，正当我冻得牙齿打战地望着远方出神时，祖母在一旁轻轻唱道："十二月落雪，可怜野鸡山上歇；野鸡山上歇不要紧，可怜鲤鱼水里困；鲤鱼水里困不要紧，可怜泥鳅泥里钻……"无边雪野，无限遐想，古老的童谣，天地间好像只有我们这个小山村，只有我们那几户人家。虫儿、鸟儿、鱼儿、野兽等都躲到哪儿去了……暮色渐浓，雪地里仍能看得清那条踩得发黑的小路，不见一个人影。这个场景无数次出现在我梦境，我无数次想象着这场景入梦。

落雪的晚上，大人细崽仔早早将息。偶有邻居串门，围着火塘烤火说闲话、拉家常、讲故事。祖父有时应客人请求，清清嗓子，唱一首"夜歌"。更多时候是讲神仙鬼怪，我们细崽仔听得眼睛发亮，愈听愈精神。当然，也曾吓得哪儿都不敢去。

进入腊月，远处近处不时响起爆竹声，山谷回应。傍晚，不时有蒜苗炒肉的香味飘散，于是，冷飕飕的风也有了味道。路上，行人大包小包，脚步匆匆，见面招呼说的都是吉利喜庆话。

大人细崽仔一年到头所有的忙碌、期盼都好像是围着这一天，围着这个古老而隆重的节日——过年！

年的脚步越来越近了，年味儿越来越浓了。放干门前两口鱼塘的水捞鱼，应该是儿时过年的欢乐序幕。清早，大人用长木棍或竹竿反复地捅，捅开埋在塘底淤泥下放水的木塞，随着池塘水哗哗地流，细崽仔们围着鱼塘奔走，高声呼喊，大人在淤泥浅水里左冲右扑地捉鱼。每一条鱼，每一条黄鳝，每一条泥鳅，每一个河蚌都能引来一片久久围观，啧啧称奇。捕鱼的热闹几乎持续一整天。老家有木瓜山水库，鱼塘也随处可见，但鱼还是一道"大菜"，尤其是日子过得紧巴的年代。那时候很多人家正月里待客，都会端盘已成冻鱼的酸菜鱼出来，但那只是做样子，表示有鱼。懂礼数的客人都不会去夹鱼呷，只有当年快过完了，由主人带头招呼呷鱼，客人才跟着动筷子。所以过去呷酒席的主陪，不仅是把握酒席上的话头、氛围，还负有桌上的菜能否动筷子之责。每上一道菜，由主陪提议，大家才能一齐动筷子。座次、节奏、进度、劝菜、敬酒，中规中矩，有礼有节，所以在老家呷传统酒席，我曾视为畏途。

黄昏，我们在小学校的操场上，在收割后的稻田里，跳着"田字格"，或挥舞着木棒操练兵器，或骑着"高脚马"，唱着代代口口相传的童谣："二十三祭灶王，二十四扫房子，二十五打豆腐，二十六杀奏奏（老家唤猪的声音），二十七杀骗鸡，二十八打糍粑，二十九烤烧酒，三十夜撽起筷子来呷霸霸（指肉）。"大人盼莳田，细崽仔盼过年。我们眼里心里满是闪烁着暖烘烘火苗的憧憬和希望。

年二十三，早早呷过晚饭后，父母在灶前摆上斋粑、白水煮猪肉等，肯定会有一盘红糖。有时是村代销点买的红砂糖，大多时候是自己家熬的红薯糖，能拉起细长的丝。母亲说，要把灶王爷的嘴糊住，叫他上天不要说人间的"好丑"，即坏话。这个风俗，这个说法，很多地方都有。我老想象着灶王爷就像某个邻居，一个羸弱慈祥的老人，如老三的爷爷，一身黑布衣服，一年四季坐在火塘边不紧不慢地添柴烧火，呷红薯糖时，如核桃壳干瘪的腮帮缓慢地颤动，又黏又糊的红薯糖粘在嘴上，粘在灰白的山羊胡子上，看上去有点儿狼狈，但让人感动，也让人心疼、怜惜。父亲焚香燃纸，嘴里念念有词，如上天言好事，下界保平安……过年的仪式庄重感顿生。母亲说煮过三天饭的灶台就会有灶王菩萨，它今天晚上走，要到大年三十夜才回来。也就在这一天，父母反复叮嘱我们不能乱讲乱说，不能说不吉利的话，如死、败、亡、病、药，等等。

农家杀猪过年甚为隆重。红红火火，人笑年丰。讲究的人家会看皇历选日子，杀猪时讲"兆头"，预示来年的运程，请亲朋好友来呷杀猪酒。我们家杀猪时，都会请"毛衣洞"老婆婆来呷饭。她是祖母的母亲，现在祖母的形象和当年老婆婆活脱脱一样，唯一不同的就是祖母没有裹小脚。跑腿请客的差事由我承担。裹小脚、背躬得像虾米一样的老婆婆颤颤悠悠地走在前面，我蹦蹦跳跳、心不在焉地跟在后头，落下老远，一溜烟儿又追了上来。也有人家过年猪杀得早的，有同学以此"堂而皇之"地向老师请假。因为家里杀猪，或来客人了，或亲戚嫁女、做寿酒等动辄请假不去上学的同学，大多小学没毕业就辍学了，一辈子就与那片土地捆绑在一起。

早年，农民杀猪得先完成国家的定购任务。一年一头猪，重量不能低于标准，价格低于市场价。只有完成任务后，自家才能杀猪，且得去大队书记那儿买"杀猪票"，也就是屠宰税。我们家很多年，母亲辛辛苦苦喂养，完成了国家的定购任务后，自家就杀不起过年猪了，只能从公社食品站买回一点儿肉过年。这种状况直到 20 世纪 80 年代中后期才好转。想起杀猪、交公粮等，就感到中国农民的坚忍与伟大，他们用大地、群山一样胸怀与脊梁，哺育扛起共和国优先建设工业现代化的伟业。

农家养猪皆如此。开始八九个月都是喂草料，只有进入腊月才舍得喂点儿粮食催肥，所以肉香，膘肥，堪称纯绿色食品。猪肉除了留下点儿过年呷，大部分腌上盐挂在火塘上方，靠长年累月的柴火将其熏成腊肉，那可是平常人家一年的油荤。

在杀过年猪前后，家里会做豆腐，几桌不等，也就是几升黄豆。母亲做得一手好豆腐，从磨豆子到煮浆、点卤、过滤等，忙前忙后都是她一手一脚。前几年她六十多了，还每天清早挑着一担豆腐挨家挨户卖。如果谁家做红白喜事，或哪儿施工干活儿，人多开伙，需要几桌豆腐，是她最高兴的事。我们劝她多次，不用做了，太辛苦了。可她说，年纪大了，挣不到什么钱，能减轻一点儿你们的负担也好。她在电话里算账给我听，一担豆腐能赚两块钱，还有豆腐渣能喂猪，多好。在她眼里，自己的力气和柴火就像接到灶屋的山泉水一样，源源而来，取之不竭，用之不尽，且不花钱。母亲卖豆腐直到一个白雪皑皑的早上，她挑着豆腐担子滑倒，导致骨折，生活自理都成了问题，她才歇手没做了。

老家过年前做豆腐，主要为了做猪血丸子，一种能长时间保存的熏制豆品。它的做法是，将豆腐、猪血、肥肉丁、食盐，近年添加少量辣椒粉、桂皮、橘皮等作为香料一起搅拌成泥状，然后捏成一个个椭圆形粑粑，放在火塘上方的筛子里或竹篾上熏干，样子黑乎乎圆溜溜的像手雷。食用时，用温水刷洗数遍，黑颜色不必洗净，也洗不干净，或蒸，或煮，切片即食。猪血丸子的主要食材是豆腐和猪血，颜色喜庆，因肥肉丁的油腻渗透其中，呷起来有干豆腐的嚼劲，兼有烟火味，加上亮晶晶、肥而不腻的肉丁，别具风味。丸子能保存一两年时间，随呷随取，加上烹制简便，是家常待客的一道美味下酒菜。旧时，食物保存困难，尤其是炎热夏天，丸子是聪明能干的先民独创储存食物的好办法。今天已成为隆回等地的特产。全国只有隆回、邵阳一带有。据科学研究，人的味觉在十四岁前就形成、固定了，一辈子难改。现在，每当品尝丸子就是家的味道，过年的味道。猪血丸子亦随着隆回、邵阳人闯世界的脚步走向全国，渐渐为广大国人接受、喜欢。我有好几位乡友开网店、微店卖猪血丸子，生意做得风生水起。

打糍粑是老家又一年俗。年二十八前后，家家户户笑语盈屋打糍粑，将糯米，或高粱、苞谷、粟子、糁子这些杂粮得添加些糯米，以增加黏性，蒸熟后，放入"粑款"（石臼）里由家里两位壮劳力用特制的粗重木棒将蒸熟的糯米捣烂如泥，然后放进一个撒有米粉的大竹匾里。我们家是父亲和祖父，祖父走后，家里好像很少打糍粑了。全家男男女女老老少少围着竹匾，说呀、笑呀、唱呀、叫呀、喊呀，配合着手上搓呀、揉呀、压呀、捏呀、挤呀，将一个个热乎乎的糯米或其他食材的团子做成月饼大小的糍粑。这时候，细崽仔们是最兴奋的，在大人的嗔怪声中，草草洗一下手，挤在其中，充分发挥想象，将手里的半个团子捏成小狗、小猫、小猪、小鸟，想做个什么就做个什么，玩耍半天，揉得四不像，干脆呷进肚子里。细崽仔仗着快年关了，偶有放肆，大人也不会像平常一样斥责打骂。这边做糍粑，那边趁着还热乎，将其放入一个个木质模具中印出各种图案，最后一道工序是在糍粑中间点一朵红色梅花。做好的糍粑摊满了筛子、竹匾，甚至晒谷子用的宽大竹席晒席，粉嘟嘟的糍粑配上红艳艳的梅花，煞是好看。

糍粑是过年期间走亲访友不可或缺的馈赠礼品。呷时，可以放在火塘里烤，亦可油煎，如果再拌上几勺白糖，那美味，想起就吞口水。还可以放在米饭上蒸。殷实的人家糍粑能呷到清明"挂枪"。当然，正月初十左右就得把糍粑装在盛满泉水的陶罐里，水一两天一换，不然天气渐热，糍粑会发霉变质，这时候的糍粑味道开始发酸。

大年三十那顿饭是过年的序幕，是期盼已久的高潮，是亲情温暖热切的拥抱，也是对出发地虔诚的祭奠。是一年的结束，又是一年的开始。

中国人之所以是中国人，除了肤色、头发、语言、文字等因素外，就是这些融入我们血液、骨子里的传统习俗，出门在外，临近年关，遥望故土，心里恓惶，脚步慌乱，千里之外，万里之遥，关山重重，都挡不住对故园的思念，挡不住回家的脚步。为了年三十那顿团圆饭，年年岁岁，人们如潮水一样奔涌，似非洲角马一样迁徙，披星戴月，雁叫长空，历尽艰难；像鱼群洄游，信徒朝圣，无论呷多少苦，受多少累，折腾多少回，年三十那天晚上一定要回到暖烘烘的家，回到父母亲人身边，欢欢喜喜、热热闹闹围坐一起呷那顿饭，那顿热气腾腾，饱含家的味道、母亲味道的"盛宴"。几千年来，它已亘古不变地融入了团圆、喜庆、祝福、期盼、祈祷，融入我们太多的情怀、情感与希望。

村里每户人家呷年夜饭时间不一。有的年二十八，有的年二十九，有的年三十，有的下午呷得早，有的当晚饭呷，还有的天蒙蒙亮就起床呷。但有一个仪式都差不多，就是呷饭前得焚香烧纸，祭祀先人，燃放鞭炮。一听到哪户人家放炮仗了，邻居就很"识趣"地不会再来借东借西了。过去呷年夜饭最忌讳被人打扰，现在估计没多少人在意了。当然，谁家哪天什么时候呷年饭，家里嘴快的细崽仔早就把消息骄傲地散播出去了。小村里，尤其是住得近的几户人家没有什么瞒得住的。

我们家呷年夜饭大多是年初一清早。天还没亮，我们兄妹睡得正香，父母就以吉利话轻声招呼："起床了，高升了！"这是一年到头父母说话难得这么细软温情的时候。平常他们因繁重的农活儿劳累，加上我们贪玩调皮，叫唤我们时没好声好气。我们迷迷瞪瞪起床，看到父母在灶屋里忙乎，到处热气腾腾，香气四溢。红色暖和的灶火映红父母显得庄重的脸庞，顿感温暖。过年了，马上就要过年了！随着一声轻轻的吱呀，父亲打开堂屋大门，一阵清冷的风灌进，他随手把门轻掩上，在屋外开始放炮仗。爆竹声声，山谷轰鸣，这时远处近处到处响起炮仗声。我们家的炮仗声就零星几响，父亲说意思到了就行了，其实他是怕花钱。从屋外此起彼伏、比赛一样的炮仗声里能听出，这时候呷年饭的人家最多。大年初一早上呷年饭，寓意越呷越有，越呷越敞亮，路越走越宽阔，日子越过越红火。祖父祖母坐上席，一家人团团圆圆坐一起，八仙桌上摆满了平日难得一尝的农家美食。在我们敞开肚子大快朵颐时，大人不会忘记说一些"攒劲"的吉祥话，叮嘱一些老"规矩"：不能说不吉利的话，呷饭时不能把筷子掉地上，不能打碎碗碟，大年初一不能扫地，不能动针线，不要随便出门，尤其不要去邻居家，等等。因为这可能是你来年第一次出门，得讲究彩头、兴头。有的人家还要到果树、田间地头、猪栏、牛栏前，一问一答地说一些五谷丰登、人寿年丰的吉利话。

祖父母说，大年初一是皇帝出行的日子。也有的人说，"初一崽，初二郎"，初一是家里儿女给父母、祖父母家族成员间拜年的日子，初二是嫁出去的女儿带上夫婿、儿女回娘家的日子。年初一，虎形屋场的细崽仔三五个聚在一起放鞭炮、抽陀螺、骑高脚马等，疯玩，跑得满头大汗突然想起家里还有好东西呷，心里真快活。年岁渐长，我们兄妹很多时候是安静地看书，一本叫《好逑传》讲才子佳人类的古书，我看过多遍，绘声绘色地讲给好多人听过。大集体时，年初一，生产队照例会"承头"给军属拜年。经常是炮仗一响，村里的年轻后生和细崽仔们闻声而动，汇集成长长的队伍，浩浩荡荡向军属家进发，瞬间把"光荣军属"家挤得像集贸市场。大年初一，上门的都是"贵客""稀客"，迎接的是滚烫的笑脸，热腾腾的茶水，喷香的点心。如此"大呼隆""大阵仗"拜年，都是坐一会儿拉拉家常，问问子弟在部队上的情况，然后各自散开，回家。携带礼物大约是一斤白砂糖、两斤猪肉，最重要的礼物是燃放得热闹持久喜庆的鞭炮。给军属拜年的大部分开支用来买鞭炮了，这也是很多军属最喜欢、最看重的。儿时，叔叔在湖北当阳空军某部当兵，故这一幕印象深刻，后来我曾写过一篇题为《拜年》的散文，发表在1998年1月《人民日报》的副刊《大地》版面上。如今，老家不再兴给军属拜年，物质上的优抚可能厚重多了，但精神荣誉上不那么大张旗鼓、轰轰烈烈了。

正月里，女儿多的人家最热闹，三五个女儿携夫带子回娘家，人欢火笑，鞭炮响个不停。相比我们家就很冷清，单门独户，人丁不多，就一个姑妈嫁得不远，回娘家像串门一样，有时候一天要打几个来回。所以姑妈姑父过来给祖父祖母拜年，在我们看起来没有那种亲人间久别重逢的欣喜和隆重。

我们兄妹给外公外婆拜年都是年初二，由父亲或母亲领着我们。家里喂有家畜家禽必须留一个大人照顾，有时候妹妹也留下打帮手。记忆中，正月里难得天晴，去外婆家十几里山路，满是泥泞，爬坡过坎，才穿头回的新裤子裤管内侧蹭得全是泥巴。即便如此，在我们眼里山水含笑，路人和气，飘散着的炮仗味、湿漉漉的空气都是温馨的。我们一路欢蹦乱跳，有说有笑。外婆家住在西冲界山顶上，山势陡峭，待爬到半山腰那条简易公路上，抬头看到那道横穿公路的水涧，就感到胜利在望，离外婆家不远了。沿羊肠小路，上一道斜坡，拐过那道小山弯，最先看到外婆家的木屋吊脚楼被雾气缭绕得如仙境，雾霭中传来三姨、小姨等响亮的笑声、说话声，煞是热闹。父亲开始燃放炮仗，屋里有人大声叫嚷，白凼大姐夫一家来了！我们家每年都是这个日子，临近中午时赶到外婆家。外公外婆目不识丁，土里刨食，精打细算，勤俭持家，一生养育八个子女，四男四女，母亲居长。我们兄妹去外婆家拜年时，大舅、二舅、二姨、三舅等先后婚嫁，小舅、小姨和我年龄相仿，我们能玩到一块，加上此时我是客人，舅舅、姨妈戏称"外甥大爷"。他们是主人、长辈，很多时候我"霸蛮"，因有外婆撑腰，他们还让着我一点儿。正月里来外婆家拜年的亲戚很多，人来人往，很多不知道该如何称呼，这是最让我感到忐忑不安、不知所措的。

儿时，在外婆家是最幸福时光，有好吃的好喝的好玩的，且不会被父母呼来喝去地做家务、干农活儿。外公外婆任何时候都是慈祥和蔼的，舅舅、姨妈们说话都是轻声细语的。天气晴朗，就跟着三舅、小舅上山砍柴、放羊、烤糍粑，刮风下雨下雪，就躲在屋里坐在暖暖和和的火桶里听外婆讲一些善恶有报的故事。火桶形似方桌，沿凳而坐，下面装有燃烧的炭火，膝上盖一条小棉被。这时，如果屋外飘起鹅毛大雪，从外婆住的那间狭窄昏暗卧室的小窗户望去，外面是几株杉树，一堆堆柴火，一片宁静而温馨的世界，那一刻真希望时光永远停驻。记得那时外婆几次跟我说，我"讨婆娘"结婚时，她一定要去呷酒。当时我觉得遥远得好笑，不以为然。若干年后，我和妻在四川一个小县城举行简单婚礼时，想起外婆的话，心里突然空落。后来，有个夏天我带着妻儿去看望外公外婆，妻给外婆照了一些照片。外婆淡然，有点儿欢喜地说，她要从中选一张放大做遗像，摆放在灵前用。外婆走的时候，我在千里之外的军营，不知她用的是哪张照片。

晚上，我们和小舅、小姨在明晃晃的电灯下（而我们家用的是煤油灯）照着连环画上表演"杨家将"系列，大呼小叫，好不热闹，天昏地暗。父亲和外公、外婆、舅舅、二姨父等围坐火塘边聊天，偶尔也打打牌，这是父亲一年到头难得的闲暇。夜半，外公外婆会端出一碗碗喷香、油汪汪拌有白糖的油煎糍粑给大家当夜宵。在那缺衣少食的年代，晚上还能呷上一两个油煎糍粑，那是多么美好多么幸福的事呀。

夜更深了，屋外满是疾风刮过的尖啸声，我们细崽仔已迷迷糊糊入睡。由于客人多，外婆家好几间屋子临时搭起床铺。依稀梦中，似幻似真，听到外公和父亲、二姨父在断断续续拉家常，有窸窸窣窣脱衣服的声音。外婆家屋后是一条小水沟，水声潺潺，长年不断，我枕着水声入梦，早晨被水声唤醒，那水声流淌在我梦里有好些年头。那是外婆家的声音，是温暖慈祥的呼唤，又是轻柔温情的催眠曲。

外公病重直到去世，母亲一直在服侍。外公跟母亲说，他有九千多块钱分几处放在哪个地方的砖缝里、鞋盒里，待他病好后，他要用那些钱过好日子。就是那不多的一点儿钱是他平常省吃俭用攒下的，或儿女们看望他时给他的，他都舍不得花。儿多母苦，外公外婆一生操劳节俭，没过上什么好日子。儿女们已在悄悄准备后事，外公即使病得那么重依然怀着对生的深深眷恋，对好日子的无限向往。外公走后，一向要强的母亲在电话里跟我哭诉，说她从此是没有父母的人了。我理解母亲，父母即使年纪再大，也是我们生命、心灵的依靠，父母走了，生命的栅栏远逝，我们就跟黄土只有一步之遥了。如今，舅舅、姨妈各自成家，开枝散叶，天各一方，据说西冲界山顶上那栋木头房子，已被岁月和风雨啃噬得摇摇欲倒。该去的终会去，该来的终会来，这是生命，也是器物的运转规律。我只是想，一定得抽个时间去看看，至少让它们储存在我记忆里多些时候。

从外婆家返回时，外婆除了"礼尚往来"地打发一些糍粑、腊肉外，还要往我们口袋里塞一碟瓜子、几个鸡蛋，四个或六个，有时候是生的，有时候是煮熟的。那几天，不时有脸色酡红的男客走在乡间小路上，边嗑瓜子边赶路。遇上熟人，热情地递给对方一把瓜子，一看就晓得是拜年走亲戚回来的。我们那里如果亲戚是头次登门，除了打发瓜子、鸡蛋，还有毛巾、香皂，最"尊贵"的客人得送上一匹能够做一套衣服的布料。妻儿跟我第一次回老家，就害得三姨和小姨跑很远去买布料。现在，乡亲们的生活水平都提高了，不知这些"礼节"还有没有，是不是也与时俱进地改进了。

在正月初几，年过得意犹未尽时，有"唱土地（爷爷）"，或唱"莲花落"的不请自来到每家每户的堂屋里。叮叮当当、咿咿呀呀，嘴皮翻转，连唱带说一些发财添丁晋级的恭维话。大过年的，谁家不讨个喜气呢，都得打发一升米几个糍粑，唱得主人高兴了还会封上点儿钱。走家串户"唱土地"看上去有点儿邋遢的中老年男客家境都一般，无非想利用这难得的农闲挣点儿口粮。

正月里舞龙灯、唱花鼓戏是在 20 世纪 80 年代中后期兴起的，那时大家口袋里虽然还是叮当响，但不用为呷饭发愁了。舞龙灯，最先好像是水田村承头，从大水田乡政府周边村庄开始，挨家挨户，一路舞过去，舞到谁家，如打发"唱土地"的一样，一两升米四个糍粑给几块钱，有的还放鞭炮等。舞龙灯时还伴有寥寥数人的花鼓戏班，蹦蹦跳跳唱一阵。我有个小学同学叫廖雪娇，唱《采茶调》，那晚我觉得她脸蛋红扑扑的，眼睛亮亮的，在高坎上欢蹦乱跳的样子很好看，我追着看了好几场。她那次唱花鼓戏后，正月过后开学，她的座位一直空着。后来她"亭亭玉立"出现在大水田街上卖豆腐，我每次路过她的豆腐摊前，低头脚步加快几乎飞奔而过，她热情地招呼每个路人买她的豆腐，但从没招呼过我，也许她知道我没钱，也许她也不好意思。小时候一听就头大的花鼓戏，现在变得很爱听，喜欢那个唱腔、节奏、音乐。有的唱词写得好，幽默、诙谐、有趣，极富生活气息，如《讨学钱》《打铜锣补锅》等。但有的词实在是粗俗不堪，牵强附会，估计是那些"冬学堂"里的毕业生编写的。旧时，穷人家的孩子立冬那天就进学堂认字，正月十五结业，故称"冬学堂"。

现在，不知道老家这些年俗还有没有。是不是年还没过完，还在正月初四初五，年轻人就奔向"讨生活"的地方，只留下老人、老狗和几个穿开裆裤的细崽仔，早晚升腾起留守的"旗帜"——几缕柴火炊烟？

年过完了，春天好像来了，乍暖还寒，有人开始"挂枪"。这时，依旧水瘦山寒，天干气燥，不时传来有人上坟烧纸钱，差点引发山火的消息。

春草泛绿，细雨蒙蒙时，转眼又是一年。

罗兰·巴特说：童年是我们认识一个地方的最佳途径。隆回北面位于大水田那个叫白凼的小山村是我的乐园、我的摇篮，我在那里启蒙，在巴掌大的范围看世界。儿时，总觉得日影移动缓慢，每一天都是那么漫长，一只虫子我们能盯半天，一块石头一团泥巴一棵小树一只小鸟都能让我们做各种联想。漫步山径，自编自唱，或双手作话筒状冲着群山喊，群山回我以歌。那时候我很简单、很快乐，食物也很香甜，我在每个梦里都能飞翔。日本那个获诺贝尔奖呼声很高的作家村上春树说："无论置身何处，我们的某一部分都是异乡人。"我怀着对白凼村的美好记忆，曾多次回故乡。满天星斗，三五声犬吠，一两声鸡鸣。躺在白凼村的"家"里还是梦见白凼村，醒来时竟不知身处何处。我突然明白，故乡我是回不去了，它永远在远方，在记忆里，在虚无缥缈的想象中。

曾在他乡身似浮萍雨打萍的日子步履艰难，跌跌撞撞，多少次跌倒又爬起，几乎无力支撑的时候，就想不如归去。白凼村——生我养我的地方，不论我成功与否，荣光与否，都会不讲条件、无所顾忌地收留我、包容我，那是我感到温暖、安全、踏实的故园，就像母亲待我一样。可如今，白凼村已不是原来的白凼村，在岁月的冲刷下，它已渐行渐远。即使它朴实无华、容颜不改地守望在原地，我也在变，我的记忆将曾经的苦难过滤，在流血结痂的疤痕上蒙一层温情的轻纱。宋代词人蒋捷的《虞美人·听雨》也许说的就是这样一种情境："少年听雨歌楼上，红烛昏罗帐；壮年听雨客舟上，江阔云低，断雁叫西风；而今听雨僧庐下，鬓已星星也。悲欢离合总无情，一任阶前，点滴到天明。"雨声还是那雨声，可心境情怀已不同。

我的白凼村我的根。小小的白凼村赠我以生命，伴随着贫瘠、困苦与荆棘，我趔趄半生，一贫如洗的行囊无以回报，唯有嘶哑的歌声和笨拙的文字，愿它每一个朝阳和落日，每一棵小草和每一个露珠都是那么宁静祥和！

背着书包上学堂

1978 年 9 月我启蒙读书。12 月 18 日中共十一届三中全会召开，改革开放，大地春回，白凼山村，亦有春光。

1976 年 1 月周恩来总理逝世，7 月朱德委员长逝世，9 月毛泽东主席逝世。毛主席逝世时我有模糊的记忆，天气还热，父母带我去下白凼原村小学开群众大会。那里是黄泥土地面，到处灰扑扑的，好几进只有光溜溜的木头柱子，没有装木板墙。吸溜着鼻涕、穿着开裆裤的我从没见过那么多人，估计是到处乱跑，邻居一个稍大的妹伢子悄悄指着悬挂在上方的人像告诉我，别往那边去。我当时不知道上面画的人是谁，人们为什么要聚拢到一起。没想到若干年后，我在人民军队服役多年，伟人们的思想、精神一直指引照耀着我前行。

1978 年 9 月，我启蒙上学的前一天晚上，在祖父祖母住的老屋灶屋火塘边，老家呷晚饭很晚，饭后祖父祖母、父母，可能还有叔叔和姑妈等长辈偶尔想起我即将上学了，临时"抱佛脚"辅导一下。他们用短枝条教我数数，简单的加减，我随口乱说一阵。懵懂的我很长时间以为是"包佛脚"，佛祖也像老婆婆一样裹小脚，需要包脚。大人们苦笑着摇摇头，很快没了耐心，像往常一样，拍拍身上的灰，简单洗漱一下后上床睡。这是我上学前接受的唯一一次"衔接教育"。此前，我没学过拼音，没见过汉字，没认过数字，更没背过古诗，我的世界只有泥巴、石块、树木、小鸟、鱼儿、黄牛等。

太阳照样升起，可我从此"牛犊穿上鼻子"，得天天上学堂。

开学那天早上日头很好，我还记得父母送我出家门时的祝福：矮子上楼梯，步步升高！我至今不明白，为什么不说高个儿上楼梯，长得又高又大，不更好吗？可能认为高个儿上楼梯，重心不稳有危险吧。我很长时间认为个子矮，成绩好，坐前排即符合那句话。如果个子高大，学习上怂得"郎（整个）茄子不进油盐"，那将是老师同学讥讽取笑的对象。

白函村小学原来在下白函一处半山坡上，应该是 20 世纪 60 年代初建的。父亲读小学时在大水田乡，姑妈和叔叔上小学就在村里。母亲说，姑妈小时候就曾背着我上过学，我茫然无计。我在下白函的村小学就读过一个一年级，很多记忆如云遮雾绕，怎么也清晰不起来。印象深刻的是靠山坡小水池边，一间空房子的木墙上有一幅泛黄的烈火中的邱少云图画，很多次放学时，我都跑到那儿呆呆地看上一会儿。没想到若干年后，我因编写十二军史话《战斗在朝鲜》，长篇纪实《上甘岭 43 昼夜》，数次采访上甘岭战役中时任十二军军长李德生、十五军四十四师师长向守志，邱少云所在的十五军二十九师八十七团九连配属向守志指挥。

我没有去过大水田，没有走过马路，没有见过汽车，无法想象山外的世界。在我稚嫩的眼睛里，村小学就是"大地方"，有某种不一样的气息。只有几根柱子的"礼堂"，一个当作铃铛的铸铁筒子，光溜溜的黄泥地操场，甚至分男女的臭烘烘的厕所，一切像是有某种令人仰望敬畏，让人顿生怯意的东西。这种感觉，我后来刚到南京军区大院、江苏省委大院上班时也有。

我上小学一年级时学费是一块钱。父亲为我的书包颇费心思，用竹篮，还是用蓝布包？后来好像是一个大众化的蓝布包，直到上小学四年级，自己挣钱才买上一个神气的黄挎包，一个真正意义上的书包。我的铅笔老断。王腊生老师说，大家是不是将铅笔在你们娘老子煮饭的米汤里泡过？我发誓，我才没那么蠢呢！一支不带橡皮的铅笔很快就短得握不住了，父亲把他的圆珠笔芯送给我，写不出来时，我也学他的样子用舌头在笔尖上舔一舔。由老师批阅的作业本应该发过，其他的本子是父亲从生产队"造纸屋"讨来的，又薄又轻的黄色"细纸"。父亲在老屋空荡荡、四处灌风的灶屋里用母亲切布鞋底的小刀，将细纸仔细地裁好切边，装订成一个个小本子。父亲埋头做得很认真细致投入，邻居们看到直夸父亲对崽的学习很上心。父亲微笑着，我在一旁像刚捕获的小野兽一样咆哮，又气又急，我对那种细纸真恨得咬牙切齿。谁都可以想象，一个小学一年级刚拿笔的细崽仔握一支下水不畅的圆珠笔芯在细纸上写字，那简直是一幅夸张讽刺漫画，一种无法想象的折磨。细纸经常被我弄得皱皱巴巴，千疮百孔，惨不忍睹。圆珠笔芯在细纸上划出一道道深痕。实在写不出来时，我就呆呆地看着老师同学，或出神地望着教室外那条回家斜坡路，奔跑的细崽仔，歌唱的小鸟……什么都不写，什么都不做，跟着大家喊一阵"矮柏鹰"。就跟着起哄叫喊，不走脑，也不走心，只是走神。

我读第一个小学一年级，成绩很差，好像不明白老师在讲什么。但是对《国歌》和广播体操有印象，觉得《国歌》好像和后来教唱的不太一样，广播体操像是军体拳，后来一了解，果然如此。那时候最担心老师在课堂上指着我说，放学后留下来。一听那话，如天塌下来一样。接下来如霜打的菜秧，整个人都蔫了。我的同桌是一位高个子女同学，全班就我一个人跟女同学坐，她的成绩也很差。我们没有同病相怜，反而彼此视为"仇敌"，横眉冷对，从没搭过话，和她同坐，我像受了"奇耻大辱"般。现在回想起她的样子，衣着整洁，脸庞清秀干净，身材开始舒展抽条，不像我脸上身上脏兮兮的，如从水田里刚爬出来的赖皮小狗。同桌的她好像读完小学一年级就没再上学了，她的命运像所有小山村的妹伢子一样，自开自落自芳华。我走得太远太久，她的名字我已经遗忘在风里。

我的学习成绩尽管差强人意，但没有去"捉蛤蟆学骟猪"，还是风雨无阻地按时去"点卯"，每天早晨呷过饭后呼朋引伴，和邻居小伙伴们一起背着书包蹦蹦跳跳、叽叽喳喳去上学。在老家大人责备细崽仔读书不用功、贪玩，挂在嘴上的一句话就是："叫你去读书，你却捉蛤蟆学骟猪"。我饶有兴趣地瞧过很多次骟猪，骟猪匠嘴里叼一把锋利铮亮的铜质小刀，一只脚轻轻踩住小猪崽的头部，手舀凉水在它的小腹部上捋一捋，用小刀划出一道小口，利索地挑出两个鲜红的小球状物，随手丢进旁边盛有凉水的洋瓷盆里，盆里顿时一片昏红。我仅晓得那球状物是细崽仔的一道下饭菜。骟猪匠蹲在地上就着洋瓷盆里的水洗手、擦拭小刀，叮嘱现在得有人看着，不能让它躺下。这当然是细崽仔干的活儿。那时候我只觉得生命真神奇，从小猪崽身上取一样东西下来，它竟然只是哼哼唧唧一番，还能安然无恙，活蹦乱跳。我曾模仿骟猪匠的样子，按住一只蛤蟆，在它白晃晃的肚子上挑个小孔，挤出一段土色细小的肠子，截断，放生。当时望着蛤蟆蹦跳消失在稻田或草丛深处，认为它肯定没事。如今想起，可怜的蛤蟆横遭如此"劫难"，能不能活命，只有天晓得。

我们屋场上面，外陀冲有几个顽劣孩童经常逃学。早晨背着书包出门，半路上找个地方"捉蛤蟆学骟猪"，或用泥巴石头忙着架桥、盖房子。太阳西斜，看到其他细崽仔放学了，他们也若无其事地回家。我才不学他们呢！父母的任务是出工，我的任务是上学。

我仅有一次迟到是叔叔当兵离家的那天早上。记得在老屋的堂屋里祖父祖母摆了一桌酒席，四个舅爷爷，亲友近邻都来了，欢声笑语，殷切叮嘱，热闹非凡，谁也没在意我。那天早上呷早饭很晚，太阳已经老高了，往常是把我的影子挑得像竹竿，那天早上却照得矮墩墩的。我一个人无趣甚至有些伤感地走在上学的路上，踩过跳过一个个光滑圆溜的石头。我想好了，如果老师或同学问我，为什么迟到？我就头昂得高高地大声回答：送我叔叔当解放军去了！可是我来到学校，直到在座位上坐下，谁也没有问，对我的迟到好像没有谁发现，没有谁在意，那句让我底气十足的话始终没能出口。我难道一个朋友都没有？有点儿失落。

叔叔当兵，是我们家最大的光荣、最大的希望、最遥远的牵挂，亲友间见面最关切的话题！从此，我的想象与憧憬在神奇的地方有了栖息的橄榄枝。

深秋，大人们开始忙着收苞谷、挖红薯。一天，放学时老师让我们每人扛一条板凳去上白凼虎形屋场即现村小学所在地，在我家附近。我忘了老师有没有说村小学搬迁一事，反正我兴奋得不知所措，想扛两条板凳的，试了试，搬不动，放弃了。

新的小学没盖好前，我们班在邻居刘开先家老房子的厅屋里上课，我们小时候捉迷藏、做游戏的地方，十分熟悉的环境。我们家老房子的厅屋被一个高小班当作教室。好像没过多久，村里男丁聚拢在一起呷几次油煎豆腐，一阵吆喝，新小学在我家旁边的稻田里盖了起来。

新小学位于白凼山冲中部，这样外陀冲等上面的细崽仔上学就方便多了，不需要穿过整个山冲了。新村小有两栋歪斜、好像随时可能倒塌的两层小木楼，中间是小操场，整体呈梯田状。上面那栋房子楼下靠小河一侧是村里的代销点，旁边还有一座小木屋，屋内有以柴油机为动力的碾米机。一时间，全村上百户人家男男女女在这里购物、碾米，开计划生育会、领独生子女证会、村民选举会、各种工作队会。大会几百人吵吵闹闹，记得有一次在上面那栋木楼二楼开全村计划生育会，楼板被压垮，伤了不少人。小会三五人嘀嘀咕咕一阵，短会一锅烟的工夫。那十天半月的长会，是我母亲最高兴的。这样她就可以向"办伙食的"推销她做的豆腐和家里的柴火，能挣一点儿现钱。村里难得放一回的电影也在这里，由大水田乡捎来的信件、报纸及少有的杂志，乃至电报都从这里由小学生们充当义务投递员送到全村各个角落，或白云深处，深山独户。代销点里常年有几个闲汉悠哉悠哉地站着陪小店经理廖敦绿打字牌，也不嫌累。村中各种消息包括流言蜚语谣传，均从这里中转集散，小店门口的木板墙上不时贴大红告示或大白布告，有时白纸右下角还画有一个大大的红色"×"，或红色"√"。村里能断文识字的常仰着头在那儿看，有时边看边讲给旁边的"睁眼瞎"听。乡亲们也就是从那上面得知现如今县长是谁，法院院长或检察院检察长又是谁。至于乡长和乡党委书记基本上是知道的，省长和省委书记那就得相当有见识的才晓得了……以村小学为中心，我们虎形屋场一时成了全村的政治文化经济中心。寒风尖啸的冬夜里，邻居们串门围着火塘烤火时，几个后生一番展望感慨，很是自豪，那种感觉好像我们那就是世界的中心，如同天安门广场近在咫尺，他们讨婆娘好像又增添了莫大的地理优势。

"儿童散学归来早，忙趁东风放纸鸢"。我们那儿春天里没有放风筝、放纸鸢的习惯。饭都呷不抱，细崽仔放学后要帮大人干活儿，以解决生计问题。小小山村，孩子们蹦蹦跳跳、摇摇晃晃、打打闹闹上学，永远是一幅美丽动人富有生机的画面。村里很多人家没有挂钟也没有手表，更没有看钟表的习惯，习惯于有日头就抬头看日头估摸时间，没日头就打量孩子们放学。尤其是冬天，天色昏黄，当大娘大妈小媳妇们聚在火塘边纳鞋底、绣鞋垫、织毛衣打望着孩子们放学了时，就会自言自语地说，散学了，该做晚饭了。

白凼村小学几经变迁，先是上面那栋摇摇欲倒的小木楼连同宅基地卖给我表叔蔡建奎。20世纪90年代后期在下面建起一栋砖瓦楼，从一建成就饱受诟病，质量堪忧。不久，因为在小学附近修一座小水泥桥，村集体没钱支付工程款，又把砖瓦楼的一半连同地基卖给一户村民。这都是因为太穷了，村集体几乎没有任何收入。现在的村小学听说是由国家出资80万元建成。桌椅齐全，窗几明净，还有一道围墙、一扇铁栅门将小学与周边鸡犬相闻的民居隔开。据说在大水田乡村一级小学中算是比较好的。学校周边的环境也得到改造，高坡低坎或挖或添，到处变得平平展展。我们读书的时候，小学开设班级从幼儿园到四年级，现在好像只有幼儿园和小学一、二年级了，稍大点儿的细崽仔就得到龙源村的中心小学读书。龙源小学离白凼村有近二十里山路，距白马山上更远。大冬天里，我曾见亲戚家不到十岁的细崽仔奔走龙源小学读书的情景，衣服单薄，小脸通红，鼻涕吸溜，紧耸着双肩，光脚穿一双浅帮解放鞋，那可怜"造孽"的样子真让人揪心！他们年纪那么小，生活还不能完全自理，就得跑那么远读书。全乡集中办学，有生源减少和整合优质师资等多种原因，但不能搞"一刀切"，置群众的不便和细崽仔们的安全、冷暖、情感于不顾。细崽仔初离家门读寄宿很想家，像是脑子里长有一种奇怪的随时会爬出来的虫子一样，恨不得自己能飞，这方面我深有体会。

白凼村小学的变化就如一个衣衫破烂的山里崽仔，一路蹒跚、倔强走来，折射的是几代人的成长，一个时代的发展。

为了夯实"基础"，尽管有同学讥笑我"降班生"，在父亲的安排下，我心虽有戚戚，但还是义无反顾地复读一年级。前一个小学一年级姑且看作是"预科"吧。

再度启蒙，我还是没有变得聪明"灵性"。我的书经常一学期还没完，就被我读"烂"成一张张纸，不是用功，而是把书当作篮球抛得高高的，当毽子踢来踢去，就是铁打的也经不起如此折腾呀。后来，好像语文书上有篇课文，讲列宁当年是如何爱惜书本的，看书前要把手洗干净，我的顽劣行径始有所收敛。那时候简单的算术题虽能勉强及格，但拼音还是分不清前鼻音、后鼻音、翘舌音、平舌音等，至今也没搞清。其实，老师也读得不准，平常上课老师用土话讲。我记得有次头天晚上看了一场电影，我心血来潮"抖机灵"似的试图用普通话朗读课文，老师嘲笑不要咬"竹老壳"，同学们哄然大笑。从此我"泯然众人"，再也不用普通话读书，好像那是一种羞耻。再后来，历经 N 多次考试，尽管作文写得还凑合，但是由于拼音差、基础知识差，语文总考不到高分。我的拼音没学好，普通话说得甚至不如老外，也只能聊以自嘲。我普通话说不好，但对普通话说得顺溜的很是羡慕、敬佩，尤其是对满嘴京片子的北京人，觉得他们在天子脚下沾有贵气，当然是在不贫嘴、不要无赖的情况下。就像乡间不识字的敬重有文化的，自己缺什么就稀罕什么。前几天，听广播里说，有的地方竟然方言和普通话同时教，目的是传承地域文化、特色文化。我国幅员辽阔，方言众多，一种方言就是一个文化基因，一个风俗密码。从这个角度来说，方言是一种别具风情的情调和风味。

也许从那时起，我就知道自己是笨拙的，给人的感觉也是老实憨厚。很多时候被别人"呛"一句或抢白几声，我当时明明占理，心里委屈，但嘴上支支吾吾说不出来什么，要等到某种机缘才能想起，我怎么不那么回答他（她）呢。我一生如此，愚笨，木讷，脑子不会转弯，不会变通，不会抄近路、走捷径，遇事反应比别人慢半拍甚至多拍。如果我能取得一丁点儿成绩，都是因为一条路走到黑，下的是最苦最笨的功夫，用的是最笨最傻的办法。所以，我儿子小时候的学习、做事也跟我一样反应慢，一根筋，看到儿子拙笨、憨熊一样的情形，就很心疼，亦深表歉意。

我上小学一年级时是王腊生老师教我们。

我读小学二年级时班主任老师，也可以说"全科"老师是三舅爷爷蔡期礼。我在这里介绍一下我奶奶娘家的一些亲戚：我有四个舅爷爷，奶奶的父亲（我们叫公公）奶奶的母亲（我们叫婆婆）和四个舅爷爷全部住在白冈山冲冲一个叫"石禾塘"院子里，距我家约一里路程，半锅烟的工夫。公公不喜欢出门，每天坐在灶屋的火塘边抽旱烟，一根长长暗红发亮的烟杆。四个舅爷爷的孩子很多，谁调皮就敲脑壳，打得细崽仔们哇哇叫。据说老人家年轻时是位猎人，入了"梅山"的（老家传说一种以打猎为生的小神）。婆婆是个走路慢腾腾的小个子小脚女人，她老人家大部分时间都跑我们家来和奶奶一起聊天，早上吃好饭来，下午要做饭了就回去。三舅爷爷高大魁梧，高小文化，在我们村那个年代算得上高学历了，能写一手好字，算盘更是一绝。1955年参军，因为能写会算，在部队做后勤财务工作。升迁很快，好像当到副营级军官了。后来复员转业到长沙铁路局管后勤，国家三年经济困难时期，全国上下勒紧裤腰带过苦日子，三舅爷爷那时候每天吃"配送粮"，一天半斤米，他那么高的个子饿出了"黄肿病"。当年为了减轻国家负担，响应国家"到农村去，到群众中去"的号召，同时也听信他母亲的话。没文化、一辈子没出过远门的婆婆是想把每个孩子像老母鸡团小鸡一样团在身边。老人说，老家怎么好，能呷饱饭，这是最大的吸引力，让他回家。三舅爷爷二话没说，立即打报告给铁路局领导，尽管领导极力挽留，他毅然决然地回到了那个小山沟沟。这个决定让三舅爷爷懊恼一生，每每提及便长吁短叹。回家后他做了一年的乡信用社财务和一段时间的民兵营长，后来转为村小学代课教师，一干就是三十年。三舅爷爷有两子两女，表叔蔡文，三舅爷爷的玛崽，即最小的儿子，和我一直是小学同学，经常把三舅爷爷当兵时挺立挎手枪英俊威武的照片翻给我看，边看边按照他的理解和想象进行解释，满脸自豪。三舅爷爷自己亦有很深很深的军旅情结，偶尔听到军歌或军号，就会遐想无限，神思万里。他常跟人说起他当年在部队如何如何，在铁路局如果不犟着要回来，现在应该是多大多大的"官"了。"比牛肝（官）还大"——有时候三舅奶奶会在旁边插上一句。三舅爷爷很长时间是我们那的一个"典型"，谁家孩子在外当兵、做工，受不了那份苦，或把老家的日子想象得美好，坚持要回来，家人亲友就会搬出三舅爷爷的这个活"典型"：回到那个偏僻贫瘠的小山冲冲，是没有出路的！

　　20世纪80年代前，我们那当兵回来的，在一群"土包子"农民里算是有文化、有见识、有能力的，村里乡里，有啥体面轻松且需要承头的活儿，都由他们干。于是退伍兵当代课教师、村干部、林管员、民兵营长、计划生育工作队长等不乏其人，他们中有的确实能力强，说话有理、有节、有气场，做事实在公道，让人服气亦能镇得住场面。不说别的，就是傍晚时分在村小学操场上难得打一场篮球赛，那一两个穿"渔网式"白背心，胸前"侦察兵""通讯兵"等几个红色字迹依稀可见，运球灵活，如入无人之境，就是那些不知所措的"泥腿子"所不能比的。但有的也滥竽充数，有的代课老师上课别字错字连篇，有误人子弟之嫌。

　　三舅爷爷多才多艺，课上得好，嗓门儿大，隔老远，坐在我们家的火塘边，都能听到他声情并茂的领读、讲解课文。祖父一字不识，说三舅爷爷教书像喊"矮柏鹰"，形容声音高亢。他会简谱，音乐课也上得宛如鱼游石潭，轻松自如。他把几首"保留曲目"用毛笔写在大白纸上，装裱好，上课时像挂画一样挂出来，他教唱的《太阳出来喜洋洋》《歌唱王二小》等，至今我漫步、心情愉悦时仍不由自主地哼唱，眼前浮现出他上课的样子。他给我们讲过好几个故事，神话传说或旧社会的事，他讲一个穷苦人家的小孩被地主家买去当"陪葬"，听得我毛骨悚然，好多年一想起就害怕。他还写得一手好毛笔字，腊月里他给小学附近几户人家写对联，细崽仔们捧着举着墨香阵阵的春联奔跑欢笑，那是山乡一股让人小小骚动的春暖。在村小，三舅爷爷什么课都教，语文、算术、音乐、体育一肩挑，有时候从一年级一直教到五年级。那时候村小开设最多的年级，就是从一到五年级，这在白函那个世外桃源般的小山村里实在太难得了。加上他年轻时个子高，身材魁梧挺拔，脸型俊朗，笑声爽朗，如果配上一件牛仔服，或花衬衣什么的，那简直太帅了。三舅爷爷一生呷粉笔灰，与一群顽童为伍，幸好后来转为公办教师，有旱涝保收的退休工资。对于三舅爷爷的人生际遇，祖父常说这是"柴下面榨死秀才"。比喻怀才不遇，满腹经纶却只能靠砍柴卖为生。同样的事物不同的人从不同的角度看。一样当过兵、在村里当过多年郎中的玛舅爷爷说三舅爷爷：他呀命好，退休还有几千块钱一个月，坐着呷，不用愁。

玛舅爷爷在白函也是一位传奇人物。他经常背一个印有白底红十字架的人造革小方箱行走乡间，开药治病，救死扶伤。他老人家中西结合，土洋相融，科学与迷信兼施。中医的望闻问切、开具一包包中草药，西医的听诊打针、小心翼翼包几粒白色药片，两种方法他都运用得行云流水，炉火纯青。经他医治痊愈的疑难杂症不计其数，一时声名鹊起。过去靠两条腿翻山越岭，他的生意颇为"兴隆"，现在交通便捷，加上他垂垂老矣，上门求医者已寥若晨星。

祖母兄妹六人，她排行老三，上面两个哥哥，下面两个弟弟，一个妹妹。姨奶奶嫁大水田竹家冲，儿孙满堂，幸福安康。大舅爷爷是中共党员，曾担任村干部。我印象最深的一次是他到大水田乡政府开会，路过我们家时小坐，向祖父说起会议内容。两人讨论中央提出的国民经济翻两番，应该怎么算。当时我有点儿不以为然，两个目不识丁、几乎没出过远门的老土农民，国家大计"干卿甚事"？现在回想起有肃然起敬的感动，山村野老尚能如此关心国家大事。其实"知屋漏者在宇下，知政失者在草野"。祖父他们这些处于最底层最偏远的农民最能切身感觉国家政策的得失与成败。大舅爷爷和祖父同庚，他们当年一起参加农会，搞"土改"，他俩聚到一起就有说不完的话。祖父去世，大舅爷爷就要走了祖父那根走路当拐杖、坐下来衔在嘴边、几十年须臾不离身的旱烟杆。烟杆应该是用老"竹鞭"做的，竹节间隔很短，经祖父长年累月的摩挲，颜色暗红发亮，儿时那是祖父威严的象征，那一明一暗的烟锅里曾冒出很多慢条斯理的故事，还有很多当年不曾在意做人做事的道理。二舅爷爷老实忠厚，与世无争，鳏居多年。如今大舅爷爷和二舅爷爷已驾鹤西去，很遗憾没来得及给他们做口述实录，为他们春华秋实庄稼般的一生留下些许记忆。人到中年，行将老去，总觉得人就像田间地头的庄稼，一茬茬老去，又一茬茬成长茂盛，了无声息，生生不息，绵延不绝。

我的学费迟交了些日子，三舅爷爷还是把新书发给了我。每个学期总有一些同学交不起学费，开学好多天了，老师三番五次催，甚至放学前点名让站起来"亮相"。他（她）们低着头，满脸通红，嘴角蠕动，蚊子嗡嗡一样支吾着，爷娘说家里小猪崽卖了后交，或送过"预交猪"（国家规定的上交任务）后，或卖完排树后……老师得到一个聊胜于无的大概时间后，也就把书发给了他们。据说也有极个别的老师一时心"硬"，到了一学期快结束了，才把书发给那个没交学费的。事做得有点儿过分。但有的人学费拖欠多年，甚至娶婆娘生下的崽都读书了，他上学时的钱都还没交。没交就得从老师工资里扣，而一个民办老师又有多少钱扣呢？彼此都不容易。还好后来实行义务教育，学费免了，交不起书本费的应该没有了。

我小学三年级的老师开始是龙源村白发苍苍的廖善文，后来好像是廖善文老师的儿子，具体名字忘了。小廖老师是接他父亲的班来教我们的，年轻，有朝气。不知小廖老师看中我哪一点，调皮顽劣，还是在小伙伴们中有少许号召力？竟然安排我当班长，此前一直是表叔蔡文当班长。那时村里正放电影《大渡河》，接连几场，都是这个影片。我记得电影里有个镜头：一位老兵从悬崖（或铁索桥）上掉下来，电影里战士们齐声大喊老班长，山谷回应。班上小伙伴们也奔跑跳跃着叫我老班长，我心里似乎很受用。

村小学散学后，小廖老师和他父亲一样自饮自炊自食。廖善文老师好像还在附近山坡上种点儿苞谷、蔬菜，小廖老师什么也没种。当年我们那个小小山村连电灯都没有，白天有孩子们奔跑嬉闹，倒不觉得寂寞；晚上就难过了，零星人家，三五盏灯火，一两声犬吠，近处远处是一片黑黢黢的群山，没有电视，没有任何娱乐，甚至找个说话的人都没有。龙源尽管也是偏僻山村，但比白凼条件要好多了，毕竟毗邻全乡"政治经济文化中心"乡政府所在地，电灯是有的。小廖老师好像教我们不到一年就调走了，后来再也没有见过。我后来在龙源中心小学读六年级，以及在八中上学，多次路过他家门口都没有见到过。

小学三年级开始学写毛笔字。小同学们央求家里大人给钱买毛笔，还有六分钱一个粗糙用来磨墨的小陶碗（姑且当作"砚"），还有一块长方体小墨锭。加在一起，两毛钱可以全搞定。就是那两角钱也不是每户人家能掏得起，有的同学只能买笔，墨和墨碗就只能讪讪地向同桌或前后左右同学"借"了。刚学写毛笔字的孩子，放学时满脸满嘴都是墨，涂得就是一只大花猫。因为倒水、研墨对于小孩来说是件烦琐事，还有毛笔如果不"尖"，笔锋不"挺拔"，我们就用手轻轻地顺，或干脆用嘴唇一点点地抿，如此"近墨"不黑才怪呢。握毛笔的姿势和铅笔完全不一样，刚学时不一会儿手就酸痛难耐。廖善文老师说，他学毛笔字时手心里能握住个鸡蛋，写不好老师用戒尺打手心。戒尺是竹板做的，中间有道劈开的缝，打一下，再扬起戒尺时能把手心的嫩肉夹起来，打几下就发红发肿，乃至血肉模糊。老师说得毛骨悚然也好，苦口婆心也罢，他老人家常挂在嘴上的一句话就是：我嘴讲出血来，你们还当作是"苋菜汤"。即使如此，他教的"生"字，只要隔一个晚上，就变得它认识我，我再也不认识它。我写的毛笔小字，一个个大得像牯牛，那小字格实在是太小了，我的作业本乍一看黑乎乎一片补丁。毛笔字的大字课、小字课一直延续到小学五年级。

那时候教毛笔字的是廖承佑老师，他个子不高，满脸络腮胡，话不多，常穿一双皮革草鞋，一副威严且风尘仆仆、饱经沧桑的样子，让人见了直发怵。记得他好像和廖磊堂、廖乐平两位同学住一个院子。廖承佑老师仅教我们写字课，上课时他往讲台上一站，写字本一发，让我们自己练，讲话就三言两语。那时候，我由于练得较多，大字本、小字本上偶尔能得到几个"红圈圈"，甚为欣喜。

写毛笔字、钢笔字我从没临过帖，没有所谓的"童子功"，是后来自成体系的"江湖体""野狐禅"，现在能勉强看得下去，在某些场合不得不留"墨宝"时，不至于太丢人。我写字的体会，就是架子要搭得好，首先要端端正正。这也是当年几位老师们反复说的，字第一是要写工整，有的同学刚会拿笔就开始"草书"，也就是刚学会走路就开始跑，结果长大后，字写得跟鸡爪扒出来的一样，根本拿不出手。字是一个人的某种"脸面"。一个字写得好的人，让人顿生好感。因为字写得好而改变命运的，比比皆是。如当兵入伍，在百十号人的连队，谁字写得好就可能被选到连部当文书，还有可能借调到机关帮助工作，顿时显得"鹤立鸡群"，比普通士兵多一些进步成才的机会。

写作文亦从小学三年级开始。记得第一篇作文是以语文课本上的"寒号鸟"筑巢为题材，写一篇作文。老师在讲台上反复提示、启发该怎么写，我自己写得如何忘记了。班上有个叫廖德生的同学写得语句不通，不知所云，老师在讲台上读了几句，如："补了补，就补了个洞……"也是这位同学，他有一次迟到，在门口喊报告的同时还学电影里的解放军战士敬了个军礼。他每天戴一顶黄色、耷拉着帽檐，大伙儿叫"猪尿泡"一样的帽子。前一天老师刚宣布纪律，上课迟到要喊报告，但看到他敬军礼，老师哭笑不得地说："你不是军人，就不要那样敬礼，只喊报告就行了。"估计他敬军礼也是经过反复思量的。几十年后，我才晓得"寒号鸟"不是鸟，是一种叫"鼯鼠"的啮齿动物，也有说法是一种传说中的动物。

初学作文时，我就知道要写心里话，情理话，写自己熟悉的人和事，尽量运用语文课本上、已经掌握的词汇加以修饰。我是小学五年级时开始学着摘抄、做读书笔记的。当时将几个五分钱一本的写字簿，用母亲纳鞋底的针线装订在一起。先是把自己认为好的成语、比喻句、描写句、俗语、歇后语、诗词典故，等等，一股脑儿抄在本子上。后来还加上剪报，把自认为好的文章从报纸、杂志上"开天窗"剪下来，那是1989年在湖北宜昌日报社打工时开始的。这两个习惯我保留至今，几十年下来，我的摘抄本有几十本了，剪报本可能比我个子还高了。不过现在不再摘抄成语以及各种描写句了，主要是摘录一些思想观点，以及处于前沿、新颖独到的见解等。

常有人向我讨教怎样写文章。此中，真没有捷径，就是卖油翁那句话"无他，唯手熟尔"。很多人看到我经常发表文章，出书，但是他们没看到我几十年如一日地阅读、摘抄、剪报、伏案劳神。其实，每个人的聪明才智差不了多少，难得有天才，也难得有蠢材，就看谁能持之以恒。某件事、某项工作坚持十年，乃至几十年，不是大师，也成大师了。每个人的时间精力是有限的，他在某一方面用心尽力了，显得特别优秀，在其他方面就很笨拙，如同有的人唱歌跳舞喝酒打牌吹牛打游戏很在行，在其他方面就可能拎不上手。

从小学三年级开始我的脑壳似乎开窍了点儿，学习成绩似乎有了点起色。数学的应用题，我似乎能理解，能解答了，我好像变得喜欢读书上学了。此前，听课如坠云雾，不知所云，视上学如畏途。那时候祖母叮嘱我们要学习，多看书，她常把叔叔当作榜样，走到哪儿都捧着一本书，希望我们能像叔叔一样爱看书。叔叔当时在部队上作为新闻报道骨干应该已经提干了，有出息了。祖母目不识丁，她不知道叔叔当年看的是"闲书""白话（小说）书"。我也确实装得像叔叔那样，走到哪儿口袋里装上语文或数学课本，但那只是做样子，和小伙伴该疯玩还是疯玩，口袋里的书很多时候反而成为"累赘"。

20 世纪 80 年代初，老家过年要到正月十五后，那个年才算过完。过完年后的早春，人们开始放鞭炮，"挂早枪"。还是农闲时节，父母开始做"钱笼"，即用各色纸折叠千纸鹤、小红灯笼等，再用竹片、针线串成一种上坟用的纸质饰物，五角钱一个。他们从早忙到晚，有时候我们兄妹搭把手，一天能做五六个，除了纸张开支，也就能挣一两块钱的手工费。一辈子精打细算的父母总觉得，反正闲着也是闲着，挣一分算一分。这时候春寒料峭，群山烟雨，家里的糍粑还没呷完，偶尔还有蒜苗炒"猪血丸子"，山村似乎还有过年的氛围。

我们学生崽在课堂上跟着老师拖着长音，唱歌一样喊："春天来了，冰雪融化，种子发芽""滴答滴答下雨啦，下吧下吧，种子说，我要发芽；小弟弟说，我要种瓜"……我老是走神，想象着不远处两层小木屋里暖烘烘的火塘边，大人们正在烤火，聊天，煨糍粑，嗑南瓜子；祖父端着暗红色长旱烟杆吧嗒吧嗒地吸烟，有尊贵访客或者年龄和他相仿的客人来到，爷爷用手或衣襟擦擦烟嘴，然后恭恭敬敬、满脸堆笑地将旱烟杆让给客人，客人亦满脸笑容地接过……这一幕近在眼前，又好像过去了多年。

燕子剪开初春的雨雾，小草怯生生地吐出嫩芽，天气一天天暖和起来。我们脱下长满虱子的棉衣，奔跑时脚下生风，几乎能飞起来。感觉是莫名的美好、莫名的幸福、莫名的欢快，每一天都充满莫名的憧憬。

初夏，月华如水的晚上，我们捉迷藏，捉萤火虫，玩打仗或老鹰抓小鸡的游戏，在小学操场上追逐打闹，有时奔跑在田埂小路上，蛙声戛然而止。因为怕蛇，怕黑，怕传说中的"鬼"，很多时候不敢乱跑，不敢跑远……放暑假了，村小学成了我们几个家住附近细崽仔们的乐园。我好不容易攒上一毛钱，主要靠卖鸭毛、鹅毛，鸡毛没人要，在代销点买个乒乓球，一有空就用自制的笨重球拍，和小伙伴们在小学校乒乓球桌上你推我挡打上几局，我打乒乓球的"三脚猫"功夫由此练成。那两张厚实、绿漆斑驳的乒乓球桌是我们忠实、沉默的朋友，我们在上面下棋、打牌、玩耍、睡觉、歇脚、发呆。放假了，小学校光溜两栋小木楼更显寂寥、空落，很多时候只有阳光，轻风在小操场上安静地、自顾自地追着几缕灰尘、几片树叶打着转。周边几棵梨树因为细崽仔们的"蹂躏"，长势萎靡，难得挂果。代销点总有几个闲汉或站或坐打字牌。简陋的教室和老师们简陋的办公室都上锁了。其实，从木格窗棂伸过手去，能把教室的门闩拨开，只是门打开也没有什么意思，里面只是胡乱摆放着几张落满灰尘的桌椅。那个当上课铃敲的"铁筒"挂在二楼楼梯口处，它好像是小学校唯一的"活物"。敲钟的小铁锤已被老师收好，偶尔有细崽仔用石块或柴刀敲响铁筒，声音好像比平常传得远，陌生而亲切。不知是人去楼空，曲终人散，还是时光流逝？反正有一种淡淡的、莫名其妙的忧伤在百无聊赖的阳光和缕缕轻风中飘散，每一天的日头都移动缓慢，连狗都懒洋洋的，半天了还是同一个姿势。只有夜晚似乎在眼睛一闭一睁之间就过去了。

立秋了，晚上凉快了，秋意一夜之间就潜山入水。小学也快开学了。最让我伤感、难受的倒不是暑假作业没完成，除了不会做的，都完成了，而是没有一件像样的衣服，全都是补丁摞补丁。暑假里哪儿也没去，连大水田赶场都没去过，每天三担柴，将牛栏顶上的柴屋堆得满满的。上山砍柴不能也用不着穿得干净漂亮，但上学和男女同学在一起，穿得还是破衣烂衫，真没劲。

太阳爬上屋前方的"弹巨树"，大树后来枯死，倒地。在阵阵叽叽喳喳声中，随着清脆的上课铃声，小同学们怀着忐忑、兴奋的心情终于迎来了新学年。刚开学那几天，照例是尘土飞扬地打扫卫生，搬动桌椅板凳，老师宣布纪律，选班干部等，每天上半天学就欢呼雀跃地回家。那时候得等上好几天，老师才从大水田公社把新书背回来。后来，到大水田中学读书依旧如此，开学前几天是"收心"时间。一开学，就打开书本上课，让人感到就像陡然爬坡上山有些不适应。秋天里，小学校的操场上竖起两个杉木篮球架，建了一个跳高跳远的沙坑，立起一个能爬高的架子，上面装有三根长竹竿，这几样简单的体育设施让细崽仔们很是兴奋了些日子。但没过多久，沙坑满是积水，水晒干后是一层厚厚淤泥夹杂些石头树枝；爬高架也被几个调皮后生弄得歪歪斜斜，竹竿不知去向。沙坑和爬高架很快就"夭折"了，只有两个篮球架坚持得最久。村里难得搞一回民兵训练，记忆中仅一次，那次组织了篮球赛，父亲似乎也上场跑了几圈，传了几个球，他们的动作看起来很僵硬、笨拙，一点儿谈不上潇洒。身材瘦小，平常只会干农活儿神情木讷的父亲居然也会打篮球，这让我感到很意外，甚至有点陌生。他那时候也就三十多一点，好像是村里的民兵连长。在一大群"睁眼瞎"里，高小文化的他也算是知识分子了。

记忆中也是秋天，村里突然兴起一支业余演出队，六七个妹仔、后生，晚上就在小学上面那栋小木楼东边那间教室里排练节目。当时上面小木楼还没发生楼板垮塌事件，垮塌事件后，楼下那间教室就拆去木地板，在泥土地上摆两张乒乓球桌。他们的道具是一个洋瓷脸盆、一张白毛巾，边唱边舞，台词依稀有：我有一双勤劳的手，勤劳的手，样样事情都会做，洗衣服呀，补袜子呀……简单得有点像儿歌。月亮地里，小学校的男女老少呷过晚饭、关好鸡鸭、喂过猪牛后纷纷来到小学校，凑近窗户看"稀奇"。那时候大家照明用竹片或煤油灯，没有电，更没有看电视、玩电脑一说，看业余演出队排练节目就成了大家难得的"文娱活动"。我们这些半大不小又黑又瘦的细崽仔，光着背光着脚丫，即使有穿的也是布条垂挂，补丁遍布，或穿大人的衣服，长过膝盖，裙子一样。对比我们或"泥鳅"或"猴子"的模样，那些妹仔、后生都很"乖态"（漂亮）。脸跟画上的一样，衣服干净整洁合身。用后来学到的成语来形容就是一个个明眸皓齿，亭亭玉立，玉树临风。那段时间，一到晚上，小学那边有灯光亮起或人声鼎沸，细崽仔们就如魂被勾走一样，饭碗一丢就往那边窜。

业余演出队的"承头"是叔叔的高中同学，叫蔡新华，很俊朗的后生，后来在隆回县文化站工作，呷上了"国家粮"。一个深山沟沟的农村青年靠自己折腾端上公家的饭碗，在我们那个一百多万人口的农业县，真像"鲤鱼跃龙门"，村里人没有不佩服的。可惜的是他英年早逝，已经走了好些年了。祖母和父母偶尔小声说起演出队某个很"乖态"的姑娘，即使他们背地里说，我也知道是哪个，怎么回事。她好像中等个儿，脸有点儿圆，长发，额前梳刘海儿，她和叔叔是高中同学，那时他们正鸿雁传书，若明若暗地谈着。我约莫七八岁时，记得有一次在图家冲扯猪草，太阳老高了，快把草叶上的露水晒干了，我背篮里的猪草还不到一把。这时，她也背着一个背篮出现在我面前，手脚麻利，几把就将我的小背篮塞得满满的，沉甸甸的，我几乎背不动。也是她一直帮我把背篮提到家门口，没进门，母亲接过背篮说了很多感谢话。我好像什么都没说，只觉得很幸福、很温暖。一个初冬某天，父亲带回几张叔叔穿军装的照片，还有一些信件。大人们窃窃私语，神色凝重。我晓得是叔叔和那姑娘的故事没"开幕"就已经"剧终"了。后来，叔叔回家探亲，她父亲还来过我们家，礼貌客气，相谈甚欢。她父亲是公社的专职兽医，是呷"国家粮"的体面人。叔叔和她为什么没有牵手偕老，好像是姑娘母亲极力反对，至于因为什么，我也说不上来。有一次，叔叔似乎想和我聊聊这事，被我顾左右而言他地岔开了，我觉得和长辈谈这些怪不好意思的。夕阳满衣襟，让往事随风而去吧。

六七个人的业余演出队鸡毛蒜皮、鸡零狗碎的事常有，蔡新华要花很大精力做开导安抚之类的思想工作。大石头处，松柏树下，月影婆娑，我几次见他苦口婆心地劝说，挽留队员。业余演出队止于排练就"落幕"了，它的短暂存在也算是小山村一个欢乐的"小插曲"吧。

寒露初上，老师在某个星期天下午盛小半盆米汤，用从村里造纸屋讨来或买来的细纸把教室木格子窗户糊了起来。细纸尽管很薄，透亮，但糊上细纸的教室还是顿时光线暗淡。尤其是大山里的冬天，天黑得早，下午放学前教室里就有影影绰绰之感。刚糊上那几天，同学们觉得氛围别样，很暖和也很新鲜。越明春，天气转暖，窗户上的细纸被同学们捅成一个个眼，只为听那扑哧一声，和指尖相触的感觉，像如今有的人爱捏塑料气泡颗粒一样。捅破的窗户纸，在和煦的春风吹拂下如群蝶附着，振翅欲飞，呼呼作响，实有碍观瞻。老师又发动我们将细纸撕扯干净，在冬天来临时，又糊，年复一年，年年如此。

寒风呼啸，大雪纷飞。小学生们三五成群结队蹒跚走在上学路上，几乎每人手里或提或端一个"火箱"——一种古老的烤火器具。《红楼梦》里有记载，宝玉冬天上学取暖就用那劳什子，带提手的木龛子，龛子里放一陶盆，或铁壳盆，有的是一个大陶钵子，各式各样，五花八门。我用的火箱是母亲从娘家带来的嫁妆家具，杉木做的，刷上红漆，里面装一普通标准陶盆，提在手上既轻巧又好看。火箱里装的炭火也不尽一样，绝大多数是早晨生火煮饭后燃尽的柴草灰，也有的是硬杂木燃烧后的炭火，硬杂木炭火掩盖管理得当，可勉强支撑大半天。村里外陀冲有人专门烧炭卖，但平常很少有人舍得用木炭烤火，那太浪费、太奢侈了。只有做红、白喜事，或正月里陪贵客，讲究的人家才烧一点儿木炭。木炭烧起来火旺，无烟且耐烧。

我家离学校近，下课铃一响，提个火箱一口气冲到家，很多时候是从祖父母的灶膛里铲上两铲红旺旺的柴火灰，不敢落座，掉头就往教室赶。冬日我家灶屋火塘很少烧柴烤火，少有客人，也怕浪费柴火。所以，我在家门口读小学那三四年没有受过冻，有时候也把火箱借给手冻得几乎握不住笔的同学。所以，我们在课堂上经常一个火箱传来传去，老师也视而不见，不加阻止。记得班上有几个同学，大多是以土地庙为界的"庙里面"的，不但没带火箱，而且衣服破烂单薄。衣领处不时有虱子在黑黢黢的脖子上爬，脚上没袜子，趿着一双烂布鞋或破解放鞋，露出胡萝卜似的脚后跟，小脸通红，鼻孔不住地吸溜，稍一靠近，感觉他们浑身筛糠一样地抖、牙齿格格地响。这些同学大多就读两三年书，能写自己的名字就没有再读了。今天回想起来，仍感到彻骨的辛酸与心疼。

太阳懒洋洋的，课余时间，蔡永生老师用一个凸透镜蹲在地上聚焦一只倒霉的小蚂蚁，小同学们凑着脑袋、伸长脖子里三层外三层地围着看：一个耀眼的小白点随着蚂蚁缓缓移动，大家隐约明白其中的原理。很多时候那只蚂蚁还没"报销"，上课铃声响起。上下课由几位老师轮流敲那个圆形铃铛，有时早几分钟，有时迟几分钟，谁也不在意，懵懵懂懂的小学生们更不在意。小学仅一位公办老师，其他都是民办，后来全部转为公办。

那几年"魅丽姑"（女孩）中间流行"抓石子""踢田""踢毽子"，"捷力牯"（男孩）流行"滚铁环""抽陀螺""打弹弓""木质驳壳枪"等。小小山村，巴掌大的天空，信息闭塞，对外面的世界几乎是"不知有汉，无论魏晋"。那时候愣头愣脑的男孩"猛子"们之间流行"练武打"，外面世界的什么武打片、武打电视剧没有传到我们那，大伙儿也就不晓得"霍元甲"是谁，还有那些俄国大力士很拗口的名字。细崽仔们练武打是没有任何章法地乱打一气。我主要练腿功，脚踢得高过头顶，还有爬树、奔跑也快，感觉身轻如燕。祖父说，他在水洞寨种苞谷时，有个邻居能抓住狗飞奔时的尾巴，从刚浍过泥巴的田埂上跑过，几乎不会留下脚印。这让我无法想象，我也希望能跑得那么快，在两条腿上绑一小袋沙子，光着脚练了一阵子，终究不能。表叔蔡文那时候专门练"拳头"，往土坎上打，往木墙上打，往树上打，打得通红，甚至肿胀，破皮冒血。他自己感觉练成了"铁拳头"，可以闯荡江湖了，就找小伙伴比试，或在细崽仔们的怂恿、起哄声中，双方捶拳头，你捶我，我捶你，彼此满脸通红，眼泪打转，拳头都快散开了，也无所畏惧；犟着，谁也不肯认输。

蔡文表叔的拳头功夫"昙花一现"，终无所成。他很快喜欢上画画，先是用薄薄的透光纸蒙住书本上的插图临摹，画花鸟鱼虫飞机大炮枪支火车等，题材广泛，好像曾给我一幅，后来不知弄到哪儿去了。我和蔡文表叔一起小学毕业，到大水田初级中学读书。初中毕业后，彼此联系不多。直到后来我调到南京军区机关，因为有机会去宁波，才恢复联系。我们是亲戚且住得很近，他的大致情况隐约晓得：历尽艰辛求学，大学毕业后分到宁波一家国企，后辞职开办工厂，由于核心技术没有掌握，创业受挫，转了一大圈后仍"不忘初心"，以少年时的爱好为职业，坚持一生。我小时候见过村里的油漆匠在家具上画画，尤其是那些嫁妆家具，一定会画些花草鱼鸟，但只是描出个形状，呆头呆脑，一看就知道是"死的"。蔡文表叔的画不但形似，更兼神似，神采跃然，呼之欲出。他的画情感真挚，手法细腻，对构图、光线、线条、色彩等有他自己独特的理解与表现。可能是成长经历的原因吧，我特别喜欢他的《故乡系列》油画，可以说每一幅画都是他心血的凝结，心灵的歌唱，情感的表达。

因为"练武成风"，小学里曾发生过打"群架"。以毛衣洞外面的土地庙为界，庙里面的一边，庙外面的一边，相互起哄，对打，不知道谁挑起的，估计是那几个年纪较大、学习一般、拳头厉害的同学。那几天每天下课后，小学操场上如同擂台，拳头挥舞，招式比画，一群细崽仔大呼小叫，或抱头鼠窜，或乘胜追击。双方各有拳头硬的"高手"，我不想打别人，更怕被打，偶尔路过，有人向我扬起拳头，我没有向我家所处的庙外面的"老大"寻求保护，而是马上求饶，宣称我不属于任何一方。

玛舅爷爷的二儿子、表叔蔡建奎也是我们小学同学。他那时候身体矫健，力气大，拳头硬，嗓门儿大，性子直，堪称战斗中的"司令"。我们谁都有点儿怕他，不想和他对敌。建奎表叔的精力和心思可能都放在干农活儿、做家务上面去了，学习成绩一般，小学毕业就没有再念书。他虽然继承了玛舅爷爷的乡村郎中"衣钵"，由于文化底子差，加上村里个体医生增多种种原因，他后来也出门打工了。我后来见到过他几次，有过简短交流，更多的消息是从蔡文表叔那儿得知的。据说他儿子很有出息，名牌大学毕业后，事业有成，这应该是他最感欣慰的事。

玛舅爷爷有四个儿子，都长得虎背熊腰，体格健壮，一表人才。由于年纪原因，我和老大建波表叔、老二建奎表叔相熟些。两个小一点儿的表叔，只是小时候见过，虎头虎脑，瞪着大而有神的眼睛，用老家话说长得结实"像泥巴捏的"，煞是可爱，谁见了都想逗一逗。不过因为他们是长辈，我只是微笑地看着并不逗弄。建波表叔的命运极其坎坷，先是婚姻上历经挫折，结婚成家后，他到广州建筑工地打工，从几层楼高的脚手架上摔下，腰部骨折，致半身不遂。老板一次性赔了二十来万块钱后，不再过问。他婆娘不堪忍受沉重打击及没有希望的生活，扔下建波表叔和几岁大的细崽仔回了娘家，没几年就病逝了……玛舅爷爷和玛舅奶奶既要照顾瘫痪的建波表叔，又要抚育培养几岁大的孙子，辛苦异常。好在小孙子从小懂事，争气，成绩十分优秀，终考上重点本科……建波表叔的故事，那些让人难以直面的现实与细节，就是一部描写当代贫困落后地区农村青年残酷命运的小说。

小学同学中有个叫廖某某（恕不书名），个子不高，很机灵，个性猛，即直爽、倔强，年纪比我小点儿，读书的时候我们谈得来。有时候他悄悄模仿我的一些做法。后来我到大水田初中去读小学五年级了，不知道什么原因，他留在村里继续读四年级。再后来，我们没有见过面。2014年，父母和妹夫周长军等在家辛苦一年，将老房子拆除，在原宅基地上修了一座小楼，农历十月"过火"时，我回家了，小廖同学的两个哥哥很客气，也来呷酒。我问起，他现在在哪儿？他哥哥说了一个湖南的富庶之地地名。我不明就里，随口说，那地方很好的。他哥哥讪讪一笑。我马上明白怎么回事。人，复杂得就像多棱镜，从不同的角度看，显示出来人性内容就不一样。

我们还有一个同学叫王再春，家里穷得连盐都呷不起，更不用说点煤油灯了，可能是我们那最穷的人家之一。我记得有个叫蔡早娥的女同学，他们两家住得近。有天晚上，蔡早娥到他家借什么器具，摸进他们家门槛，他们正在呷晚饭——一盆煮熟、没有剥皮的洋芋，没有点灯，黑暗中只听到一片咀嚼声……第二天上学，蔡早娥在教室里描绘，问他："你们家不点灯，怎么看得见？"他说："自己的嘴巴怎么也找得着呀。"

再春同学身上的衣服一年四季几乎破烂成布条，冬天打霜都打赤脚。他聪明伶俐，学习成绩也不错，可惜小学只读一两年就辍学了。后来，他和村里大多数年轻人一样，去广州打工，靠卖苦力，辛苦多年，略有积蓄，盖上了新楼房。这时年纪也大了，自身条件又不太好，所以一直单身。在没有实行计划生育政策的年代，老家男女出生比例是差不多的，男的都能讨到婆娘，后来家家户户重男轻女，以致女孩出生锐减。随着改革开放，打工潮兴起，大量女孩早早辍学，到外面打工。她们见识了大世界大世面，适应城市生活能力比男的强，造成"稀有资源"外流，很多女孩嫁到城里，或"孔雀东南飞"嫁到经济条件好的地方去了。雪上加霜，屋漏逢雨，于是老家女方"待嫁而沽"，提出各种高要求、高额彩礼，造成小山村里打光棍的多得"一层层"，每个村都有十几二十个，已成危及社会安全的隐患。他们三十多时还蠢蠢欲动，期待"爱情"就在拐弯处，到了四五十岁，那点儿可怜油灯般的希望渐渐变得摇晃、暗淡。他们和大都市里不愿意找、不愿意结婚的"宅男"完全不同，他们渴望有个婆娘有个家，生两三个活蹦乱跳的细崽仔，只因出生的地方太贫穷、偏僻、闭塞，加上家庭条件和自我条件一般，转眼荒芜一生。

前几年，再春同学请我父母出面做媒，他想娶村里一个有精神病史的女人。那女人先嫁了一个人家，生育有小孩，生病后被男人虐待、遗弃，好像没办什么离婚手续，可能压根儿就没有结婚手续，娘家人将其接回。再春提出愿意好好照顾她，给她治病。当然，最大的希望是女的能给他生个一男半女，让他老有所依。我父母厚道，和邻居乡亲相处甚好，由两老出面做媒，那女方家爽快答应了，当时那女的神志清醒，据说是间歇性的，时好时坏，也同意了。两家人按照乡间民俗，热热闹闹摆了几桌酒席，请了一些亲友乡邻，算是结婚但没有领结婚证。婚后不久，那女的犯病，愈发严重，有时候人都找不到，好不容易找到又跑了。后来只得送去县精神病医院，接受长期治疗，免费的。他这桩短暂婚事，就此告吹。2020年春节回乡，听到再春同学已经成家了，女方是贵州的，现在他们有了一个女儿，家庭幸福，祝愿平安顺遂。

好像是上小学三年级那年，我们和另一个同学在蔡迪生老师的带领下去龙源小学参加过一次田径比赛，我参加的项目是二百米短跑。头天下午在小学操场上，蔡老师让我们几个男同学简单跑一跑，算是选拔赛，我稀里糊涂地被选上了。蔡老师是退伍兵，在白凼村是见过世面的，那时候乡亲们对退伍兵要高看一眼。他从部队回来先是在村小学代课，教我们的自然课，可能文化水平不高，常把一些字读错，如"恒"读成"但"，"絮"读成"如"，我多年后才改过来。朋友笑我幽默时，我心里在流泪。我在这里绝对没有责怪蔡老师的意思，只是叹息偏僻山村师资之缺，教学水平之低，是今天很多人无法想象的。我参军时他是民兵营长，领着我们几个应征青年到乡政府去体检；我当兵离家时，他叮嘱了很多话，应该是他在部队的切身感悟，乃至使他刻骨铭心的金玉之言，可惜我一句都没记住。人呀，有的体验一定得亲身经历，只有走过、痛过、苦过、跋涉过、艰难过，才会变得睿智成熟。还是古人说得好，"事非经过不知难""绝知此事要躬行"。

那次比赛起跑点在龙源小学那道坡下，顺着马路跑，到大桥上又折回来。我一起跑就冲刺一般，还没到大桥，觉得像要"断气"一样，跑不动了，折回来是慢慢地走。蔡老师没怪我，什么都没说，贵在参与嘛。有过那次经历，我就知道自己不是玩"竞技体育"的料，没有那个身体条件，呷不了那个苦，适应不了那种暴发、残酷、面对面的厮杀，坚忍、水滴石穿的努力我也许能做到。也是那次比赛，我从家里带了半升米，龙源小学的食堂只是帮我们把饭蒸熟，一点儿菜都没有，连开水都没有，就光溜溜的一钵子饭。当时细崽仔们嘻嘻哈哈的，没觉得什么，现在回想起来唏嘘不已。那次，我第一次见到汽车，是解放牌卡车，上面满载鼓鼓囊囊的麻袋，应该是粮食。我感到很新奇，心里兴奋得想唱歌、叫喊，脸上还是不动声色，怕别人笑我乡巴佬、山包子。那次，我才知道大水田乡真大，世界真大呀，竟然还有香溪、太平、龙源、广平、苗竹等村庄，那些地方都有小学。

当年村小学只办到小学四年级，没有幼儿园，上五年级就得到十几里外的水田村，乡政府所在地，和大水田初中在一起。到了四年级，我的成绩稍有起色，王腊生老师把我写的作文当作范文读过几次，当然也少不了批评。记得有次考数学，我应该得满分，王老师只给了99分。那次考试的卷子不是蜡纸油印的，是我们抄在作业本上做的。我至今记得那种欣喜之情，劳累、疯玩过后，一想起就高兴。在村小读书，王腊生老师教我们时间较长，其次是三舅爷爷。王老师当年也是民办，性格耿直，有见识有想法。他对我们那届"毕业班"整体比较失望，说就像一担砂罐从楼顶摔下，没有一个好的。

六月里，日头刚偏西，第二天就要举行全乡统考了。王老师说，考不上就回家扛锄头把，放牛砍柴，随你们。老师这话绝不是危言耸听吓唬我们，那年代就是如此，读完初小就没有再上学的，数不胜数。那天下午，我向父母提出，放学后不去砍柴了。每天下午放学砍一担柴回家，才能呷饭，那是雷打不动的规矩。映着夕阳的余晖，我家小木楼的楼上好像格外空旷，我就着一条长板凳安静地看书，把语文、数学课本认真仔细地看了一遍。多年前那个下午的阳光真好，世界真安静，让我感到莫大的幸福。

读完小学四年级，我们没有唱歌，没有欢聚，没有照相，村里没有照相的，人们也不习惯照相，甚至相互没有道一声告别，男女同学间不兴讲话，大家像往常一样放学，欢呼雀跃地赶回家去放牛、砍柴、扯猪草。我们当时不知道，很多小伙伴，从此难得谋面，有的至今再也没见过，两鬓斑白忆旧时，他们还是细崽仔时的模样。

眨眼又到暑假，我还是每天上山砍柴，下河游泳，偶尔捉鱼，不时被马蜂把脑壳叮得像个冬瓜，但心里充满七彩憧憬：九月开学，我就要到大水田去读书啦。

小学高年级

我怎能忘记，那是一个怎样清新、美好，令人欣喜的早晨呀！鸟儿欢唱，鱼儿嗟喋，风儿轻柔，溪水欢腾，青山含笑。我在期盼、忐忑、激动中整整等待了一个夏天。一大早，就有毛衣洞、石禾塘等地的学生路过我家门口，那此起彼伏的叫喊，比催促声还让人心急。我把碗里那几口干得硌牙的米饭扒得飞快，米饭是头天晚上呷剩下的，随便热一热狼吞虎咽，没有菜，几乎不知道滋味。放下碗，脚底生风，两肋好像长出翅膀，便和小伙伴们有说有笑地爬红薯垴，往大水田赶。我那天穿一件天蓝色的确良上衣，至于是短袖还是长袖，忘记了。每学期开学，我都为穿什么衣服想烂脑壳，不是选择困难，而是没有选择。母亲在那年破天荒给我做了两件同样布料、同样颜色的衣服，一件短袖，一件长袖。那时候我不知道如何爱惜衣服，每次穿都皱巴巴的，像个可怜的"小叫花"。

我们班有个叫廖青玉的女同学，应该是"考上"五年级，能够去大水田读书。开学那天早上，她也准备去上学，结果刚出家门就被她弟弟哭着打着滚，拦了回来。她弟弟可能听信了一些邻居的玩笑话，也有可能是他们父母纵容的：认为姐姐去乡政府读书了，家里就没人干活儿，没人照顾他了。后来，我再也没见过那位女同学，也没听说过关于她的消息。我不知道她弟弟长大后，是否因为当年的不懂事而懊悔、自责。我们那里的小女孩读完初小便辍学，回家干几年家务，到了十四五岁，就开始外出打工，再过一两年就有人说媒提亲，也有的在打工过程中心有所属，自由恋爱，然后嫁人生崽……宛如平常一首歌，多年来，一直如此。

大水田对于白凼村来说是大地方了，那里有"气派"得让人心生敬畏的乡政府、信用社；有散发着糖果香，漂亮女售货员永远高昂着头颅、脸若冰霜、爱理不理成一道风景的供销社；有曾经辉煌、渐"日薄西山"的食品站；有凭挂号、看病、收费、取药等程序就能把"乡巴佬"折腾得头昏脑涨的卫生院；有收割季节人群络绎、平常门可罗雀的粮站；有春秋两季机械轰鸣的茶厂等单位……出入这些地方的大多是呷"国家粮"的公家人，或搞得活络的体面人。他们衣着光鲜、肤色白皙，"笑语盈盈暗香去"，我们打量他们的眼神是仰视，是怯生生地行注目礼。大水田有青砖或红砖房，有宽宽的碎石马路，尽管难得见一辆汽车，拖拉机都少见。有一拧就哗哗淌水的水龙头，我们细崽仔口渴时凑近水龙头猛灌一气，轮到下一个小伙伴喝水时，他用手把龙头擦擦，表示卫生。有一拉开关就满屋亮堂的电灯，有一大片一大片的"院子"……就连住在附近的村民，尽管也住木房子、也烧柴火、呷的穿的用的和我们差不多，但感觉还是和白凼村不一样，他们自我感觉也良好，认为自己是"大地方"的人。在如今早已不存的一座小山坡下，供销社有一匹专门用来从司门前拉货的马，我们一有空就跑过去看，但谁也不敢靠得太近，据说它会呷细崽仔的头发，如果谁的头发理得难看，大家说像马舔的一样……大水田的山是从白凼绵延过来的山，水还是那水，一条没有名字的小河缓缓流淌，河道较宽，少有凌乱的大石头……我们看什么都新奇、欣喜、激动，每一天的日头都是崭新的，每一缕风都是飘香的，每一刻都好像有一份惊喜在前面拐弯处等着。

　　表叔蔡文和我一个班，开学没两天就光荣"负伤"，"肇事者"是学校操场角落里那个吊环。在两棵苦楝树间架有一根木棍，上面挂一根像是碾米机上的皮带，下面装一个吊环。课间休息，甚至放学后，吊环下面人头攒动，笑声、尖叫声不绝于耳。文叔在玩吊环时，可能一时失手，跌落下来，把额头磕破了，蒙上一块白纱布，人群中很打眼，也很可爱。

苦楝树

在放牛的山坡上

我叫不出你小名

在上学的操场上

你慈祥地看着我调皮

我喊不出你的学名

直到趔趄多年后

我才晓得

你叫苦楝

今夜，月影斜疏

我们又一次相遇

一晃多年逝去

还好吧

你还是那一棵吗

我还是那一个吗

他乡遇故人

说的就是这样子吧

　　我读小学五年级的班主任是李秋华老师，她个子不高，脸庞清秀，扎个马尾巴，戴副眼镜，喜欢穿高跟鞋，富有节奏的脚步声如踩着琴键一样好听。她那时候应该是师范毕业没多久，正值豆蔻年华。她家住司门前，每个周六下午回家，周日下午返校，来回走几十里盘山公路，经常看到她走得脸蛋红扑扑、风尘仆仆的样子，甚是不易。我们到龙源小学读六年级后，她好像还在那儿教了一段时间，后来就渐行渐远，海阔天空了，再有她的消息是万能的微信朋友圈。同学廖乐平热心建了一个群，李老师也在群里。她说，她婚后随先生调到娄底市冷水江某单位，没有再教书。在她不长的从教经历中，但愿我等"顽童"留给她的记忆不是太糟糕。

　　教语文的是胡如镜老师，现任大水田中学校长胡广鹏的胞姐，他们是教师之家，其父胡前堂老师在我们那里从教多年，小有名气。当时正值改革开放初期，全国"严打"，有一天在乡政府召开"批判大会"，一辆面包车，上面装几个大喇叭，声嘶力竭地叫喊，大水田那条百十米长的小街顿时闹腾得如开了一锅粥，整个乡政府附近人山人海，这在偏僻山村算是"大阵仗"了。我们踮起脚，伸长脖子，只见几个打扮"怪异"的年轻人被押上乡政府的老戏台，一个个亮相，前后不到半小时。后来，胡老师让我们写一篇关于那次批判大会的作文。我据实描写，那些"水佬倌"流氓留着长长的头发，长着小胡子，穿花衬衣，穿着"喇叭裤"，走路吹口哨，至于他们具体有哪些流氓行为，我想烂脑壳都想不出来。胡老师看了我的

134

作文笑得直不起腰来。

　　白凼离大水田不是最远的，还有白云深处的白马山等地。我们勉强能"走读"。清早天蒙蒙亮就起床，洗把脸，生火，把头天晚上的剩饭热一热，呷一点就往学校赶。爬禾树坳那道大坡，有近十里山路，村里人说就四五里，其实远不止。傍晚放学走到家时，暮色四合，牛羊鸡鸭开始进圈入笼了，这期间整整一天没呷东西，有时饿得腿发软，那情景比现在电视上播放的山区小孩求学还要艰难。每天上学、放学路上小伙伴们追逐打闹，欢呼雀跃，也不觉得苦和累。由于离学校远，起得早，赶得急，我们那儿的学生是最早到校的，几乎能上早读课，而家住在学校附近的同学，反而经常迟到，这好像是一个"悖论"，其实想想也正常，他们离家近反而不担心。"走读"在九、十月还好，随着冬季来临，白天越来越短，经常是"两头黑"，这时候不得不读"寄宿"。村里也有好几个坚持几年不读寄宿的，如对门家老三，他的大名我至今都不知道；还有我妹妹，她在大水田读书时没读过寄宿，仅在龙源小学读过，那儿离家实在太远了。随着白天越来越短，小伙伴们大多读寄宿了，就一两个衣着单薄、行色匆匆的细崽仔走在寒风中，想着就很恓惶。

　　读寄宿最难安顿的是"住"。那时候大水田中学的房屋像个"7"字，操场呈台阶状，上面的小操场要高出一大截，后来据说是学弟学妹们手抬肩扛硬是将其挖平整。围着操场有两栋木楼，木楼的二楼有三个男生寝室，木地板，大通铺，大致按班级或年级分，有时也兼顾地域、亲友。如木瓜山的、白马山的喜欢住一起，沾亲带故的住一起，就如我比小舅低一个年级。小舅和我同年，他由于没有降班，且没读六年级，结果我读初一时他已经读第二个初二了。我们俩睡一个床铺。被子小舅带，我带一条棉垫。我们家除了父母和我们兄妹一年四季盖的被子，再也没有多余的被子，天冷天热都是那一条。家里偶尔来客人了，没有铺的也没有盖的，更不用说有多余的被子由我带去学校。所以每学期开学，打算读寄宿前，床铺准备最让我头痛、发愁，得四处打听，哪位同学能带被子，我们一起搭铺。那时候大家都穷，能带得起被子的不多。读初一时，我在大水田乡政府的表姨家住过，我把从家里带的几升米交给表姨。表姨家用电饭锅煮的米饭实在是好呷，哪怕没有菜我都能呷三碗，何况表姨父炒的菜油荤重，味道好，我几乎每顿都能呷好几碗，有时候实在不好意思，呷个大半饱，就讪讪地放下碗。我只在表姨家住了一个星期，就回学校正常读寄宿了。表姨说乡政府的领导发话了，不能留宿外人。

铺盖好不容易准备好，然后就是睡哪儿。前两年我住木屋二楼靠河边、靠厕所的那间寝室，那间房子靠窗户的两边被隔成上下两层，虽然都直不起腰来，但上面那层通透、空气好，下面那层由于没有窗户，黑乎乎的，空气流通不畅，且床边人来人往，灰尘大。去得晚的就只能睡下层了，我睡过下层。也睡过上层靠最里边角落的那个"雅铺"，那个铺位的木头窗户可以用一根竹竿撑起来，就像电影上的临街窗户一样。最美好、最难忘的是读初二时，春夏之交的某个周六晚上，或某次放"勤工俭学"假，每学期放几天假给学校砍柴。几个志趣相投的同学相约没有回家，在月光皎洁的夜晚，我们望着窗外溶溶月色，远处近处，村庄、河流、田野、远山，我们漫无边际地畅想未来，畅谈以后干什么，日子会怎么样……当时和谁在一起，具体说了些什么早忘了，但当年那种少年壮志豪情、意气风发的感觉仿佛就在昨天。记得窗户下是老师们种的菜地，那时候大水田街上只有一两个卖猪肉的摊子，没有菜市场，呷"国家粮"的职工和农民一样，自己种菜呷。读初三时，我搬到靠红砖房那间寝室，还是大通铺。由于是毕业班，晚上自习抓得紧，睡得晚，为了不影响别人，所以毕业班统一住一个寝室。那时床上铺的盖的，一学期不洗，只有放寒暑假时才带回家洗洗。冬天到来，天气变冷时，傍晚时分我们就到附近农田里去"拿"乡亲们摊晒在田间或田埂上的稻草。乡亲们见了，也只是笑笑，大多不会说什么。不像邵阳县的战友车拥军说的那样，他们去"拿"乡亲们的稻草垫床铺时，像是被追赶的猎物，经常被追得走投无路，甚至跳进河里"逃生"。相比而言，大水田的父老乡亲要朴实厚道多了。

我读寄宿时，从家里带一个能上锁的小木箱，主要用来装米，也是唯一的用场。我每星期从家里背三升半或四升米去学校，母亲专门给我缝制了一个蓝色布米袋。这时候，我比叔叔在大水田读书时又好多了。叔叔读书的时候只能带一半白米、一半"红薯米"即干红薯丁。祖母说有次叔叔多带了点儿白米，她气冲冲地追到红薯垴上，把叔叔的米袋子夺了回来，将一半米倒回米缸，坚决给他装上些"红薯米"。每当祖母回忆起这些就掉泪，感慨那个时候日子艰难，对不起叔叔。

　　自家带去的米，自己保管，学校总务处给每个寄宿生发一个粗陶钵子，上面刻有编号，自己想呷多少放多少米，由食堂五十来岁的旦师傅廖国旦统一加水，上蒸笼，蒸熟。旦师傅干瘦，大嗓门儿，走路像是大步跨，"品牌"形象是系一条蓝色围裙，脾气不太好，喜欢骂骂咧咧，不一定针对谁，只是对一些看不惯的行为现象大声发表意见。有调皮学生就是喜欢和他对着干，尤其是连续多日呷"萝卜菜"的时候。有高年级的学生承头带领大家"罢吃"，食堂里端出来的那碗黄乎乎的萝卜菜，没有人去动筷子，也有学生把菜倒在乒乓球桌上。我们那时候礼堂兼食堂，乒乓球桌兼饭桌，四个角各放一碗菜，容四桌学生就餐，空间利用充分。每当这时旦师傅什么话也不说，默默地收拾蒸笼、桌子。其实，这也不怪旦师傅，学校总务处也是"无米之炊"，学生每人每天几分钱的菜金，能呷到什么呢？可当时我们并不这么想，一群叛逆的细崽仔吵着闹着要呷好的。初三的最后一个学期，才过完年我们开学了。我在旦师傅紧挨厨房的小房间坐了会儿，烤了一会儿火。那次旦师傅说话很轻，表现出难得的好脾气。可能是晓得我们过不了几个月就要毕业了吧。多年后，有位小同乡来南京，把酒话桑麻，聊起共同熟悉的人和事，他说旦师傅是他家远房亲戚，已经过世好多年了。

　　菜可以自己带，也可以在学校呷。白马山、禾立坪自己带菜的同学多，大多家里困难，一学期几块钱的菜金交不起。一个玻璃水果罐头瓶，压实又压实地装上一些萝卜干、榨菜、腌菜、豆腐乳等，以能久放、下饭为首要。家境稍好的会拌上些肉丁爆炒，看上去油乎乎的，很是诱人。一般刚过完年那阵子带来菜"质量"高，有猪血丸子、腊肉等，带菜的同学也多，有"仗义疏财"的同学带来好菜，一到开饭就好几个端着钵子跟去寝室"沾荤"。随着天气渐渐变热，尤其是五黄六月，带菜的同学日渐稀少，带的也很差。不带菜的同学，就在学校食堂呷，萝卜、青菜、豆腐是固定的"老三篇"。一小钵菜，七八个同学分，拨到每个人碗里就两三筷子，所以分菜大家轮流来，众目睽睽下尽量做到均匀、公正公平。挨到学期快结束，总务老师看伙食略有节余，对比物价，或许安排一星期呷一餐肉，那真是盼星星盼月亮、扳着指头数。一到开饭，下课铃一响，男生吞咽的动作已不知做过多少次了，以百米冲刺的速度冲到食堂兼礼堂的入口……那场景如同非洲角马迁徙，堪称壮观。也有家境殷实的同学，木瓜山的居多，隔三岔五去里边买老师呷的菜。老师的菜油荤重，里面可能有三五片薄得像纸的肉片"点缀"其间。印象最深的是胡萝卜炒肉，一个小碟，胡萝卜片"掩映"几块半肥半瘦的五花肉片，再配上零星蒜苗，看起来油汪汪，闻起来香喷喷，让人不由得吞口水，眼睛不敢多看。我没有带过菜，我没有厨艺不会做，父母也认为每顿能呷点新鲜蔬菜，总比老呷咸菜要好。我也没有去买过老师的菜，主要是没钱，即使有也舍不得，那一两毛钱，对于当年的我可是"巨款"。

　　整个学生阶段，总觉得饿得慌，总感到嘴里淡出鸟来。记得有位老师说，如果让他呷又香又辣的小鱼干、干牛肉、干鸭子、腊肥肠之类的下饭菜，就是让他端着碗在厕所里，都能呷得下。哄堂大笑中，这话印进我的脑海里。同学廖磊堂个子不高，细胳膊细腿，头大眼小，大伙儿送绰号"大头鲢鱼"。他呷饭特慢，我等一钵饭风卷残云早呷完了，他还端着个粗陶钵汤汤水水的，好像是在一点点往嘴里塞。他的学习成绩就像那句"矮子上楼梯步步升高"的俗语一样，每门功课都很好，我曾暗生羡慕嫉妒恨，但一想起他呷饭的样子就"心无芥蒂"，也不感到饿了。

　　那时候我们身上的衣服一星期一换。周六下午回家，周日上午还要

138

上山砍柴或干农活儿，下午自己烧水洗个澡，从里到外换上干净衣服，然后背上米、书包在夕阳中走上漫漫山道去上学。这种情形一直延续到上初中、高中。那时，我就两套补丁少点儿的衣服，难得没有补丁的，轮着换。春、秋、冬三个季节都穿军绿色解放鞋，感觉很高级，和周围光脚的乡亲比好多了。鞋子是村代销点买的，有时候是自己攒钱买，有时候是父母帮买或赞助。夏天一双凉拖鞋，那种带后跟的白色凉拖鞋，穿上感觉特时髦，青年男女都这么穿，老师也如此。夏天，晚上睡觉前在学校的水龙头下冲冲脚，算是洗漱，有时由老师领着，也到河里游泳。冬天，难得有热水洗脚。食堂里大锅烧出来的热水，总浮有一层油，只有这时候才感觉到食油的存在，即便如此，时有牛高马大、性格强悍的同学因为抢水打架，我等胆小怕事的都躲得远远的。晚上没有刷牙的习惯，连早上都很少刷，一刷满嘴血，觉得麻烦，一支牙膏能用一年。

最近十来年，白凼村小只有小学一、二年级，上三年级得到十多里外的龙源小学。八九岁的细崽仔，生活自理都难，真可怜。国家连续几十年的计划生育政策，出生率减少，加上随务工父母进城的，村里学龄儿童更少，多个村小不得不合并，这给山村细崽仔上学造成很大困难。

如果能穿越时空，我看到自己青少年时的模样都会感到陌生：单薄、瘦弱、黝黑、木讷，衣衫破旧，不太合身，头发粗黑有点儿长，独处时有点儿机灵。在人群里怯生生的，不起眼，有时候也很兴奋，光脚奔跑，爬山、爬树，不怕蛇、马蜂等，比今天大山深处那些细崽仔还要土气、顽皮。可惜，那时候难得照相，我小学毕业前几乎没有照过相，也就没有留下一张照片，以资缅怀过去的岁月。

读寄宿最难受的是想家，尤其是小学五年级、刚读寄宿的那阵子。每个星期天下午去学校，好像难舍万分，对家里的一切都依依不舍，但又惧怕星期一赶早，匆匆忙忙的同样难受。住在学校里，每当太阳下山的时候，就想这时父母该收工回家了，灶屋里该生火了，鸡鸭入笼，牛归栏了。弟弟妹妹这时又在干什么呢？这时候就觉得那个叫白凼的小山村温暖温馨，什么都好看，什么都美好！在学校门口偶尔看到急匆匆正往家赶的村里人，都觉得亲切。有时候就望着家的方向出神，真恨不得长出翅膀，飞回去。尤其是受了委屈的时候，如被老师批评了，因违反"操行规定"被学生会干部抓个"现行"，或受到高年级同学的欺负等，更是彻骨钻心地想家。小舅想家的时候躲在角落里悄悄哭过。老婆说，她学生时读寄宿也想家，每次离家，都是难舍难离：再见了桌椅，再见了碗柜，再见了橱窗，好像家里所有物什都富有生命生机，那种依恋家的感觉如出一辙。我们读书的时候鲜有校园"暴力"，只是偶尔有个子高大的同学欺负小个子，有"强梁"的同学把别人的饭呷了，还把钵子悄悄摔掉，让别人哭着去找。这些情况老师压根儿不知道，都是同学中的"老大"出面，沟通协调。如木瓜山的"老大"和白马山的"老大"相互招呼，不要做得过分了。轮到我上高年级时，好像没有什么"不公平事"发生，也许有，可那时我忙于应付中考"自顾不暇"，没有心思关注周边的事。

　　落日余晖，或寒风瑟瑟，呷过晚饭后，有时在学校周边转悠。食品站、供销社、茶厂、乡政府、卫生院，沿着坡岭峰回路转的马路零散排开，巴掌大的地方不用一锅烟的工夫就转个遍。这时如果能在同学罗建军家的小店花上一毛钱买上一竹筒葵花籽，边走边呷，那可是最美味、最高级的享受。他家位于悬崖峭壁上醒目气派的红砖房，应该是我们读小学五年级时修的。很多时候，什么也不买，什么也买不起，只是东瞧瞧西看看，马路上甘蔗渣、橘子皮、纸屑随处可见。这时"国营"供销社可能关门了，只有零星小店还开着。有人端着碗在门口呷饭，有几个"女客"在店门口窃窃私语间或大笑，有一两条癞皮狗像我一样漫无目的无趣地晃悠着……学校操场上偶尔停放有手扶拖拉机、中型拖拉机、大卡车或小汽车，我们围着转来转去看半天。如果放一场电影，那更是让人欢呼雀跃、大呼小叫的"盛事"。对于我来说，最难忘的是去阅览室看连环画小人书。当年，学校阅览室位于校长室旁边的一间木房子里，每星期开放一两次。晚饭后开门，我几乎逢开必到，一直看到暮色四合。值班的学生干部催促要关门，看得眼花了，才恋恋不舍地放下。那时候看过的东西记得深，直到现在还能回忆起一些故事、图案。由此可见山里细崽仔课外读物之少，那时候我捡到有字的纸都要翻翻看看，尤其是放寒暑假期间，小小山村，信息闭塞，感觉憋得像喘不过气来一样。

还有一件事和读寄宿有关，就是前面提及的"勤工俭学"。每年九、十月，全校放假两天，一般加上星期天，共三天打柴火。放假结束那天每人上交一担柴火，没读寄宿的也要交。这些柴火主要用于学校食堂烧火做饭、炒菜等，这样学校就不用掏钱买煤了，能节省一笔不小的开支。放勤工俭学假多选在干燥、晴朗季节，放假当天，整个校园就像放鸟儿出笼一样，弥漫着浓得化不开的欢快、喜庆气氛，同学们呼朋引伴，有的往家赶，打算在自家附近砍一担柴火挑来学校，这些都是离学校不远的。家离学校远的，有的在放假第三天一早赶来，上午在学校附近砍柴，下午到校，恰好放假结束。也有的几天都不回家，在学校附近砍好柴后，看书学习闲逛，难得几天惬意放松。我家离学校有点儿远，所以都是在学校附近砍柴。在龙源小学亦如此，且大多是第三天头上到校，仅有一两次放假几天没有回家，故印象深刻。

秋高气爽，和三五个同学一起有说有笑往山上走。砍柴对于山里细崽仔来说是轻松平常事，但在有点陌生的地方和不同的小伙伴一起上山砍柴有点新奇、兴奋，间或"邂逅"一两个平常没搭过话的女同学，心里更是一种呷酸甜野果的感觉。此前，我只是对家门口附近几座山头比较熟，因为勤工俭学，大水田周边好几座山岭留下我的足迹，亦留下欢笑。好像上初二时，有次砍柴，我曾厚着脸皮到大水田对面的土子垱姨奶奶家蹭过饭。姨奶奶很热情，在那个寒露初上的夜晚，那热腾腾、香喷喷的饭菜，回想起来至今让我温暖感动。姨奶奶是母亲的姨妈，他们一家人后来因修建水库而移民异地，来往渐少。

"勤工俭学"的成果有的是上等光溜溜的硬杂木，沉沉的，几乎没几片叶子，一担柴火足有百十斤重；有的只是凑数的一把茅草柴。学校司务处对每个人上交的柴火称重量，打等级，作为学期结束时评选"劳动积极分子"的依据。说实话，评上"劳动积极分子"的大多个子高力气大、学习成绩倒一般。有的同学读几年书唯一的奖励，就是曾经被评为"劳动积极分子"。学校除了放勤工俭学假，每年春秋两季还放三四天的农忙假，让大伙儿回家帮父母抢种抢收干农活儿。忙的季节即使不放假，有的父母也会把细崽仔留在家里干农活儿，学校领导"体恤"民情，干脆放假。

一晃多年，山川依旧，不知道大水田中学如今情形如何，是不是还放勤工俭学假、农忙假？大水田中学现任校长胡广鹏来过南京几次，均匆匆忙忙，话长时短，不及细谈。大致得知这些年学校在胡校长的带领下风生水起，红红火火。由于治校有方，管理得法，让进城务工的父母放心，再加上教学抓得紧，每年考上隆回一中二中等省重点高中、县重点高中的很多，让周边乡镇的学生都赶到山里来求学，据说还得择优录取，不敢敞开招，学校现在发展到十几个班，六七百名学生，这在过去是不敢想象的。

我上小学五年级时，成绩尚可，被评上"学习积极分子"，学校奖励一个巴掌大蓝色塑料壳的小笔记本。那是我上学以来得到的最"贵重"奖品，刚发下来那阵子，我很是珍惜。那时我们教室里只有几盏白炽灯，寄宿生上晚自习得挪动座位，就近光亮的地方。记得是五年级上学期，期末考试，由于我所有功课平均成绩达到85分，被评上"三好学生"，总结大会是在礼堂兼饭堂召开的。时任校长叫魏早立（音），个子不高，三十多岁，脸庞英俊，冬天披一件军大衣。魏校长端坐台上讲话，宣布"三好学生"名单，学校奖励我一块钱。好不容易挨到周六，我把奖状小心翼翼地卷好，按了又按口袋里那一块钱，"功臣"一样兴冲冲往家赶，将那仿佛闪着耀眼光芒的一块钱上交给父母。父母不收，让我自己支配。祖父母得知喜讯，又奖励一块钱。那两块钱后来是怎么花掉的，没有印象。

小学五年级结束，我们就莫名其妙地去龙源小学读六年级。我们是大水田乡第二届六年级学生，第一届在大水田中学。这全是因为我多读了个小学一年级引发的"后遗症"，小舅小学只读了五年就顺利上初一了，当我小学毕业时，小舅都上初二了。曾很长一段时间，一提起这事我就如被击中"软肋"，抬不起头来。我们那一两届六年级学生有充当"小白鼠"之嫌，也许是国家的教育政策在调整改革吧，一些具体教学环节还没跟上。我们上课的教材就是把四、五年级的内容再学一遍，几乎没学什么东西。

当时，国家正倡导小学义务教育，有人说那只是家长的义务。我们乡正全力打造龙源"中心小学"，说是"集资办校"，音乐老师教我们唱一首《众人拾柴火焰高》，歌词大意：一根竹竿容易弯了哟，三缕麻绳扯断难，众人拾柴火焰高，不怕力小怕孤单，众人合伙力量强……我至今能哼唱。乡里号召全乡百姓有钱出钱，有力出力。乡亲们生存艰难，出钱的可能没几个，出义务工的估计有一些。还有，那几年南方边境战犹酣，老师还在集会上宣读过参战士兵写来的信，但我们好像没有回信，也没有寄鞋垫、袜子、手绢什么的。

龙源小学首届六年级，分两个班，我们一班班主任是阳友英老师，二班班主任是廖国强老师。表叔蔡文在二班，学校举办过一次作文比赛，他获奖了，我们一班是廖崇善获奖。开学时，发现身边冒出很多陌生同学，也少了一些，增加的是其他村的小学五年级学生，现在集中到这儿来了，少的不用问，那是辍学了。很多同学的名字、容貌，我当时自信一辈子都不会忘记，现在还只是半辈子就忘得差不多了。

我们一班的班长叫李晚红，他哥哥李月红是大水田学校的老师，他们家好像也移民了。学习委员应该是廖磊堂，他的成绩一直好。我担任卫生委员，任务就是每周一，又像是每周三，由体育老师带队，检查每个班、每个寝室的环境和内务卫生，视情况在门上贴一张白纸片，上面油印着"优秀""良好""合格""较差"等字样，当然由体育老师说了算。当同学们在教室里摇头晃脑做"夫子"状，大声朗读上早自习时，我等卫生委员如"钦差大臣"或"巡视要员"鱼贯昂然而入，在一片注目礼中，东瞧西看，那是我第一次体会到"权力"竟然如此受用，满足了一种莫名其妙的虚荣心。那也是我第一次涉足女生寝室，发现她们的"闺房"和我们男生的别无二致，也是地上大通铺，看上去很单薄、清冷。

龙源小学，离家太远，只能寄宿。记得有个星期天晚上下雨，我和表叔蔡文赶到学校时天已漆黑，偌大的寝室只有一盏昏暗的白炽灯，我们进去时里面没人，也没有任何声响。正当我们埋头收拾从家里带来的东西，突然有人在地上摸我的脚，当时把我们吓得大声尖叫，魂飞魄散，只差抱头鼠窜。因为我们住的那间位于二楼的寝室靠近厕所，后面山坡上的坟地隐约可见，平常晚上一个人不敢上厕所。经这一嚷嚷，老师同学很快赶了过来，事情很快弄清楚了，原来是同学廖昌喜在搞恶作剧，他在我们进寝室前，就躲在一把撑开的雨伞后。由于下雨，寝室空地上到处都是撑开的雨伞，我们根本没在意。廖昌喜是做足了"功课"，有意要吓唬我们一下。其实，我们平常很要好，正因为如此，他才这么做，换来的结果就是他在大会上做检查，全校点名批评。

廖昌喜同学当年个子高高的，脸蛋如我们作文本上描写的一样，红扑扑的，像个大苹果。他的字写得工整，一个个如火柴棒搭成，长条形。他打乒乓球像推磨，又像跳舞，一条腿往后一抬一抬的，乍一看，惹人发笑。在大水田上五年级时，我和表叔蔡文一起去过他苗竹老家，他家住在一个小山弯里，和我们家一样低矮的小木楼。他一家四口，父亲瘦高个，话不多；母亲中等个，齐耳短发宽厚慈祥；弟弟昌青活泼可爱。当时，我由于不讲究个人卫生，染上了疥疮。那天晚上在他家，昌喜烧好热水，在我洗澡时，他用硫黄往我身上搓，虽然刺痛难受，但仅此一次就将我身上难以启齿、忍无可忍的疥疮全部治愈。我们在他家，早上一起上山砍柴。早餐后，我们仨翻过一座山，去看山那边的"金矿"。我是第一次看到大山深处的矿道，第一次看电视，还是彩电，也是第一次去同学家。

我们在大水田中学上初一时，好像是初冬的一个深夜，迷迷糊糊中我被一阵压低嗓音的叫喊声吵醒，隐约有消息说昌喜的母亲与人吵架，喝农药出事了，家里来人接他连夜赶回去。不一会儿，一切归于平静，我辗转反侧，只听到风刮过寝室外泡桐树枝发出尖细的呼啸声。我们老家的女人和家人、邻里因鸡毛蒜皮的小事口角纷争、吵架而投河或喝农药"寻短路"的屡见不鲜，我们家附近就有两位村妇由此走上不归路。这状况，与我们那儿偏僻闭塞，生存条件艰难，与她们的文化、见识、心胸、眼界等不无关系。我上小学时，母亲脖子上长一个肿瘤，由于家境困难等诸多原因，父亲没有带母亲去大城市的大医院去检查治疗，只是请村里的郎中看看，母亲疼痛难忍时，甚至萌生过喝农药的念头。

廖昌喜少年失去母亲，打击痛哉。他从此离开校园，直面人生风雨、严酷现实。初三时，有一次作文，我有感而发，将我和昌喜的交往写成作文，教我们语文的曾志华老师将其当作范文在班上念了，很多同学低头伤神，都知道我写的是昌喜同学。

廖昌喜走上社会，最先由熟人领着，进入最苦最累的建筑工地。从做小工起步。凭着他的勤奋踏实真诚善良，一步一脚印，一步一打拼，历经苦难辛酸，如今生意做得风生水起，日子过得红红火火。他曾担任数届邵阳市人大代表。由于家庭变故，自己没读多少书，痛彻心扉，所以他格外关注关心失学儿童，先后斥资几十万元帮大水田中学购买桌椅板凳，教学用具，资助贫困学生。现在他女儿廖云出落得如花似玉，在南京艺术学院舞蹈系读书，我和她父亲"穿开裆裤"的童年往事，她可能知之甚少。特以此记之，以资留念。

在龙源小学，清明节照例要给烈士扫墓。大水田开始仅一处烈士墓地，位于乡政府后面的小山坡上，是廖助保、阳金生两位在抗美援（老）挝战争中牺牲的烈士，那应该是"衣冠冢"，以当年的条件，普通战士牺牲大多就地掩埋。后来又增加了一处，即大水田中学管总务的廖丹青老师的父亲，廖式奎烈士，好像是 1927 年许克祥在湖南发动"马日事变"后，于 1928 年 11 月被土豪劣绅与团防局抓捕杀害。廖丹青老师戴副老花镜，瘦得腮帮子上的筋脉清晰可见。我们读小学五年级时，全校师生排着队敲锣打鼓，第一次给廖式奎烈士扫墓。那天，廖丹青老师站在台上，满脸悲切地给我们讲他父亲大义凛然、英勇悲壮的故事。天气环境似乎也很配合，细雨飘零，苍山含悲，满地泥泞。那次扫墓结束，班主任李秋华老师给我们每人发了两颗纸包糖，印象深刻。上六年级那个清明节，龙源小学学生和大水田中学师生汇聚一起，浩浩荡荡绕着山道、田埂走。才一年时间，我突然有一种恍如隔世的感觉，过去的日子似乎变得遥远，而烈士所处的时空距离我们更遥远，他们活在历史里，活在教科书里。扫墓结束，语文老师照例会布置一篇作文。我们照例写道：回望细雨中的苍松翠柏，那是烈士傲然天地间的身影。那照例是哪本作文书上抄的。

小学六年级的劳动课真多。由于学校刚扩建，很多设施正在建设、完善，一些废墟等待清理，而我们是学校年纪最大的"壮劳力"，所以三天两头上劳动课。我们担河沙，挖平礼堂后面厨房旁的黄土坡，修路、修操场等。我们都是农村细伢仔，从小干农活儿习惯了，尽管才十三四岁，也干得像模像样。龙源小学也放农忙假，也搞勤工俭学。那次勤工俭学，我是星期天上午去的，在禾树垓砍了一担柴。记得表叔蔡文是提前一天去的，至今我还记得那天的阳光和心情，像画眉鸟在灌木间跳跃，千回百转。

1985 年，我小学毕业时兴起照相，同学之间相互送照片，那种小小的，比指甲盖大不了多少的黑白照。有时几个同学合影，费用平摊。同学间还互送明信片，上面歪歪斜斜写几句祝福、惜别的话。若干年后，我看到儿子小学毕业时也这样。儿子的一位同学写道：刘宇翔，我送你卡片了，你也得送我。看了，让人哑然失笑，仿佛时光倒转。我们照相的地点在龙源大桥附近的电站，那儿有座低矮的木房子，发电兼碾米，下面是个深不可测的水潭。我们在那上学时，记得五年级班上有个家住苗竹的同学到水潭里去游泳，差点被淹死，是负责碾米的师傅救上来的，那师傅连手表都没来得及摘就跳了下去。那年月手表可是贵重东西。电站靠路边一间木屋里有一中等个中年男，专门照相。晚饭后，同学们三三两两相约去照相，没过两天，就过去打听冲洗出来了没有，把自己照得如何？如同考试结束后，急切想知道自己考多少分一样。我留下最早的相片就是在龙源小学照的，和几个同学的合影，我穿一件劳动布衣服，愣头愣脑，傻乎乎的，仿佛一辈子开不了窍。

我们那时虽然年幼，但穷人孩子懂事早，大家已开始为自己的前途担忧。漫漫人生，有时候幻想有光明灿烂的前程在等着，有时候又灰心丧气，感觉这辈子可能就面朝黄土背朝天，像父辈一样锄头一把扛到老。我当时的"初心"是希望长大后能像粮站、供销社、水库管理所的职工那样，头发整洁，肤色白皙，穿着干净整齐的衣服，最显眼的是裤腿叠出一条直愣愣的线来，到点儿就端个饭盒或搪瓷碗晃荡晃荡地去食堂打饭，不要日晒雨淋，不要起早贪黑，不要为呷饭发愁……这是我能看到且能想到最让人羡慕的职业，诚如刘秀当年感慨：仕宦当作执金吾，娶妻当得阴丽华。

我们小学毕业最大的梦想就是考上隆回二中，其次是司门前镇中，当然最后才是大水田初中。我那年数学考 99 分，珠算填空丢了一分。时光荏苒，现在计算器盛行，不知如今的细崽仔还学打算盘吗？语文考了 85 分，尽管我作文写得还凑合，但基础知识太差，拼音肯定丢分，所以语文总拿不到高分。这个成绩，就只能上大水田中学了。

小学六年级，我刚十四岁就加入共青团组织。当时还懵懵懂懂，对这个组织认识不够，甚至谈不上认识，只觉得自己长大了些，那份字迹稚嫩的入团志愿书装进我的档案，伴随终生。小学毕业那个学期，我被推荐为隆回县"优秀班干部"，我们班还有个同学被推荐为"优秀三好学生"，忘了是谁。证书在我读初一时，是同村一位小学弟带给我的。拿到证书，我的心情莫名复杂，当初评选时据说考隆回二中可以加十分，后来有没有加分不得而知。

在这里我要衷心感谢我们的班主任阳友英老师，她并不是只是对我关爱有加，她对每个学生都像对待自己孩子。山里伢子上学路途远、家庭困难，谁没呷饭、衣服单薄、感冒生病，她慈母心肠，嘘寒问暖，从学习、生活到做人、做事，春风化雨，润物无声。她后来调到大水田中学，初一教我们语文兼班主任，初二还是教语文。因为她的鼓励与关心，我一直喜欢语文，喜欢作文，喜欢阅读，且坚持做读书笔记。谆谆教导，点点滴滴，师恩难忘，那几年时光影响我一生。我后来笔耕不辍，最终成为原南京军区政治部文艺创作室专业作家，出版作品十几部，感谢她当年在我们幼小的心田播下一颗关于希望、关于爱、关于梦想的种子。

我至今清晰地记得举行毕业座谈会的那个下午，阳光明媚，万物蓬勃。在二班教室里，同学们将课桌围成一个大圆圈，桌子上摆放一摊摊杨梅、瓜子。有哪位老师、同学讲了什么，我都忘了。只记得坐在我旁边的是二班一位瘦瘦小小的男同学，名字忘了，我随手翻开他的语文书，其中一页上眉歪斜写道：我是一个拉板车的，每月工资一百七，要是你肯嫁给我，我就给你买东西。当时我差点笑出声，一是觉得他在耍"流氓"，我们那时候即使朦朦胧胧喜欢某个女生，觉得她长得好看，也只是在心里，从不敢说出来。很多女生，同学几年，没有任何交往，甚至没有搭过话。二是感到一百七的工资，真不少，我什么时候能挣那么多钱呢，如果没出息，以后拉板车也不错。

小学同学中印象深刻的，除了上文零星提及的，还有廖彩华，后来改名廖国豪，我们那时候叫他"菜花朵"，小小巧巧，活泼可爱，情商智商都很高。他后来发奋苦读，湘潭大学毕业后从政，现供职湖南省政协机关，已是厅级干部。在我们这个"学而优则仕""官本位"的传统社会，他是我们的骄傲。

廖崇善同学老家是白马山上面的，小学毕业考上隆回二中，我们通过信，那是我有生以来第一次收到书信。他学习成绩好，字写得漂亮，作文亦优。一年四季穿一身黑色中山装样式的衣服，干净整洁。他有个妹妹，他不时讲他妹妹的趣事。他在隆回二中读书，有次开学不久他整个学期的伙食费被盗，他没有对任何人讲。由于家庭困难，更不敢向父母提及，因为那点儿钱还是东挪西借的。每到开饭，他打碗米饭，打碗汤，悄悄躲到某个角落里呷，如此过了几个月。不久，生病且重，送医院一查，竟然是罕见的"白血病"。真是天嫉英才！他是我早年见到最优秀、最具才华的同学，如果不是少年夭折，他应该前途光明，大有建树。

龙源小学，我毕业离开后曾多次路过，但没有进去过。如今，不知那里变得如何？书声琅琅，欢笑追逐，小树已参天，山弯里那口清甜的水井还在吗？在庚子年（2020）大年初四，阳光和煦，暖风拂面，耳边不时传来阵阵似曾相识的鞭炮声。我领着妻儿从大水田乡政府向中心小学附近转悠，山川似曾，草木苍郁，物非人亦非。从老食品站，即如今的卫生院到老粮站沿途，马路两边的房屋几乎连成一条街。龙源，现在叫龙腾村，山坡上的中心小学门口一扇铁栅栏门紧锁，往里打望，旧时踪影，依稀难辨。中心小学下面华屋林立，繁华若市。我记得原来只有廖佳侬同学家一座两层楼的红砖房。原来发电碾米的地方，如今修一小型水力发电站……房舍俨然，鸡犬相闻，乡言俚语，流水悠悠，时光静好。

小学阶段，我要感谢蔡永生、王腊生、蔡期礼、廖善文、蔡昌松、蔡迪生、李秋华、廖承佑、廖昌隆、阳友英等老师。他们有的是代课教师，薪金微薄，但他们用心用情诠释自身"山村摆渡人"的职责，给予我们认识世界、走进这个世界的"拐杖"，用《金刚经》的说法，是功德无量的"法布施"。

我小学读了七年，也算是基础扎实吧。

在大水田上初中

一年时间如针尖上的一滴水，没有声音也没有影子。我们就像昨天刚离去，今天又回来了。大水田中学还是那几栋砖木相间房屋，礼堂还是兼食堂，寝室还是那几间寝室。教室还是教室，操场边还是那几株杨树、苦楝树，食堂的旦师傅依旧扯着嗓子大声说话，手上的锅铲、蒸笼不时轰然作响。老师还是那张面孔，即使没教过我们，对他们就像心里的老朋友一样认识，晓得他们的喜好与故事。大山深处，唯一的一所初级中学，乡里最高学府，且全乡就那么几个呼"国家粮"的"公家人"，他们在一群"泥腿子"眼里，完全称得上是公众人物。

初一，阳友英老师担任我们的班主任，王兰英老师教数学。王老师家和我们一个村，是王思海同学的姑妈。前文提及，我们在"黑把夏"的砍柴路上，暮色中多次遇到的那个从隆回八中放学回来的青涩女该，数年后竟然成了我们的老师，我当时心里有一种说不出的亲切。还记得我们在龙源中心小学读六年级时，好像有人做媒把王老师介绍给廖承田老师。王老师那时年轻、漂亮、高挑，窈窕轻盈得像只可爱的小鹿。我的数学成绩还过得去。有次我在课堂上讲话，王老师罚我把数学书上的公式全部抄一遍。我把平时在课堂上记的交上去。王老师说，这是你平时记的，但没有再说什么，也算是过关了。王老师那时候和廖承田老师结婚不久，去哪儿，即使上厕所都手拉着手，很是恩爱。他们好像在小木楼和礼堂前面都住过。冬天的早上，日头出来时，老师们就搬张椅子，在礼堂向阳有条小水沟的一侧，背对着太阳，边批阅作业，边鸡零狗碎地聊天。王老师坐一把折叠椅，那一幕很难忘。现在王老师和廖老师都在羊古坳乡中学教书，儿女成人，步履从容，已近退休。一晃多年未见，路上相逢应该还认得。

学期伊始，我照例读一两周的走读。随着白天越来越短，也就读寄宿了。我们的教室在中间那栋红砖屋楼下，我的座位靠窗户边第三排，窗外是小山坡，红薯地间杂着菜地，有一堆略显阴森的坟地。我和廖国武同学同桌，他矮胖矮胖，皮肤微黑，看起来很朴实结实，一笑露出洁白的牙齿。他为人爽快，但学习成绩一般，有时候毫不客气地抄我的作业。后来，他不和我同桌了，对他的记忆也就变得模糊，他初中有没有毕业，毕业后干什么去了，都没有印象。班上好些同学，乃至生命中诸多过往，可能因为不太起眼，或者因为交往浅浅，很多记忆漫漶无痕。

初一开始学英语。教我们英语的是魏茴莲老师，好像是龙源早禾田人。她在大水田中学执教多年，与我们年龄相仿的，都曾聆听过她悦耳动听、吐词清晰的英语教学，在我们那可谓"弟子三千"，可惜没有"七十二贤人"。她脸小小的，穿着打扮精致利索，冬天里会见她提一团毛线悠闲地织毛衣。说心里话，我学英语从一开始就态度不端正、不积极，心里不以为然。潜意识里和那些朗朗上口且广为流传的校园"顺口溜"有关：如"我是中国人，何必学外文""学好数理化，走遍天下都不怕""father, mother 都 good，我在学校读 book，门门功课都 good，就是English 不晓得"……我认为英语这门功课不值得太投入、太认真。学得再好，以后也用处不大。现在看起来这真是典型的"小农意识""实用主义思想"。刚开始学英语，我在一些单词旁标上同音汉字，且为自己的发明创造暗自得意。魏老师好像对此伎俩"洞察"于心，在课堂上对我等这种做法进行"深恶痛绝""义正言辞"的抨击。但是她说她的，我当作"耳旁风"，依旧像地下工作者一样悄悄地做。如，公共汽车 bus，我标注发音"霸死"，和我们讲的土话"摔死"一个音，所以一读到这个单词我就想笑。当学到"香蕉"这个单词时，魏老师给我们讲香蕉长得像手指头，呷起来味道像甜酒酿。尽管她比方了半天，我还是无法想象，因为我没见过香蕉，更没呷过。上英语课，我由起初的不用心，在课堂上写别的作业，后来甚至发展到和前后同学讲话。魏老师曾对我几次严厉批评。初一期中、期末考试，我的平均成绩在 85 分以上，符合条件评为"三好学生"，结果没评上。班主任阳友英老师找我谈话，说因为我上英语课不认真听讲，和同学讲话，让魏老师很恼火，所以极力反对。阳老师叮嘱我以后一定要改正，好好学习英语，学好每门功课。我对于没评上"三好学生"好像并不是很难过，在同学一片惋惜声中，甚至有一种"风萧萧兮""大义凛然"的感觉。我到现在都说不清，当时自己为什么突然变得那么"叛逆"？老师苦口婆心越反对的，我好像做得越起劲。在同学中间感觉像英雄一样，越光荣。

我的英语成绩越来越差，要背的单词落下得越来越多，真是"落雨背稻草"，越背越重。我尽管其他功课还凑合，因为英语差，总像是瘸着一条腿走路。初二好像是宁义山老师教英语，期末考试，我英语考了 26 分，这时我隐隐感到心底有一股刺痛。初三是魏树炳老师教。有一次，魏老师出试卷，全部选择题，我居然考了 85 分，几位英语成绩排在前面的同学一片"哗然"，一阵"紧张"，以为我英语赶上来了。其实，自己心里清楚，我只是用了排除法加分析法，蒙对了大部分而已。初三毕业前夕，魏老师针对同学们如果考上隆回八中是否要去上的疑虑说了一番发自肺腑的话，我记忆犹新，如雷贯耳：你们考上八中也要去上！如果你初中毕业就回家"修理地球"，你的眼界、交往一辈子就限定在那儿，蹲在山沟沟里看世界。如果你读了高中，你会明显不一样，以后说不定还有发展的机会。魏老师个子不高，身材敦实，头发自然卷曲，说话很慢，有时候突然停顿，像一个字一个字蹦出来。他这番话像一个个钉子钉在我脑海里。

在隆回八中，高一教我们英语的老师姓车，朴实的中年男，衣着形象就像刚放下锄头拿起粉笔的老农，单词发音也含混着土疙瘩味。此时对于英语，乃至对于两年后的高考，我的心境如同"南唐后主"失去江山后的伤感——问君能有几多愁，恰似一江春水向东流。

我最初藐视英语，嘲弄英语，英语反过来对我疯狂地讥讽、挖苦。很多年来，我每次做噩梦就是在考英语，醒来大汗淋漓，心跳如鼓。在很多不经意的场合，一些英语单词像"肾结石"一样固执无情地提醒我的"痛点""短处"。在飞机上、火车上、酒店里、单位里，看到那些能读英语原著，能和老外用英语进行流利对话的人，我顿时肃然起敬，觉得对方很有风度，优雅从容。我从军二十多年后，改为专业技术军官，需要参加职称考试，考计算机和英语。计算机考试顺利通过，英语考试几次"铩羽而归"，连分数我都不好意思说出口。于是，英语就像一条巨蟒、一只老虎横亘在我的前进道路上，我必须消灭它才能过去。正当我下定决心准备头悬梁、锥刺股，破釜沉舟的时候，上级下达我转业的命令。也就在我转业那年，军队系统宣布：职称不再需要考英语，只要计算机考试通过就可以了。英语就是这样无情地报复我一回，当初酿下的苦酒，几乎让我品尝了大半辈子。

如果重新来过，我一定学好每门功课，尤其是学好英语。可是人生每一天都是现场直播，没有预演和排练，更无法打草稿。"后人哀之而不鉴之，亦使后人而复哀后人也"，我经历的故事在一代代人身上演绎，只有两鬓斑白，错过一站又一站时，才蓦然回首，悔之当初。

那时候学校每年国庆节或重阳节前后要举办一次"作文阅览"，将全校写得好的作文，用毛笔小楷誊写在方格稿纸上，贴在木楼楼梯处、阅览室外面的窗棂上，方便同学们课余时间阅读，品评。有幸"上榜"的作文，有时候有统一主题，如歌颂祖国，写重阳节家人团聚，每逢佳节倍思亲的居多，也有的散漫写去，直抒胸臆，自由发挥，才情尽显。那时候学校没有阅报栏，学生少有订阅文学刊物的，这是语文老师除了在作文课上阅读范文外的最佳学习写作机会，同学之间可以相互借鉴、领略、观摩。遥想古代没有报纸、杂志、电台、网络、微信，主要用这种方式发表文章，用毛笔将自己的作品题写在驿站、码头、客栈等地方，伴随着人们的脚步辗转而流传。在那上面，我曾读过很多学长的文章，觉得他们人美，文亦美，真乃少年才俊，锦心绣口，妙手华章。我很是羡慕，没有"嫉妒恨"，幻想什么时候自己的作文也能荣登"大榜"。后来，我的作文终于贴上去了，我没有勇气去看，从旁边路过都不好意思，好像那不是自己写的。

记得上初二，学校举行作文比赛，好像是九、十月份，已连续落雨十几天了。几位语文老师商量后应景命题：旧雨可恶。又像是淫雨可恶。阅卷人是曾志华老师，初三曾教我们语文。他对参赛作文的总体评价是：不堪卒读。我是"矮子里面挑将军"，被选为第一。试想，让一群初中生结合现实、情境写议论文，能写出什么呢？那只是"笑人齿缺"，曰"狗窦大开"而已。即使现在让我写，也不一定能写好。小舅廖昌周初三时参加作文比赛曾获得第一，他的文章有激情，能紧扣主题纵情发挥，这是文学艺术创作最可贵的。可惜他在几十年的打工生涯中，为生计奔波，被生活磨砺、煎熬，没有坚持读书、练笔，那条"通往林间"的小路也就荒芜了。而同样是女工的郑小琼，初中毕业，从四川走出来了，在车间的流水线上坚持写，现在已是知名诗人，广州市文联《作品》杂志的副主编。她曾向我约稿，我应邀写过一篇小文章。人，当然首先得生存，要活下去！但不能全是生活的苟且，心里一定要有诗意和远方，这样生活才有意义，才能活出不一样的情调和风景。

我上初一那年秋天，两条小腿突然中邪了一样莫名其妙地疼痛、麻木。去乡卫生院看，医生说不出什么原因，开具几片白色西药，内服，外加小一包"高锰酸钾"粉，用来洗脚，消毒。有个阳光温暖的周日，在几位同学陪同下，去卫生院挂过一次水。山里细崽仔皮厚结实，小伤小病最多呷几片药，那是我第一次遭遇如此"大阵仗"。治疗一段时间，效果不明显。我那次腿痛，父亲来看过几次，有一回塞给我三块五毛钱，让我再去医院看看。还有一天放学，我托村里一位上走读的同学捎信回家，说没事，不要他们担心。信是用红色圆珠笔写的。家里还是不放心，祖母和父亲母亲连夜赶到学校，看到我活蹦乱跳精神好着呢，叮嘱几句，马上又往回赶。临别时，父亲说以后有什么事不能用红笔写，把他们都吓着了。那时候从白凼到大水田，只能靠两条腿走，爬坡过坎，中间是十几里荒无人烟、树林茂密的禾树垭，一个人晚上不敢走，得几个人结伴才行。家里农活儿、家务活儿多，那天晚上祖母他们回去，估计得忙到天亮了。

那年放寒假回家是母亲来学校接我的，母亲到男生寝室帮我收拾被褥箱子。当时，宿舍里像上演"胜利大逃亡"，到处乱糟糟的，白花花的大米饭一坨一坨的，到处都是。那情景让人想起俗语："爷在家里捡稻穗，崽在城里摇白扇。"母亲小心翼翼捧起米饭，随手捡个塑料袋或一张报纸包裹好。她说，真可惜，带回去喂猪也好呀。母亲呷过苦，一辈子爱惜粮食，她这种惜物的态度影响我一生。人在任何时候，再有钱再富有，也要惜福惜粮。有佛法说，人的一生有多少口粮，皆有定量，你前面浪费了，后面就会挨饿，乃至早逝。

我的小腿疼痛似乎减轻了，但"小腿肚"上出现化脓、溃烂。村里郎中说，那是毒素冒出来，毒散发出来就好了。父亲找来艾叶，碾碎，揉成团，将揉碎的艾叶摆在溃烂处，点燃，像敬菩萨上香一样，令其慢慢暗燃。暗红的火点灼烫、炙烤着皮肤，艾灸真是痛得钻心，像是无数蚂蚁集中在一处撕咬，又像一把钝刀在一点点地割肉，痛得牙关紧咬，手指乱抓，眼泪哗哗地流……不久，我小腿上的伤渐渐结痂，痊愈，只留下几个清晰伤疤"以资纪念"。我们那流传很多土方，人们无法说清楚原理，只知道祖祖辈辈是这么传下来的。母亲曾传授我一个治疗淋巴发炎的土方，屡试不爽，极其灵验。艾灸，是传统中医的精髓之一，是中华文明的古老智慧。"人"在山中即为"仙"，我们山里人每个人都是神仙。

我平日里因偷懒或做错什么而遭受呵斥、责骂，甚至挨打，而在生病时得到亲人的关心照顾，且这时候不但不用干活儿，大人说话也轻声细语，让人感到十分温暖温馨。后来，我看过一篇小文章，作者说小时候渴望生病，深有同感。

初一时，我的成绩还凑合，但自己心里知道还不是很用功。很多时候看似认真，其实浮在表面上，没有真正用心。尤其是晚自习，和同学讲话，心不在焉的时候多。对有的功课没放在心上，应付了事，如英语、地理、历史、音乐、美术等。如果昔日重来，我一定学好每门功课，当年那些好像无关紧要、能突击记背的"小学科"其实最能体现个人的素质、修养。那时候学校操场上偶尔放电影，附近乡亲扶老携幼，提着椅子扛着板凳赶来，校园顿时如赶集一样，热闹非常。班主任阳老师和兼教我们政治的校长胡老师，经常在班上表扬某位学长（学姐）学习如何用功，晚自习结束后打着手电在被窝里看书，电影更是从来不看，一门心思扑在学习上。我当时很想向他们学习，可实在太难了，电影的诱惑力太大了，即使难得一次躲在教室里捧着一本书装模作样地看，耳边却努力捕捉外面电影里传出的声音，每一个细小的响动都往耳朵里钻。其实，看电影也是学习，长见识，何况平时难得看一回，只要在该学习的时候投入学习，就行了。这道理多年后才懂得。

我们初二时的班主任是宁义山老师，教我们数学和英语。那时宁老师刚通过相关考试，担任代课教师。他比我们大不了几岁，为人真诚、随和，常和我们一起玩，有时候我们没大没小和他开玩笑，他也不生气。宁老师有个弟弟叫宁升山，和我们一个班，少年聪慧，尤其是数学，一点就通，一看就会。还有我堂舅廖昌礼，学习成绩也很好，为人开朗热情，和我年龄相仿，却甚有"长者"风范。后来听说他和家里近亲因为平常积怨，加上口角纷争，竟然犯下那么大的事，我几乎不敢相信。人在气头上，什么事都可能做出来，但过后就只能遗恨千古了。

宁义山老师不知出于什么考虑力挺我担任班长。其实我不是一个合格的班长，晚自习有同学违反纪律，讲话、走动、吵闹等，我管一下，吼一嗓子，见没效果就听之任之。老师查到了反而替他们打"掩护"，是个典型的无原则"和事佬"。初一时的班长是廖敦喜，瘦高个儿，体育好，善长跑，他家住广坪村，孤儿，父母早故，由叔叔婶婶抚养大。他的学习成绩开始比较好，后来退步了。他年龄应该比我们稍大，在同学中较有威信，很多同学听他招呼。初中毕业后，他在隆回八中读了月余，坐在教室的最后排，每天从早到晚做一件事：在一个笔记本上抄流行歌曲。当时，我感觉他不会读多久，他只是迷茫、心苦，留恋校园生活，用这种方式过渡一下罢了。果然，没过多久他便辍学，像我们那里的很多人一样出门打工。这么多年来，不曾有他半点儿消息，听说他和家人也断了联系，他叔叔婶婶去世前，一直叨念，想见见他。一个人要和故土、亲人、同学、朋友，要和自己的过去做一个决绝的割舍，需要多大的勇气和心性，何其艰难！也许，他有他的难处，人到中年，有些事慢慢看透了，理解了。

初二，不知什么时候同学间兴起下象棋，坐后排绰号"撩尾巴"的廖国伟从家里带来一副象棋，课余三五个脑袋凑在一起速战速决，"杀"上一盘。我就是在那个时候学会下棋的，能辨别什么是"拐角马"。廖国伟的数学成绩好，下棋厉害，我与他"厮杀"，十有八九输，廖敦喜和他势均力敌，两个人经常争得面红耳赤，互不相让。棋艺上廖敦喜要稍逊一筹，但气势上要"强梁"些。翔儿幼时我教会他下棋，父子对弈，经常看到他面对"将军抽车"局面，抓耳挠腮，急得小脸通红，几乎要哭出来的样子，甚是开心。每当这时得防止他"恼羞成怒"，搅局，扬言不下了。翔儿上小学时有段时间书包里也装一副象棋，仗棋江湖，寻找对手。我只是笑笑，未加阻止，因为他老子有过那么一段难忘时光。

初二，我们班发生几件"风花雪月"的事。一刘姓同学和一位高年级女生相恋。刘同学个子高，白净，帅气，学习成绩一般，但篮球打得好。据说是那位女生因看到他球场上的矫健身影，心生爱慕。至于他们因何"结缘"，如何递纸条子，怎么见面，已不重要，也只有他们自己依稀记得。反正后来学校知道了，严肃处理：男生被劝退学，也有可能是主动要求；女生留校察看。如此结果，估计是刘同学十分仗义地承担起全部责任。

刘同学离校的那个深秋的早晨，艳阳初升，晨雾熹微。早自习时间，班上好几个同学悄悄去送行，其中有廖敦喜，我没有去。刘同学此去，因为"爱"。为了"爱"，颇有一种"风萧萧兮易水寒"的悲壮感。刘同学其实和我很要好，初二时有次学校放两天假，我曾去过他家——那个叫"光源"的小山村住过两晚。那里和我们白岙差不多，山清水秀，交通闭塞。他家住半山坡上，是我们那儿很常见的木头房子，门口有株石榴树，花开正艳。我那时真不懂事，在他家一两天，始终没有叫他父母，论辈分，他还是老刘家的长辈。我很长时间幻想刘同学归来时，宝马香车，风度翩翻，风光无限，让所有人唏嘘感慨，为之侧目。2005 年，我在苏州昆山采访一位民营企业家，"文化大革命"时期，他在某部服役因为种种原因，很可能是介入派系斗争，被开除军籍，押送回家。几十年后，他的企业红红火火，招聘了很多退役军人，他当年的班长，同一个连队、一个营，乃至同一个团、师的很多战友在他企业上班。他的排长、连长转业回老家国企下岗后，都投奔他，在他企业里当经理或顾问。逢年过节，他带上各种礼物回老部队慰问。他说，我哭着、灰溜溜离开的地方，一定要风风光光地回去。我想象中刘同学应该也是这样，一定要成功！打落牙，吞下去，笑着打拼，事业有成，鲜衣怒马，衣锦还乡，那才是真汉子！

这些年，我通过各种或隐或明的渠道，得到的消息是，刘同学流离颠沛，无甚事业，自顾不暇，仍孑然一身。

我在渐知天命之年，阅尽世态炎凉后，才明白自己的浅薄。有时心比天高，命就比纸薄。一个出身低微，没文化，没人脉，没技术，没本钱，没平台，什么都没有，唯有"于连"似心气的青年人是很难成功的。在他浪迹尘世间，遇到的大多是冷脸，几乎所有的门都朝他关着，也许有那么一两次像闪电一样划过的机会，如果他头脑、身手不够灵活，再加上放不下架子，不肯求人，不虚心好学，吃不了苦中苦，还有点儿臭脾气、坏习惯，那这辈子注定翻不了身。如果我是他，又能怎样呢？被残酷的现实、无情的命运一次次"羞辱"，刚开始时挣扎，反抗，呐喊，渐渐心力交瘁，也就习惯了，甚至变得漠然，麻木了。这就是鲁迅笔下"孔乙己"的炼成，孔乙己还能帮别人抄抄写写，还晓得"回"字有四种写法，你会什么呢？

以今天的眼光看，学校对这件事的处理有点儿重了，没有留下余地，对年轻人的"错误"没有持以宽容之心。当然，我们不能苛求前人，小小山区中学，为了刹住被视如洪水猛兽的早恋之风，只能痛下"杀手"。学校自有其道理和难处。

我当年亦情窦初开，某段时间对某个面容姣好且成绩尚可的女生心怀不可名状的好感，一想起对方就如面朝大海，春暖花开，和她有关的事物都是那么美好温馨，希望在某个场合不经意地遇见。待到梦幻成真又不敢正面看她，更不好意思搭话。她的名字埋在心底，默念过无数遍，但嘴上从没吐露过。别人偶尔提及，自己像做贼心虚一样脸红心跳。在她面前表现得极度自尊，是最不能出"丑"的。喧闹人群中她的声音，她在哪个角落，眼神不用瞟就能感知、捕捉到其细微存在，自己尽其所能地展现最光彩的一面……我们上初二正是"大观园"中宝玉、黛玉一样的年纪。《红楼梦》我熟读多遍，每次读到宝、黛两人的情感就怦然心动，为之感动。那份青春年少、朦胧美好的感情藏在心里，或加以引导，应该是一窖深藏十八年"女儿红"般的佳酿。一枚又酸又甜亦生涩的青果，只适合于独酌回味。

那同样是一件羞答答的少年事。初二时一个冬夜，上晚自习，因就几盏昏暗的灯光，同学们不得不调整座位，某位女生和蔡自娥同学一如往常坐在我的后排，一起看书学习，不时嘀嘀咕咕讲几句。突然，她们提出要借我的笔记本看，我爽快地递给她们。片刻，说要看圆珠笔写的。我翻出圆珠笔记的笔记，又给了她们。后来，我才知道她们是在对笔迹，那封信应该没有署名，是用圆珠笔写的。现在，哪个女生收到情书无不心里窃喜，心花怒放，像收到一大捧玫瑰。可那封信却让某女生不知所措，如临大敌，下晚自习了，还在秘密谋反一样，反复商量。后来，她义无反顾、大义凛然地把信交给了老师。老师的处理方式是公之于众，在全校师生大会上点名批评某男生。在此，我亦向某男生表示深深歉意，在老师批评他的过程中，我"落井下石"地起了很坏的作用，把他在放学路上说给我听的话："今生如果不能娶某某，我就要当和尚！"爆料、火上浇油一样抖搂出来。他说这番话时，走在我前面，我看到他的后背、双肩随着快速的脚步耸动，甚至能想象到他脸上的神情。他的话像颗子弹一出膛，我就读懂了背后的意思，他担心我对某女生"有意思"，用那句话宣誓了他的"意志"。可我却抱着恶作剧的心态面对他那份纯真的感情。情书事件后，一个腼腆少年在学校的处境可想而知，他变得沉默寡言，很长时间抬不起头。如今，时去近四十年，我们相聚如果回忆起这件事肯定是中年男人几声大笑，如疾风吹过，不会放在心上。但这件事这么多年来一直"梗"在我心里，我曾向他提及，他哈哈一笑打断了我的话，在这里我想真诚地对他说：对不起！少不更事，伤害了您。

我上初中时正值20世纪80年代中后期。我们生而逢时，我们的青春与共和国改革共成长、同奋进。当年全国上下改革开放风起云涌，如火如荼；各行各业，各种思潮交融交锋；乡镇企业，民营经济，生产承包，按劳分配，效益创新，攀登珠峰，长江首漂……即使在大水田那个偏僻山乡依然能感觉到人们从心底溢发出的欣喜、积极、昂扬的精神状态，群山苍翠，生机蓬勃，春意盎然。

对于我们这些正长身体的后生最强烈的感受就是能呷饱饭了，且饭里不一定掺杂红薯、洋芋了。菜里的油荤重了些，嘴馋的时候能花两角钱买块豆腐，油煎，炒蒜苗或辣椒呷。乡间随处可见"搞副业"发了小财的年轻人手提一台双卡录音机，未见其人先闻其声地播放"靡靡之音"——邓丽君的歌曲。那可是个耗钱的把戏，三四节一号电池还不到一晌工夫，放出来的声音就拖着嗡嗡嗡的长音，走调了。我们班上有个叫陈建华的同学，中等个儿，家住香溪，有些调皮，好像是他姐姐订婚（或结婚）时，他姐夫送他家一台小巧录音机，他带到学校里以娱众同学。夜里很晚了，寝室里他睡的角落还在传来甜美、不知疲倦的声音，大伙儿在音乐中酣然入睡，也不觉得厌烦或不适。有时候音乐声停止了，还提醒他及时换磁带。

那几年放寒暑假是最难熬的。尽管寒假里过年时走亲访友，有好呷的好喝的，少做家务和农活儿；暑假里可以捉鱼、游泳、摘野果，但小山村里实在太闭塞了，几乎与世隔绝。少有书籍，没有杂志、报纸。那时候大水田乡都没几户有电视机，我们白凼村连电都没有，别说电视了。我偶尔捡到一张包过白糖的旧报纸，细致展开，认真把上面每篇文章读完。如果从哪儿弄到一本卷角、缺页的杂志，即使是本蹩脚的地摊文学，也如获至宝，如饥似渴地翻阅一阵子。记得有一年暑假，我在姑妈家看过一本军统特务沈醉写的回忆录，前后十几页都没有，我几乎一口气读完，认为那是一本难得的好书。每个寒暑假都巴望着早点儿开学，早点儿回到全乡人民的"政治经济文化"中心——大水田。可见人是社会动物，群居物种，尤其是思想活跃、满怀梦想的年轻人总希望能走出去，去更广阔的天地见识、历练一番。

初二下学期，九月刚开学，二舅廖昌云从绥宁调回大水田中学教书。时值九月，秋高气爽，刚返校的同学们兴高采烈，三五成群，有说有笑，欣欣然亦熙熙然。我去二舅那间办公兼卧室的小木房子拜访时，那天晚上正好停电，二舅的办公桌上倒扣着一个玻璃烟灰缸，上面摆一支蜡烛，玻璃烟灰缸与蜡烛通体白色，冰雪晶莹，煞是好看。当时教我们物理的蔡健老师等在场，和二舅相谈甚欢。二舅见到我，送了我一本初中语文古文翻译书，近似教学参考。我很长时间羡慕有亲戚在学校当老师的同学，生活学习能得到一些照顾，现在我终于也有了，心里有种说不出的欣喜。二舅在我上初三时，把他房间的钥匙给了我一把，希望我有个安静环境，能抓紧点滴时间搞好学习。可总有三五个同学溜过来找我聊天，神侃，有时候甚至把房间弄得一片狼藉，我心里很是不安。现在回想起来，我当时真不该拿二舅的钥匙，不该特殊化，生活上的特殊有时候就是自己害自己。几个舅舅、姨妈待我们兄妹都很好，二舅更是视我若子，对我的学习极为关心，时时鼓励鞭策，直到我当兵后还数次来信，谆谆教导，语重心长，永生难忘。

初二，我的学习可以用"逆水行舟用力撑，一篙松劲退千寻"来形容。有一段时间我迷上了武侠小说，看金庸的《碧血剑》《射雕英雄传》、梁羽生的《七剑下天山》《冰川天女》等等，一度沉沦其中甚至上课不知所云，呷饭不知味道。寒假里晚上点煤油灯，一夜将一本厚厚的小说看完，小说是向同学借的，过几天得还。不仅仅因为"书非借不能读也"，对书中侠客天马行空、所向披靡的盖世武功，无拘无束、大块酒肉的生活，路见不平拔刀相助的仗义，乃至侠客佳人缠绵悱恻、如痴如醉的爱情等，不知不觉将自己想象成英俊潇洒、仗剑江湖的大侠，强烈的"代入感"，以致对周围现实漠不关心，对大家感兴趣的事物嗤之以鼻，嘲笑人们蝼蚁般的"卑微"与"渺小"。有时候也和"同道中人"眉飞色舞地交流一番，但大多数时候对大多数人是"道不同不相为谋"，不置一喙，说一句话都嫌多余。因为有这段经历，所以我对现在的细崽仔沉迷于网络、手游很是理解，小小年纪一不小心就会迷惘、迷路。今天的细崽仔如何渡过"雨季的沼泽"，需要家长、学校与社会各方面的合理引导与规劝，需要自身的"顿悟"或"渐悟"，迷途知返，那是一个值得深入研究的专门课题。那种混沌的日子，我没过多久，因为那几本书看完了，再也借不到同类小说了。在大山深处真是踏破铁蹄也无处寻，这对"误入藕花深处"的我也许是件好事。

历经几次"暗流汹涌"的折腾，我的学习成绩在班上虽然还排在前面，那只是"一群矮子中的长子"，说明不了什么。我顺其自然升入初三年级，班上好些同学仍留下来读初二。我们上一届36班和35班合并，集体留级，上一届有五位同学考上师范，实现大水田中学多年来的辉煌。那年月能考上中师可是不得了，了不得呀！能马上呷"国家粮"，"跳农门""脱农皮"，将农村户口转为城镇户口。在城乡"二元制"势如鸿沟的年代，这意味着从此不用再日晒雨淋、面朝黄土背朝天的守着土地刨食，能旱涝保收地有份稳定收入。如果找的婆娘也有工作，就能子子孙孙成为光鲜的城里人。找的婆娘即使没有工作，那也是十里八乡最漂亮、最有"才华"、家境殷实的妹仔，而且还不要高价彩礼。那真是"书中自有千钟粟，书中自有颜如玉，书中自有黄金屋"呀！但那时考师范很难，分数奇高，七门功课，总分 700 分，得 640 分以上才有希望。36 班那考上师范的五位学长，我至今能叫出他们的名字，记得他们青葱岁月时的模样。老师把他们当作模范、榜样，他们刻苦学习的事迹被大会小会讲，课上课余讲。他们走在乡间，如浑身散发光芒，人们交口夸赞或行注目礼。我想古代中举人仕可能就是这个样子吧。我们班留下来准备"秣马厉兵，厚积薄发"的几位同学，可能是想仿效他们，以实际行动向他们学习。我想都没有想过，因为我小学读了七年，再读下去已"老大徒伤悲"了。

进入初三，学习氛围陡然紧张起来。课间休息，我不再说笑、奔跑或与同学打闹，很多时候我站在二楼的走廊上，向正对的校门望去，感觉自己突然长大了，变得深沉稳重起来。

初三最后那个学期，我们是大年初八开学的。第二天是大年初九，是祖母的生日，我没待毛衣洞的舅爷爷和表叔们来给祖母祝寿就去学校上课了。雨总是在不经意的时候落，山上、路上到处一片潮湿、氤氲，天气湿冷湿冷的，呼啸的风刮在脸上身上，牙齿直打战。这时候年味还浓，要等到正月十五后，老家的年才算过完。这季节田间地头没什么农活儿，家里还有一些好呷的，家家户户大门紧闭，大人、细崽仔都猫在火塘边烤火、聊天、游戏、嬉笑……而我们就开学了。尤其是傍晚时分，谁家飘出蒜苗炒肉的香味，远处响起零星鞭炮声，那时就特想家，想火塘边的暖和与饭菜的喷香。

我们初三是 37、38 两个班合并，统称 38 班，集中搬到原 37 班的二楼教室上课。37 班初二时在我们楼上，他们班主任好像是廖昌栋老师，又好像是罗倩老师。同学们大多认识，只是不很相熟。

学校每年给毕业班配备最强师资力量，可谓"豪华版"阵容。那年教我们语文的是曾志华老师，物理是蔡健老师，化学是王路长老师，英语是魏树炳老师，教数学兼班主任是廖承田老师，即王兰英老师的爱人。廖承田老师个子高，俊朗，为人洒脱，真诚，课讲得好，粉笔板书行云流水，说话幽默诙谐，时有善意调侃，妙语连珠，和学生相处愉快亦深受喜爱。只是"吞云吐雾"厉害，他右手食指和中指第二关节处被烟熏得微黄，一闻一看就知道是"老烟枪"。初三的时候"刷"题多，廖老师只讲解大家错得比较多的习题，几乎不讲评成绩。我的数学成绩勉强，难一点儿能考70多分，容易一点儿，也就稍高一点儿。

　　班上陆续增加了几位"新"同学，如马并（又叫廖开平）、廖跃腾等。他们以前在哪儿上学，我没打听过，从他们的学习成绩来看都是"高手"。新同学中，我和廖跃腾是"故交"，小学同学，我们一个村的，上初中不知道他"浪"哪儿去了，初三最后一学期他又转回来了。他成绩优秀，综合素质强，能说会道，性情潇洒，中考他以600多分考进隆回八中。在八中，有一次学校举办关于祖国的演讲比赛，他一上台就"引吭高歌"，以优美的歌喉清唱《我的祖国》后，激情澎湃，口若悬河，引经据典，侃侃而谈，从头至尾吐词清晰，收放自如，神情自若，当然毫无悬念地夺得第一名。我在班主任欧阳利人老师的鼓励下，心如擂鼓硬着头皮上场，磕磕巴巴快讲完了时，我突然想起还有老师帮我设计的动作没做，没有形体语言配合，我心血来潮、十分唐突地挥舞起拳头，喊了一句口号，草草收场，当然我收获的只是一阵哄堂大笑。廖跃腾在八中也只读了一个学期，1989年3月入伍到新疆某部。他们那批兵有隆回少年成名的诗人马萧萧。马萧萧一直坚持创作，佳作迭出，后来提干，曾任《西北军事文学》主编，承蒙关照，我在上面发过几篇文章。廖跃腾当三年兵后退伍，据说他先后在政府机关上班，还开过医院。我们之间的联系就像小时候听收音机，因为信号差，闪忽，隐约，零星。

　　每天晚上自习课结束后，总有同学留在教室点着煤油灯继续看书。我印象比较深的是家住广坪的蔡建营同学，他每天晚上都要挑灯夜战到很晚。他成绩一般，但学得扎实、踏实，不紧不慢，稳扎稳打，弄懂一道题是一道题。他后来八中毕业入伍到广州军区某部，比我晚好几年兵，据说考上了广州军区的桂林陆军学院。那时候只要是正儿八经高中毕业，在部队考军校不难，八中毕业生，在老家或许是条不起眼的"虫"，在外面世界也许就是一条"龙"。他因为种种原因被军校退学，后在部队服役16年，现在在隆回城管大队上班，生活幸福平顺。我有一次回乡，他盛情款待，应邀赴宴的还有教过我们的班主任欧阳利人老师。

山里细崽仔懂事早，到初三了，学习呈"泾渭分明"之势，"清者自清，浊者自浊"。成绩好、想学的很自觉，响鼓不用重捶，不用扬鞭自奋蹄，每天的时间抓得很紧。成绩差的，自我感觉升学无望，最多混个初中毕业证回去"修地球"，这时候就吊儿郎当，过一天算一天，三五个聚在一起，干一些他们认为开心、好打发时间的事。有一天，我躲在寝室一个角落里背书，不远处几个同学在热火朝天地打牌，互不干扰，相安无事。不知怎么回事，曾教我们政治的校长胡能章老师走了进来，逮住那几个打牌的同学，一顿劈头盖脸的臭骂，同时拿旁边的我作为"参照"，弄得我很是尴尬。待胡老师离开后，我自嘲一番，对不住大家，真不是故意的。胡能章老师性情庄重儒雅，我们上学时常看到他一大早在操场上那棵苦槠树下打太极，气定神闲，步履从容。上早自习，我们咿咿呀呀读书，他捧本书踱着方步和我们一起读。胡老师写粉笔字用隶书，行云流水，从头至尾，一以贯之，给人以艺术般的享受。其教书育人有孟子"得天下英才而教育之"的胸襟和情怀，哪个学生"孺子可教"，他会想尽办法、倾心帮扶。他一生从教，桃李芬芳。

读初三那年，我曾三次赴司门前，一次是参加物理竞赛，有两次因为中师考试。那是我第一次出远门走出大水田。司门前是当时区级行政机构所在地，管辖周边好几个乡镇，对于我这个"乡巴佬"来说称得上大地方了。有道是，离家三十里，就是外乡人。从司门前到我们那个叫白凼的小山村有四十多里山路，当年觉得山路迢迢，家在群山云深处，现在相距四十里的司门前反而觉得近在咫尺，伸手可及，乡音亲切。那时对司门前这个地名也懵懵懂懂，不知所然，多年后才弄清楚。巡检司是始建于五代一个官府机构，在明、清两代为县级衙门底下的基层组织，从九品，相当于现在的副科级，每年俸白银三十一两左右，俸米约十六石，能基本维持一家老小生计，主要职能是负责训练甲兵、维持治安、镇压反叛。司门前是旧时邵阳县设立的隆回巡检司所在地，渐渐的，那儿被人们叫作司门前。

那次赴司门前参加物理知识竞赛带队的是蔡健老师，同学有廖磊堂、廖昌礼、宁升山和我，另外还有谁，记得不太清楚了。我们一行甩开膀子迈开腿，有说有笑，三四十里盘山公路，也不觉得累，好像转眼即到。快到司门前镇时，一处缓坡上，"眼尖"的同学看到马路边泛黄的麦地里有一只棕灰色野兔，"将军赶路不追兔"，我们几个同学轰然而起，逐兔麦地，奋而追之。蔡老师笑嘻嘻地站立原地，我们奔跑一阵，最后扑一场空。其实，我们参加比赛就如"序幕"追兔子一样，每个人都隐约发现"目标"，觉得有点儿希望，那块饼可能砸在自己头上。可考场如战场，最终拼的是实力。蔡健老师按辈分来说，我应该叫爷爷，他和毛衣洞我的几个舅爷爷是一辈的，而且是近亲。蔡老师教我们的时候极具"师道尊严"，不苟言笑，极其严厉，动辄批评，我从没向他请教过问题。路上远远看到他，绕不过去了，只得恭敬问候。蔡老师在乡间亦以高傲"假冲"闻名，一般乡民与其打招呼，他爱理不理，不知是没听到，还是因为戴着啤酒瓶底般的深度近视眼镜没看到。也许是他老人家的性格使然吧。

另两次去司门前和考中师有关，一次是预考，在司门前镇中学举行；还有一次是全区参加中师考试的同学到司门前学区教委集中，然后一起去隆回参加正式考试。参加预考，我们一行七八位男女同学，住司门前镇中学男女生宿舍。我们是周六下午抵达，周日考试，镇中的寄宿生周末刚好回家了。那时候大家都很单纯，老师安排住哪儿就住哪儿，镇中的学生也没说什么。转道去隆回参加中师正式考试那次住区教委楼上，大通铺，五毛钱一晚。区教委两层小楼和镇中仅一墙之隔，我们呷饭在镇中学生食堂，和他们的学生一样打饭打菜。那是我第一次呷卷心菜，用辣椒酱炒的。原来蔬菜也可以炒得这么好呷，印象深刻。

预考好像只有廖磊堂、廖跃腾、少数民族考生马并三人上线，邹建勇和我是胡能章校长到区教委争取来的名额，他力陈我们是贫困落后山区中学，师资力量有限，恳请上级照顾。上一届胡校长也如此争取到一个考试名额，结果那位同学不负众望，一举"金榜题名"。邹建勇同学家住学校附近的水田村，身材单薄，脸庞黑瘦，初一初二时成绩一般，没想到初三如"黑马"突然杀出，将一大群同学远远甩在后面。我们俩终究辜负了胡校长的一片苦心，没能考上。我们那一届冲刺中师的五人小组折戟沉沙，全军覆没。

那次赴隆回参加考试，由曾志华老师带队，我们一行六人，步行到司门前。那天晚上学区教委一位领导做"临战"动员，提醒进城赶考需注意事项：不要看到一辆马车、一辆小汽车也大惊小怪，围观或不注意看路等。感觉像是在讲我，我是第一次去县城，也是第一次坐公共汽车，很多新鲜的东西没见过，但我告诉自己一定要沉住气，要装得像见过大世面、经历过大场面的一样。多年后，我曾写过一篇题为《山道弯弯》的小文章发表在一个小刊物上，文中描述那次曾老师领着我们如何走到司门前，解决吃住，又如何进城，应考等。一位邵阳籍战友看了，含着眼泪说，他也是这样走过来的。

我们的考场设在隆回城北小学，位于一座小山坡上。从住处县委招待所到考场得走一段路，爬一道缓坡。县委招待所，我听父亲多次提及，他曾参加乡里的计划生育工作队，被临时抽调到县城开展工作时，住过那儿。在我心目中那可是全县乃至全世界最高级的饭店，比现在的五星级、六星级酒店还厉害。为了那次考试，我做足除了功课以外的"功课"，出发前父母千叮咛万嘱咐，母亲把她的上海牌手表交给我，几位任课老师面授机宜，让我花几块钱买一根"西洋参"，据说那玩意儿在考试时含在嘴里可以提神，还得买一瓶"风油精"……我一一遵照而行。七月初，考试那两天正是南方的梅雨季节，天空不时细雨飘零，空气氤氲。那是我第一次用风油精，后来很长一段时间里，每当细雨温润而迷蒙，一闻到风油精的味道，就想起那个夏天，想起县城不时响起的汽车喇叭声、自行车铃声、各种吆喝声，亦真亦幻，亦远亦近。隔着几十年时空，那声音还是那样悠然，绵长，宽厚，让人感到亲切而温暖。

考试结束，曾老师和其他几位同学各有打算，分开行动，只剩下我和邹建勇结伴返回大水田。

我们回到学校，校园冷冷清清的，像一场大风卷走所有的落叶，绝大部分同学已经回家了。据说没有举行毕业聚会，也没有照毕业照，只是放了一场电影。也许是因为我们几个去县城参加考试去了，就像宴席上中途有人退场让大家觉得兴趣索然、氛围黯然，还是因为别的什么原因，我不明白为什么当年仅放一场电影，大家就各奔东西了。此前，也有同学相互送几毛钱一个塑料壳的小笔记本，在扉页写几句祝福的话，有的互送照片。由于很多同学忙于学习，备战考试，那惜别的氛围还未曾酝酿，很多人还没缓过神来，人群就散了。初中毕业，在那个年代，对于大山深处的细崽仔来说很值得纪念！我们中绝大部分意味着从此离开校园，告别学生时代，融入红尘滚滚、骨感现实的大社会。

我的初中生活，在那个夏日的上午，从我一跨进木栅栏校门，安静的阳光伴随着一群麻雀的起飞与叽喳，从那一刻起就意味着结束了。很多同学没有话别，也没有再见到过，如今"尘满面，鬓如霜"，相逢亦难识，即使一拍一笑一场相认一惊呼地见到老同学，隔着时间和空间的河流，从哪儿说起，说些啥呢？

我和几位同学在学校里消磨了几天，我们在香溪的水库边、乡政府和渔场等地闲逛，在小河里游泳，算是对那段岁月依依不舍的告别。

回到家，我又开始每天砍三担柴的生活，但心已经"野"了。不能再像以前那样安静地砍柴，累了就光着身子在河里洗个澡，站在山顶冲更远的群山吼几嗓子，如果有一本好书，就能心情愉快地打发好几天。现在，我变得很不安分，因为我已去过县城，见过城里车水马龙的样子，并且在县委招待所的大浴室洗过澡，那份惬意与享受我以前从没经历过。不久，中师考试分数出来了，村里有人在传，我知道自己考不上，甚至没有勇气回学校去打听分数。父亲担心我被别人"冒名顶替"，用一黑色人造革皮包装上全部"家底"几十块钱，说要去大水田找"关系"，我翻出各种理由死死拦住。我了解自己，分数肯定离上中师差得远。

太阳照常升起。父母没有责怪我什么，说话反而较往日轻声细语。我脸上郁郁寡欢，心里并不很难受。对于某个够不着，没抱太大希望的目标，即使失去了，因为内心早就接受了那个结果，也就受之坦然，处之泰然，心里安然。

群山苍翠唯风过耳，山里的世界好像一座孤岛。一个月光哗哗的晚上，父亲肩上搭一条毛巾，一只脚搭在堂屋的门槛上，跟我说起"地毯厂"的事，把乡镇企业的辉煌前景描述一番。我不想去，担心因此下半年不能读高中，还隐隐约约怕同学笑话。后来，我还是去了，挑上被褥和小木箱像上学一样开始我龙源地毯厂的"学徒"生活。刚打锣开张的地毯厂聚拢的大多是"回乡知青"，热热闹闹，嘻嘻哈哈，大家在一起劳作，说笑，游泳，闲逛，看录像……没想到那一个多月的工厂生活，竟然给那个暑假抹上一层温润的暖色。那段日子我在前面描写"春天"的一节中已经提及。

20世纪80年代中后期，流行穿军裤，小伙子下穿一条裆部肥大的军裤，上穿一件白衬衣是当年最时髦的打扮。迪斯科、霹雳舞盛行，学校组织晚会，如果谁能表演一曲"擦玻璃"，或"拉绳子"，在大伙儿眼里跟著名演员似的。萦绕耳边的歌曲有《血染的风采》《十五的月亮》《月亮走我也走》《两地书母子情》等，大多歌颂赞美军人的奉献与牺牲等内容，这和南方那场边境战争有关。1988年初夏，悄然流行一首题为《粉红色的回忆》的歌曲：夏天夏天悄悄过去，留下小秘密，压心底，压心底，不能告诉你，晚风吹过温暖我心底，我又想起你，多甜蜜，多甜蜜，怎能忘记……今天听起来，感觉是那么浅显、稚嫩，乃至惹人发笑。但那像是我们走过的路，简单的旋律似乎蕴含着我们从懵懂少年走向酸涩青春的脚步。

在隆回八中读书的日子

我对隆回八中最难忘的是院子里那几棵桂花树，新学校、新环境、新同学、新生活，伴随着种种新奇、忐忑和莫名的忧伤，我邂逅它们年年岁岁花相似地盛开。它们在那儿已经很久了，是那个红砖楼小院的主人，我只是一位匆匆过客，在那一年那一季与它们相遇凝神，它们矜持、目不斜视地将浓郁、略带香甜的清香浸入我的记忆与情感深处，那是我第一次闻到桂花香。从此，每闻丹桂飘香我便思绪翩翩，想起那段或美好晴朗，或忧郁阴冷的日子，让我历经沧桑、烟尘归来仍是少年。

父亲应该是犹豫再三才决定让我去隆回八中读书的。那个暑假我在龙源（现在的龙腾）村乡镇企业"地毯厂"上班，那也是父亲安排的，他期待我们的乡镇企业红红火火、兴旺发达，我能成为像电影里那样的穿蓝色工装的老师傅，那永远是他一厢情愿的想象。父亲宣布这个"重大决定"，是一个月光如水、群山空蒙的晚上，我们一家老小好像都在堂屋里。父亲还是肩上搭条毛巾，一条腿搭在门槛上，神色凝重。祖父在里面灶屋里的小餐桌旁高声叮嘱，司门前是大地方了，不像在大水田，到了那儿一定要好好学习。

八中位于一片稻田深处，校门窄小得让人感到寒酸。我们第一个学期的学费是七十元，我只交了一个学期就没机会了。我们好像是 69 班，教室位于校门处，寝室靠楼梯口，门前有几株桂花树。开学不久就老下雨，淅淅沥沥，潮湿阴冷；加上不远处厕所里的味道隐约飘来，我的心情灰暗得几乎发霉。那几株桂花树就在这个时候给人以少许慰藉地盛开了。

我们呷饭，米从家里带来上交食堂，每月菜金十八元。菜里油荤还可以，比在大水田中学强，比家里也要好，只是价格有点儿贵。每顿四两米饭总感觉呷不饱，呷了像没呷一样。记得有个周末我没有回家，一位女同学离校早，她让我把她的那份饭也打了。于是那个周六晚我可以呷两份饭，那是多么奢侈、多么美好的事！打球、转悠累了饿了，想起还有一碗香喷喷的米饭等着，令人激动，浑身有劲。我还记得那天晚上的菜是小鱼干炒辣椒。

我几乎每个周末回家。那时从司门前到大水田没通班车，四十多里盘山公路得靠两条腿一步步丈量，偶尔厚着脸爬上客货两用的"小四轮"，能开到大水田乡政府附近那是最幸运的，但大多数时候没开多远，因为没钱我们被灰溜溜赶了下来。难堪是一丝淡云，风一吹就散，我们五六个"学生崽"很快又有说有笑地大步走，人多，热闹，不觉得累也不觉得苦。比较困难的是从家里担米去学校，几十斤米，三四十里路，返校时就一个人，慢慢地挨，很多时候天黑了还没到。有一次回学校，初冬，微雨，我穿着母亲的一件黑色灯芯绒棉衣独自赶路，棉衣渐渐变得潮湿，心情也开始和那天气一样。那段时间水田村很多因建水库而移民的正忙着搬家，其中好像有几个同学家也迁移外地。看着一辆辆满载木头或家具的大卡车从身边呼啸而过，我想要是能搭个顺风车有多好。

关于坐车，我在好几篇短文中有过描述，其实那不是最艰难、最窘迫的，最难的是家里经济拮据，伙食费有时"断供"。记得有个周日下午返校前，我找到父亲要伙食费。他当时在离家不远处刚犁完一丘田，牛儿在草坪上甩着尾巴悠闲地呷草。我讪讪地鼓足勇气向父亲说明意思。父亲默默地从上衣口袋里掏出一沓带体温的钞票，全是一毛的纸币，他用手指往舌头上一沾，认真数了一遍，好像是一块一毛钱。父亲把钱递给我，硬冷地说就这么多了。我看着那一沓"毛票"，刚够坐一次"小四轮"回学校，当然我是舍不得用这钱坐车的。犁田时因牛不停地甩尾巴溅扶犁人一身泥点，我看着父亲浑身是白色泥点的瘦小身影，再看看自己一身干净，心里那个难受无以言说。我的高中学习才开始，下面还有五个学期呢。那一刻，我知道这个书可能读不下去了。

当时，弟弟在读初中，妹妹上小学，那几年家里的全部经济来源就是父亲种几亩地，母亲喂几头猪，喂点"养双"（家禽）。在我辍学后，父亲想办法在家里开了一个巴掌大的"代销点"，每隔十天半月就去木瓜山或隆回采购些山民居家常用的东西，诸如盐巴、白糖、煤油等，也就是靠父亲的双肩去一点一点"磨"，换取微薄"差价"，供弟弟妹妹上学。那时候年底杀过年猪，如果有人买肉，买鸡鸭，我们家里那点儿"硬菜"大多会换成几张薄薄的钞票，接下来一年时间里一家老小的"五脏庙"难得打一次牙祭，说到呷肉就咽口水。生活的重担压得父母难得有闲暇，也难得有笑容。

班上时有同学辍学，廖敦喜同学坐最后一排，不声不响抄了一段时间的"流行歌曲"就不辞而别了。坐我后面的赵焕红同学读了一个多月，有一天座位突然空了，长久地空在那……赵焕红后来和我一起入伍来到驻宁某部，我在师部直属队，他在炮兵团，两个营区一条马路之隔，我有时候到他那儿去坐坐闲聊会儿。他退伍的时候也是悄悄的，记得他曾说过："部队的伙食尽管比家里好，中午和晚上有点儿荤菜，可还是想回家。"他离队时，我不晓得。那些日子，我一天往返火车站几趟送别战友，突然碰上他哥哥来部队找他。他哥哥也不知道他走。我陪他哥哥来到他们连队，低矮的排房里一片空寂。退伍光荣榜还红艳艳的，我们在上面一排排地找，终于看到了他的名字。那一年他们连队退伍兵不少。

高一的学习很紧张，需要心无旁骛埋头苦读。而我已是山涧里放竹排，任其漂流了，很多课后的家庭作业几乎没做，数学、物理课堂上听得如坠云雾、似懂非懂，课后也懒得去弄懂弄通。晚饭后，一个人漫无目的地走，几乎将八中周边转了个遍：汽车站、食品站、鞭炮厂、八中光秃秃的后山……偶尔和学长廖国会一起绕着八中的围墙或顺着小河沟溜达。国会高我一个年级，善良真诚，多才多艺，为人处世热情稳重，当年对我关照有加，我们的友谊延续至今。有一天晚上，我和蔡立军同学转悠到廖敦龙同学那儿。敦龙初中毕业即接班在司门前粮站工作。当年，有这样一份稳定体面的工作几乎让人羡慕得"淌口水"。那次，敦龙在炭火上煮了一锅饭，蒸了一个"猪血丸子"招待我们。我们正是长身体的年纪，放学时呷的那碗饭早已转化为"卡路里"。我和立军一点儿也不客气，呷得风卷残云，满嘴喷香。还有一次，我在司门前街上路遇罗礼文同学的弟弟（具体名字忘了），到了呷晌饭时间，他邀我一起在区公所对面的大食堂呷了一钵饭，菜是几筷子莴笋炒肉片，和现在一份快餐差不多。那时候的一钵饭比今天一桌丰盛宴席还让人感念。一饭之恩，多年难忘。

我们班大部分同学在"头悬梁，锥刺股"地攻读，记得名字中有个竹字的同学，上八中还是未达分数线交赞助费入学的。他学习刻苦，每天像是被焊在座位上，哪儿也不去。学期结束时成绩排在我前面，他那扬眉吐气、喜形于色的样子像是奴隶翻身做主人。我的语文、化学成绩还凑合，数学、英语、物理已沦陷于"水深火热"之中，要想重振"山河"，相当于我个人的抗战。最悲哀的是我学习的精神和意志已经垮塌，开始和泥巴了。这是我一想起就后悔、心痛，最不能原谅自己的，我应该坚持学，好好地学，咬紧牙关地学。志存高远，为了中华崛起而读书让人敬佩；朝着高等学府、理想工作、宝马香车之现实而奔也没错；为着提高自身能力、修养、气质，拥有更宽阔的心胸、更开阔的视野也不差。有时候学习仅仅是为了学习，不需要太功利的目的，哪怕多懂一点儿、多知道一点儿也行。

我们的班主任欧阳利人老师，三十多岁，戴一副茶色眼镜，穿一件灰白色风衣的样子很潇洒，说话低沉，幽默，读书多，语文教得好，在我们眼里相当于高级别"偶像"。回想起欧阳老师待我种种细微之处，有藤野先生在仙台待周先生的温暖。当然，周先生与我乃白云、尘土之异。欧阳老师有一次特地跑到司门前汽车站，打听到大水田通班车了，回来后高兴地告诉我们几个住大水田的学生，让我们周六不要走得那么早，把下午的课上完再走。平常每到周六，我们呷过午饭便逃似的往家赶，即使如此到家已是掌灯时分。我不好意思说，掏不起车费，一年到头口袋里连叮当响都不能，甚至连伙食费都交不起了，哪有钱坐车呢？我们几个还是像往常一样呷过午饭就开溜。我参加学校的演讲比赛，他把我的稿子改了又改，单独演练了几次，上场我只是赢得哄堂一笑。他让我当体育委员，给了我一把他办公室的钥匙，方便我保管篮球、足球等运动器材。我偶尔偷偷把他的自行车推出来，在学校围墙外的空地上"练车"。那一年过年时我在家门口小学校的操场上，用姑父的自行车练习了一会儿，有了点基础，但熟练掌握这门"受益终身的技术"，是后来用欧阳老师的车。技术学会了，可是把他的车子弄坏了，后轮支架上的一个小螺丝不知颠落在哪儿，来回梳扒好几趟都没有找到。那时候，我做人做事彻头彻尾是一个愣头青。记得有一次洗过澡后洗衣服，我打来滚烫的洗澡水，把我唯一一套像样点、没有补丁的灰布衣服泡在里面，不一会儿取出来全是皱皱巴巴，要多难看有多难看，怎么折腾也恢复不了原样。年轻人得一点一点地去磨砺，面对乱麻一样的生活才能游刃有余，沉着应对。我那时经常流露出忧郁神情，欧阳老师曾找我谈过，我没有说出心里的担心与无奈。我辍学后，仍不时听到他的消息：后来在八中担任校长，再后来从政，任某镇党委书记、县委办副主任。我弟弟刘跃良曾在他手下工作，颇受照拂。

雪后初融，天气转阴，这时候最冷，路上最湿滑。学校放寒假那天，我请龙太旺同学送我一程。我害怕一个人走，害怕那种孤零零、不再回头的感觉。我强烈地预感到，这一次回去父亲不可能再供我读书，我的"青青子衿"学生生活就此将潦草地画上句号。未曾仗剑，即走江湖，哪条路都满是泥泞，最难的是我不知道去哪儿，能做什么？我把箱子、被褥、课本等一股脑儿地挑回家。龙太旺像朴实憨厚的"沙师弟"一样帮我挑着担子。我们边走边海阔天空地聊，具体说些什么记不得了，但我那种指点江山、激扬文字，好像此去鹏程万里，有良辰美景等着的亢奋神态是故意装出来的，我不愿意面对冷冷寒风，群山萧瑟。龙太旺一直送我到打鸟坳那道岭的下坡处，他才往回走。峰回路转处，积雪满目情。我不知道他什么时候到家的，可能和我一样，天已经擦黑了吧。我一直记得这份沉甸甸的情意，记得他穿着蓝色衣服，头发微黄的样子。

我在八中只读了一个学期，便辍学外出打工谋生，这是我多年来不愿意提及的隐痛。在困苦面前，我很多时候是一个懦夫。一方面觉得自己不能太自私，如果我据理力争犟着要读下去，弟弟、妹妹上学就更困难，小小年纪的妹妹就可能回家打猪草、做家务。另一方面我没有勇气与智慧去和命运较量，没有想到暑假到外面建筑工地去做小工，没有自己呷苦去挣学费，甚至连学习都放松了。自己放弃了自己，那就只能听命、认命了。

有钱难买少年穷，那是成功人士阅尽沧桑后剔着牙说的话。贫穷能让人窒息、自卑、忐忑、望而却步，能将人埋没、压垮。当然，与贫穷进行正义凛然地抗争，永远令人感动、肃然起敬。

我珍藏有一枚八中的校徽，透明塑料材质，长方形，白底，上面四个鲜红行楷：隆回八中。它不是荣誉，只是我一段葱绿青涩、不忍触摸岁月的见证。

每年秋色初露，桂花飘香时，我就想起在隆回八中读书的日子。如今，八中早已停办，从校友在微信群里发出的照片来看，那里已破败不堪。数十年河东河西，小镇巨变，人事沧桑，在那静悄悄的一隅也许能找到些遗落的痕迹，祭奠一下远逝的青春。不知那几棵桂花树是否安好？料得年年霜重时，依旧摇曳生姿，芳华吐露。

在宜昌打工的日子

山村的年味越来越浓了。腊月二十几的一天晚上，父亲领着我去村里塘现湾一户人家，请他们兄弟几个带我外出打工。他们出门闯荡多年，据说挣到钱了。他们坐在灶边烤火，态度不冷不热，意思是不愿意带。他们做的是苦力活儿，担心我一个刚从学校出来十六七岁的学生崽，肩膀嫩呷不了那个苦。我和父亲一前一后往回走，一路无话，月光清冷。

那年冬天，叔叔一家三口在我们的翘首期盼中回家探亲了。叔叔是我们老刘家祖宗多少代来，最有出息、最让我们引以为骄傲的人物。我当时只晓得叔叔是在湖北当阳空军某部当军官，而且是在令人望而生畏的"政治部"，但具体做什么，什么职务，不明就里、迷迷糊糊。后来，我偶然和他们部队一位湖南籍战士交流，他说我叔叔是宣传科的上尉，正连级干事。但我还是没什么概念，只晓得下军棋时连长比排长、工兵大一点儿，直到我当兵后才大致弄清我军的编制及军官序列。请叔叔给我谋个"门路"，父亲可能和叔叔商量过多次。叔叔当年白手起家、工资不高，境况只能自顾尚可，父亲请他带我外出打工，他也许碍于情面等原因，也就勉强答应了。我隐约记得那次旺溪姑奶奶一个孙子也想跟我们一起去，抱来两只老母鸡送给祖父，和我住了一个晚上，后来他没去成，搞得那边亲戚很有意见。我不清楚叔叔为什么不带上他，对于我来说有个伴儿，就有个商量的地方。那时候全家人都没出过远门，平日里没有电视、报纸、杂志，更谈不上如今的网络、手机等，没有见识，也没见过什么世面，包括父亲及周围的邻里乡亲都认为叔叔带我出去，从此前途光明，即使说不上飞黄腾达，至少也能呷上"国家粮"，成为某个厂矿企业里旱涝保收的"正式工"。当然，这可能有个考察试用过程，也许三五年，但肯定会有好前程。父亲在祖父被柴火熏得黑黢黢的灶屋里找我谈话时，大致透露出这么个意思，反正读书是不可能了。父亲反对叔叔带上那个老表，除了担心增加开支负担外，还会给我以后的"成长进步"增添竞争对手。

　　那年大年初的一个清早，我们一大家子像往常一样簇拥着送叔叔一家人返程，这次因为捎上了我，显得有点特别。河风冷冽，晨雾如纱。我们的木船在靠近木瓜山水库坝上的时候，遇到一些乡亲和我们热情招呼，他们趁年还没过完，赶早出门谋生。我站在船上放眼望去，觉得自己和他们一样，又不一样，就这样出远门了，没有喜悦也没有悲伤，心境平静如那绿汪汪的库水。叔叔那次回家送我一件灰色西装，一件绿色军上衣，一双皮鞋，都有七八成新，那是我成长以来最好的"装备"。出门那天我穿的是灰色西装，略显宽大。

　　我们在鸡叫头遍就起了床，映着昏红的灶火匆匆洗漱呷点饭就出发了，可还是没能挤上木瓜山水库的班车，只得赶去苏河。在一阵大呼小叫，手忙脚乱，上拉下顶中终于爬上苏河开往隆回的班车。夜里在当年号称铁路"盲肠"的邵阳坐火车时，还是那么挤，挤得汗流浃背，脚不沾地，水泄不通。才几岁的堂妹刘菡在拥挤中哇哇大哭；有人在掏我胸前的口袋，尽管里面什么都没有，我还是大喊大叫。那是我第一次坐火车，第一次就有幸品尝到拥挤的最高"境界"，没想到后来经常感受。好像是在娄底，叔叔换到了几张卧铺。绿皮车停停走走，窗外大雪没膝，每次临时停车都有三五人群老远奔来窗外兜售东西……卧铺车厢里铺盖雪白，热气腾腾，氛围惬意；广播里放的是迟志强的囚歌《愁呀愁》，一遍一遍，不厌其烦。20世纪80年代末，思潮奔涌，泥沙俱下，由此可见一斑。好像当天晚上就到了湖北当阳，我们坐上一辆三轮摩托车，嘟嘟没几响就到叔叔家了。遥远的、曾承载我无限想象的湖北当阳，没想到这么快就到了。17岁远行，我没有地理空间概念，甚至时间概念也变得一片模糊。

　　沾衣欲湿杏花雨，吹面不寒杨柳风。城里的春天和山里不太一样，春天来到大山时，就像一夜之间打翻了一个大染缸，满眼苍翠，万紫千红，鸟语花香，看的闻的听的，满眼春光，无处不在。在一片片钢筋混凝土森林的城市，春天倔强地料峭在马路边的树木草丛里，在扑面而来、若有若无的气息里。

　　我在叔叔婶婶家住了几天后，叔叔送我去宜昌日报社印刷厂打工。他细致地帮我捆扎好被褥，那是他以前用的军被，用报纸层层包裹好热水瓶。叔叔带我来到宜昌日报社负责印刷厂的办公室，算是报到吧。接待我们的那个男客，高个儿，记得像是姓康，看上去为人很爽快。有个女客，三十多岁，很热情，听叔叔说她老家是邵阳溆浦的，离隆回没多远，心里倍感亲切。后来我的信件都是寄到她那儿，请她帮忙转给我。我住的地方位于院子里一个小角落里，以前可能是小门房，名副其实的"蜗居"，全部空间仅能放一床一桌一椅，开门就是桌椅，如果两个人在里面都挪不开身。上面盖的是石棉瓦，春秋天还可以，夏天热得像蒸笼，几乎彻夜难眠。就是这么个住处，可能还是因为叔叔的"面子"，应该很照顾了。当时，印刷厂还有几位临时工，宜昌周边县市的，他们都住集体宿舍，我有一个自己的小天地，很不错了，也很知足了。

　　我安顿好后，叔叔领着我在宜昌市区转了转。我们来到一个商场的手表柜台，我花10元钱买了块电子表，看起来蛮高级，那是我当时最贵的"行头"。

　　叔叔坐晚上9点的火车回当阳，我送他到火车站。宜昌日报社离火车站不远，走路就十几分钟。当叔叔走进检票口，背影消失在灯影恍惚的候车室、月台，我的眼泪止不住哗哗地流。从此，我在这个遥远陌生的地方就举目无亲，孤身一人，生活、工作等一切困难都得靠自己面对，靠自己来分析判断、处理。宜昌到当阳坐火车得多久，叔叔大概什么时候到家，会不会很晚……那天晚上下着小雨，路上湿滑，路灯昏黄，我孑然一身的影子被拉得老长。离家时我心情平淡，离开叔叔婶婶家时也没什么感觉，可那一刻所有的悲伤涌来……我慢慢往住处走，觉得热闹世界，茫茫人海，我谁都不熟。若干年后，我和妻送儿子到连云港去读大学，临别前儿子在我耳边悄悄说：爸，我还有很多事搞不定……我眼睛湿润，又想起那个早春的雨夜。

我先是被安排在印刷厂的彩印车间，后来在"报纸班"印刷报纸。所谓彩印，就是印刷一些商标、纸壳等，印制香烟壳纸最多。我没有技术，甚至干推车、搬运等活儿都笨手笨脚的。我先是在车间帮忙叠纸，把一些零乱、粘连在一起的印刷品整理好。我现在能把一堆乱七八糟的纸片三下五除二弄得整整齐齐，就是那个时候练就的。后来，让我分管一台机器，有次纸卡住了，我学着老师傅的样子，用手去扯，右手突然被卷在机器里。生产车间那位高个子康师傅用摩托车送我到医院，拍片检查，还好没有伤及骨头。我的每个月工资是 80 元，每顿饭如果想呷好点儿，打份荤菜，要块把钱，所以除去最基本的生活开支，一月到头几乎所剩无几。叔叔把我介绍到宜昌日报社印刷厂打工，可能是他在编印他们单位的不定期内刊小报时，因为业务关系有所接触。

我来宜昌之前，父亲把那儿描绘得跟天堂一样，当实在找不到语言形容时只是啧啧啧地赞叹。父亲曾赴当阳看叔叔，在宜昌转车，有过"惊鸿一瞥"。宜昌是湖北的一个中等城市，因水利而兴，经济发展一般。当年，我的同龄人大多去广州、深圳打工，而初涉社会的我却和这座美丽江城结下某种机缘。

下班后，星期天，我经常一个人漫无目的地走。商场、码头、火车站、菜市场，大街小巷，东张西望。走走停停看看，散漫地往前逛。去江边看人垂钓、游泳，看轮船游弋穿梭，看夕阳洒落江面波光粼粼的样子。雨后去儿童公园，游人稀少，斑竹苍翠，我一个人在假山下面的洞子里钻来钻去。初夏去报社附近位于一座小山上的烈士陵园，花开了，树绿了，阳光泼洒滚动跳跃。城里的人家打扮光鲜，一家老小欢声笑语，一切欣欣然然、纷纷扬扬的样子。只有我是落寞的，一个籍籍无名、身无所长的小打工仔。我不认识他们，他们亦不认识我，无尽的远方和喧闹的人群都和我无关。我几乎没有朋友，有几位工友，一个叫王宣，个子瘦小很机灵，宜昌鸦鹊岭的；一个叫席翠莲，胖嘟嘟的，当阳县城郊区的；还有一个叫黄年平的小木工，湖北松滋的。另外还有几个，忘记了名字，他们比我大好几岁，行走过江湖，有社会经验，我偶尔跟他们聊聊天，很多时候他们不带我玩。

我后来被调整到"报纸班"，还是跑腿打杂儿。印报纸开始好像是凌晨一点半上班，后来因为审稿、排版、制版等环节一步步拖拉，尤其是那年春夏之交京城发生轰轰烈烈的大事，报纸印刷愈发没有规律，有时候等到天亮还没拿到"印刷版"，几位老师傅就拉我打牌打发时间，一打就是几个小时。那时我也学着抽烟，一个叫"4.7"的牌子，很冲口。我孤单一人，早睡晚睡，加上年轻倒在床上就能入睡，所以那种毫无规律的作息对我来说无所谓。外面的世界好像风起云涌，惊雷激荡，各种各样的传言都有，我没有电视，只是从报纸上零星隐约晓得个大概。那些惊天动地、彪炳史册的大事与我这个为了一天三顿而奔波的蝼蚁小民没有任何关系，也没有那个学识、思想、眼界水平去考虑那些"肉食者谋"的东西。我只关心、算计口袋里那点儿钱一定要撑到下个月发工资，有几顿没呷肉了，得改善一下。那年7月间，叔叔来看过我一次，带来一盒鸡肉罐头和一盒沙丁鱼罐头，喷香。

我刚开始到印刷厂上班时，每到周末就想往叔叔婶婶家跑，恍惚自己还在上学，叔叔婶婶家是"精神和情感的港湾"。那时候从宜昌到当阳坐长途汽车，来回得四块钱，路上一个单趟要两个小时，后来时间倒有一大把但是觉得太花钱了，逐渐去得少了。

我当时的境况和离家时的想象大相径庭。收入微薄，地位卑微，奔走打杂儿，工无所学，前途渺茫。有个周末我去叔叔婶婶家，终于忍不住问叔叔："您带我出来，当时是怎么考虑的，我以后的路该如何走？"叔叔极富豪气、诗意地说，希望我成为一个黑白两道都能呷得开的人。我把他的话仔细琢磨，翻来覆去地想。我离那种身材魁梧、孔武有力、性情豪爽的江湖"带头大哥"形象相去甚远，最紧要的我不是土著，三五年融入当地的生活都难，别说游走社会了。还有江湖险恶，我心性孱弱，实无力

180

亦无志于此。最后，我对叔叔意见具象、落到实处的理解是，攒点儿钱学门技术，如学开车、修车，或做点儿小生意，慢慢起步，有机会在当地找一位善良朴实姑娘，安身立命，扎下根来，首先把属于自己的小日子过得踏实富足滋润。

我始终认为人在弱小无助、无能为力的时候要学会观察学习，积蓄力量，然后等待寻找时机，这也是物种求生存的本能。印刷厂有四五个四川临工，他们除了在车间干活儿，还负责厂里的车辆装卸、器材搬运等，下班后经常看到他们忙得青筋毕露、汗流浃背的样子，也看到他们蹲在路边大块呷肉，大碗喝酒，嘻嘻哈哈的情形。靠劳动挣钱，靠本事呷饭，我对他们由羡慕到敬佩。我打算离开印刷厂，去建筑工地打工。在建筑工地上一个"拎灰桶"运送水泥的小工一个月能挣二百多，近三百，是我工资的数倍。我接连跑了多个工地，包工头将我反复打量，犹豫再三，他们都是沾亲带故一伙一伙的，而我是一只毛遂自荐、来历不明的"孤雁"，没有介绍人，有什么事不好说。其实我自己也有顾虑。

我在筹划着另谋"高就"的同时，读书学习愈发抓紧。那时候我的业余时间只有两件事：看书和闲逛，看书累了就逛逛，闲逛累了就看书。渐渐的，我把业余时间全部用来看书，请前面提及那位坐办公室的女老乡到报社图书馆帮我借书，一摞一摞的借。在报纸班等待开机印报纸的漫长时间，我"借故"不再和几位师傅打牌，站着蹲着蜷缩着看角落里堆得乱七八糟的废报纸，把写得好的，自己认为不错的文章剪下来，贴在一起，一本一本的。那一年，我做了二十多本剪报，后来辗转多地，携带多年，至今珍藏。

为了全面系统地掌握一些知识，也为自己增加一些压力，我去宜昌市自考办报名参加自学考试，大专，新闻专业。觉得自己在报社印刷厂打工，就报一个和报社有关的专业吧，兴许以后用得着。第一次报了两门，通过一门。

我尝试着向各种报刊投稿，把自己的涂鸦之作，用圆珠笔工整地誊写在方格稿纸上，恭敬几乎双手合十默默祈祷着寄出去，还特地跑到宜昌市文联主办的《三峡文学》编辑部去送稿。不用说，肯定是泥牛入海，黄鹤一去，只有在《宜昌日报》当年的副刊《西陵峡》上发过几个如今看起来脸红的"小豆腐块"，那也是编辑照顾的，时常碰面，不"鼓励"一下，彼此都不好意思。这期间，最让我难忘的是隆回八中学长、同学给我寄来他们的油印刊物，我从一张张32开大的纸上读到彭毅、廖国会、王丽清等青春飞扬，清丽婉转的文字，同声相应，同气相求。那年那月我们尽管青涩稚嫩，但那份激情、热情、豪情今天回想起来依然让人感动。如今，我们已步入中年，还好没有"油腻"，我们在微信上时常交流的还是读书学习，国家大事，世界格局。只是他们早就"金盆洗墨""述而不作"了，只有我还在但求耕耘，不问收获地自娱自乐。

宜昌城里见秋风，欲作家书意万重。蟋蟀浅唱，露水渐重，我请母亲寄一双棉鞋来，她自己一针一线做的那种。父亲随包裹来信说，还是回来吧，村里开始征兵摸底了，如果能体检上，那就当兵去吧。

一场小雪过后是雨，天气湿冷。回家前，我在叔叔婶婶家和叔叔部队的单身宿舍住了几天，搭乘叔叔所在部队的便机，飞抵长沙后，辗转到家。我在宜昌打工一年，回家后将全年收入50元上交父亲。

近三十年后初夏的一天，我站在如沧海桑田变化的宜昌日报社门口，恍如梦境。隔着岁月的轻纱回首往事，似乎一切都变得温暖温情。有朋友问我，是否如阙歌希望昔日重来？我说：不愿意。

老屋

　　记忆中的老屋高大、宽敞、亮堂，可最近几次回家愈加感到它低矮、逼仄、昏暗，就像儿时眼里的父亲和现在看父亲一样。

　　老屋是祖父修的，是祖父一生的"丰碑"。曾祖父是走村串乡的"造纸匠"，把拔节还没冒叶的嫩竹子劈成片，用生石灰浸泡，捣成泥，造出一张张的细黄纸。曾祖父后来年纪大了，眼睛看不见了，就在高耸入云的白马山上开荒种苞谷养家糊口。七岁就当童养媳，如今背弓得像虾米，说话关不住风的祖母常诉说家史：冬夜蓑衣当被盖，年夜饭呷一升炒苞谷，家里最值钱的是一口没耳朵的小铁锅。那光景过得真是"千根柱万担瓜，两只毛船运盐呷"，这是祖父的调侃：住竹子搭的茅草屋，呷饭菜靠瓜果，呷盐指望两只鸭子下蛋。家族的血脉，到祖父已三代单传。我们家没有能追溯多少代的族谱，祖上从哪儿来，高曾祖父干什么的？估计也是流离颠沛的穷苦人。"土改"时，祖父从白马山上下来，分到地主一片大宅子中的几间屋。和大姓邻居紧挨在一起。我们家是外来单门独户的小姓，平时经常因为鸡毛蒜皮的小事吵架，倍受欺凌，杉树皮盖的屋顶常被人高马大、怒气冲冲的邻居扒掉，灌风又漏雨。在争吵声、谩骂声、哭声中，祖父一次又一次摆酒席请亲友来说和。

　　祖父修老屋是下了决心的，一定要修一座独门独户、不和任何人有牵扯的房子。修老屋时，全家人都出力，还请来很多亲友帮忙。那天早上，姑父姑妈也来帮忙，读小学二年级的我抱着尚在襁褓中的表妹坐在火塘边，一岁多蹒跚学步的妹妹经过火塘时，一头栽倒在火塘里……母亲找到村里的郎中给妹妹肿得像熟蹄髈一样的脸涂上草药，终日抱着妹妹以泪洗面。万幸的是妹妹眼睛没烫瞎，但留下满脸疤痕。妹妹小时候常跑去捡刚下的温热鸡蛋、鹅蛋，天真地在脸上滚来滚去，据说能让疤痕消失。很长时间，我并没有真正理解一个女孩子的容貌对于她一生意味着什么。妹妹能干呷得苦，性情端稳，有过目不忘的聪慧，在单位绝对是台柱子、骨干力量，就是婚姻历经坎坷。现在，人到中年的我终于慢慢体味读懂了妹妹心里曾经有过怎样的怨、怎样的苦、怎样的痛，一想起心就滴血，揪痛。如今偶尔提及，问父母当年为什么不带妹妹上大医院去瞧瞧？母亲用胸前沾有猪食的围裙揩手，嘴角嗫嚅，没钱。父亲久久沉默。最后，没文化、一辈子没出过远门的父母一声叹息，把所有的一切归结于：这是她的命。

老屋，是我们遮风避雨，珍藏温暖、温情、亲情的家，储藏我们很多欢快的笑声，温馨美好的记忆，也有一些酸楚不堪回首的往事。

年近古稀的父亲像当年祖父一样决心盖一座新房子，仿效村里大多数人，把木头房变成小洋楼。这几年，小山村贴白瓷砖的漂亮小楼雨后春笋般冒出，那些青壮年劳力长年累月在外打工，挣了钱就回家盖房子。盖房子、娶媳妇是乡亲们人生中两大终极目标，即使为之奋斗一生亦无怨无悔。新房子成了他们辛劳的收获，财富的积累，成功的象征，当然更是娶媳妇的前提条件。只是山村里星罗棋布的精致小楼、华丽婚房，只有过年时热闹一阵子，平时大门紧锁，落满灰尘。我劝过父亲几次，试图打消他在老家盖房子的念头，同样多的钱能在县城买一套很好的三居室，有保值升值的空间，还离弟弟妹妹近，方便照顾他们。老家的房子盖在那儿，他们百年之后，我们兄妹不一定回去住，户口不在那儿，土地没有承包权，养老保险、医疗保险都相距很远，偏僻的小山村出行不便，哪怕回去也是小住。当前木头房子还能住，他们又住习惯了，能将就住就继续住吧。

父亲执意要盖新房子，修一座仅次于抚养我们兄妹仨成人一样的"工程"。他神秘地透露，主要是想把老屋的地基占住，木头房子风雨飘摇，过不了几年就垮了，砖瓦楼能保存多年。很多人说我们老屋的风水好，正面遥对一座"笔架山"，左右两条小河在门前欢腾交汇。父亲的言下之意就是认同村里人的说法，我们兄妹仨从小山村走出来，在外面有口饭呷是老屋的保佑、庇护。也许老屋冥冥之中给我们以力量、鼓励、希望，让我们一想起它昏黄的灯光，傍晚的炊烟，夜晚的犬吠，就浑身是劲，攒劲读书。可父母不知道，我们也从没向老人提及，一个大山里的少年是怎样顺着弯弯的山径，一路荆棘，走向远方。一次与朋友酒后笑谈，你们可以拼爹，拼钱，我只能拼命！只有父母给的薄命一条，抢在手上，你瞧如何？除了无赖，玩命的人，别人都会让三分、敬三分。父亲盖房子，还有一个小小的心结，就是让他感到脸上有光，使他瘦小的身子、曾经被践踏的尊严站立起来，昂首挺胸地走在乡间。

父亲如老将黄忠不服老，志在必行，志在必得。买来小推车，把门口的小池塘填平，为了能省一点儿钱，坚持小工自己做。让我们兄妹分别出资部分房款。说实话，我们是城市的"拓荒者"，白手起家，手头并不宽裕，银行有房贷，亲友那儿有欠账。但我们更担心老人的身体，哪怕我们多掏一点儿，也不要让他去省那个钱，千万不要累坏了。盖房子，装修、整理、布置、绿化等等，直到舒适地住进去，心满意足地到处走走看看，那是父母晚年生活的奔头，精神的支撑，幸福的憧憬。只要老人生活愉快，踏实，心安，比什么都好。老屋那块土地，对于我们来说只是夜深人静时心灵的栖所，灵魂的故乡，对于他们来说是永远守望、生死相依的家。

当年的老家对于祖父来说是举目无亲、心情恓惶的异乡，历经数代，埋葬亲人的骨骸，今天那儿已经成了我们魂牵梦萦的故土。人呀，不要说投进历史的洪流，三十年河东，三十年河西，只要放大到近百年、几代人的时光，就是一次次把他乡变家乡，把家乡变故乡，从过客到归人的过程。"万里长城今犹在，不见当年秦始皇。"逶迤巍峨的长城尚如此，何况布衣百姓一栋小小的房子。

刘氏老屋，湘中民居，四扇两进，两层木楼，八间窄房，树皮避雨，后盖瓦片，无抽水之马桶，无洗澡之设施；柴草做饭，烟熏火燎，门窗黢黑，夏日漏雨，长虫侵扰，冬天灌风，担心火烛。农历乙未年二月十八，即将拆除，以此记之。

寿礼

"那时候大家都在挨日子。"母亲絮叨那段往事时,常这么起头。那是1972年8月间,外公的生日快到了,母亲得回娘家给外公祝寿。我才十个月大,尚在襁褓中,父亲被生产队抽调到几十里外搞一项什么"深挖洞"的国防工程去了。母亲手头没有一分钱,鸡鸭鹅早就当"资本主义尾巴"割了,家里没有一样能拿出手当"人情"的东西。母亲双手来回挠脑壳,左思右想,决定背着我上山捡竹枝。四十多里外有个叫苏家桶的地方收购竹枝,一块钱一百斤,至于公家人买去派什么用场,造纸?扎扫把?或当柴烧?母亲没打听过。

老家开门见山,满眼是山,迈腿爬山,呼喊应山,到处山挨着山,山叠着山,山拥着山,群山苍翠,唯余莽莽。山岭遍布碗口粗的楠竹,竹子砍伐后,顺滑道呼啸而下,竹枝就散落在灌木蕨类茅草繁茂丛生的林间。母亲背着我爬坡过坎,穿越深山,我不知道当年趴在母亲汗水浸透的背上是什么感觉,也不知道她被树枝茅草拨乱头发、划破肌肤是什么样子……母亲在山上无数次弯腰,起身,辛劳一天,捡到百把斤竹枝,下山后从背上放下我时,发现我露在外面的两条小腿和脸上全是密密麻麻的红点。竹林里蚊虫肆虐,浑身奶香的婴儿最招蚊子,自己怎么就没想到呢?她抱着我泪水涟涟。

翌日,艳阳高照。母亲背着我,挑一担竹枝出门,刚上肩时觉得不重,后悔昨天没多捡点儿。走出一段,渐渐感到越来越重,背上的我像一座小山压在她身上,累了换肩也不方便,双肩开始火辣辣地痛。汗水淋漓,背上、身上像有无数蚯蚓或虫子在爬。起初还能确定一个个"小目标",咬着牙,走多远,到哪棵树下或哪条涧边歇会儿,越歇越走不动,越走不动越歇,肩上的竹枝也越沉。到最后,她只能一步一步往前挨,一点一点往前挪，边走边哭。一路上，碰到任何一个同方向走的人，母亲都会央求帮帮忙，搭把肩，挑一段，远近都可以。母亲说，山乡道路，行人稀少，但遇到的人，见她眼泪汪汪的，又背着一个小孩，大多帮挑一程。有一个穿白衬衣戴斗笠，脚上穿皮草鞋干部模样的人，帮她担得最远，直到一个岔路口，那人得往另一个方向走，才放下担子。母亲说，儿呀，这个世上还是好人多，你长大了也要做个好人。

那担竹枝，母亲卖了一块多钱，买了十个鸡蛋，用布兜小心包好。她终于筹到了给外公祝寿的礼物。我问母亲，您怎么不空着手回去呢？那可是您娘家呀。她说，你老外公公（母亲的祖父）爱财，一辈子嫌贫爱富，她这个孙女如果两个肩膀带个婴儿担两张嘴回去，老外公公的脸会拉得比丝瓜还长。唉，老外公公是呷过苦的人，九十多岁还扛着锄头下地干活儿，他晓得每一分钱每一粒米来得不容易，所以珍惜得近乎小气。

爱的理想

从我身边走过许多绚烂多彩含眸带笑的女孩，我真想拽拽她们的衣襟，你们谁来做我的新娘？

不知从哪一天开始，拥有父母的爱我不再满足。许多悄悄话同他们难以启齿；朋友的友情也无法代替我亲近你的渴望。渴望一个柔柔的你轻轻依着我，给我一个展示英勇果敢幽默博识的机会。

我是一棵路旁的树，不很伟岸也不很潇洒，等待姗姗而来的你；我要摆动我所有的枝叶，送你一份清凉，洒你一身清香。

你不必是金屋中的阿娇，我没有金屋，也伺候不了阿娇；你不必太漂亮也不必太聪明，希望你有点儿傻还有点儿呆（只有这样的你才会看上我），最好不过的是不时耍点儿小性子。

我不富有，不会给你买金质耳环、项链，我只有一颗永远属于你百年不变的心。如果你愿意，我能将它别在你的胸前。

我不万能，但如果哪方天宇塌下来，我会为你撑起。

我不是天下最好的男孩，但没有谁比我更爱你。

我不完全属于你，你也不是我的附庸。我俩是两颗互相围绕对方运转的对等恒星。

我会为你读报，读我涂鸦而成的诗。不求发表，也没处发表，因为除了你以外，没有第二个人能听懂。

我会带你去看晚霞，看春花，看荷塘，看枫叶，看白雪；仲秋冬夜，我可以和你下围棋拉小提琴，但绝不会搓麻将打扑克，因为我不愿在我们中间还有第三者、第四者。

我会静静聆听你的唠叨。无论它是一场怎么糟糕的独幕剧，我永远是你忠实的观众，唯一的欣赏者。

我会在下班时在大门口等你。我要传达室的老头喊：×× 小姐，你男朋友在等你！我要告诉所有的人，我们一生都在热恋。

　　我知道你害怕停电的雷雨夜。我会燃起蜡烛，与你相拥到天明。你在我心中永远是个小女孩。你离开父母的围屏，我便是你坚实的依靠。

　　家是我俩的，家务也是我们俩的；小孩是我俩的，照顾小孩也是我们俩的，一切的辛劳由我们两个人承担。

　　我不会拼命去挣钱也不会刻意去存钱，更不会挥霍。每个月除了生活开支外，略有结余便行了。余下来的钱，我们去黄山、去九寨沟、去滇西、去我俩都想去的地方，好不好？

　　我不想拥有电视机，这样会减少我们俩独处的时间；我不想拥有音响，你的嗓音、孩子的哭笑声是世界上最动听的音乐；我不想拥有冰箱，这样我们每天可以携手去买菜；我不想拥有汽车，只要有辆自行车便行了，在交警看不到的地方，你就坐在自行车前架，这样我俯身便可以与你相吻。

　　希望你能为我生一个孩子。不论是男孩，还是女孩，我都喜欢。如果是男孩，我不希望他名位显赫，也不希望他富甲千里，只希望他日后找一个像他母亲一样的女孩；如果是女孩，希望她能嫁一个像她父亲一样的男孩。

　　我向爱神祈祷，为等一个平平凡凡实实在在的你已逾千年了。我心中的你呵，可听到了我的呼唤？

俯首皆浪漫

　　浪漫是一种感觉，浪漫与财富无关。浪漫寓于举手投足间，寓于平缓如溪水的生活。浪漫不能"做秀"，刻意排练做出来的浪漫，像是塑料花，像是领导说的并不好笑的笑话。也许我对浪漫的理解过于肤浅，在我们家我们常一不小心就和浪漫撞个满怀，浪漫俯拾皆是——

　　浪漫就是我洗澡，妻给我背上抹香皂；就是妻洗头，我浇水，就像电视里"百年润发"的广告。

　　浪漫就是我洗菜，妻炒菜；妻做饭，我洗碗。

　　浪漫就是在楼顶的小菜地里，我提水，妻浇地。

　　浪漫就是我和妻一起不紧不慢地洗一大堆衣服，不紧不慢地拉着话，一扭头发现憨儿弄得满脸都是肥皂泡。

　　浪漫就是我牵着儿子在昏黄的路灯下去接晚下班的妻。

　　浪漫就是和妻下棋，她输了，刮她的鼻子。

　　浪漫就是将儿子的涂鸦之作贴满墙壁。

　　浪漫就是月光从窗户探进来的夜晚，将房间里所有的灯关掉，听听古典音乐，我和妻做一脸陶醉状。稚儿在黑暗中惊恐地睁大眼睛，一再嚷着要开灯。

　　浪漫就是我和妻同看一本书、一场电影，交流各自的看法，有时英雄所见略同，有时争得面红耳赤，谁也说不服谁。

　　浪漫就是出其不意地送妻一件漂亮的裙子，或一件"价格不菲"的冒牌首饰，博得妻大呼小叫的，在我脸上留下一个个红唇印。

　　浪漫就是不时写几句近乎肉麻的赞美诗，悄悄塞进妻的坤包里，让她一天有个好心情。

　　浪漫就是偶尔给妻洗一次脚，"自尊"自己为新时期的末等男人，扔在大街上没人要的男人。

浪漫就是全家人偶尔其乐融融地下一次馆子。

浪漫就是节假日全家人兴高采烈地做一次短途旅游。

浪漫就是妻跳绳，我和儿子摇绳，在我们大声的数数声中，妻裙裾飞舞，长发飘飘，脚底像装有弹簧似的，一下接一下地蹦起。她咯咯咯的笑声，惹得路人纷纷侧目，真怀疑她是有夫有子的人，更不相信摇绳的是她老公和儿子。

浪漫就是我和妻打乒乓球，我略施小计，让妻从左角跑到右角，从右角跑到左角，累得她疲于奔命，满脸通红，嘴里一个劲地嗔怪。像我这种球技在哥们儿面前抬不起头的人，居然能在妻子面前找到一种称王称霸的感觉！

浪漫就是我牵着妻的手，在蒙蒙细雨中，在皎洁月光下，在夕阳西下的余晖里，慢慢地走。我和妻都是从农村里苦读出来的，热恋时我去她老家，我一牵她的手，她嗔一眼，轻轻将我的手甩开；她去我老家，她向前挽我的手，我假装正经地将她的手甩开。我们都害怕给自己的父老乡亲留下"不良"印象。现在儿子都能打酱油了，自然不再在意别人的目光。牵着妻的红酥手，慢慢地走，我给她讲，我小时候放牛，牛偷吃麦子，我挨打的故事，讲我光屁股在河里洗澡、摸鱼的故事；她给我讲，她到很远的山上去割猪草的故事，讲她天蒙蒙亮，背着竹篓上街卖菜的故事。由此我们对对方更加怜爱，叹惜我俩不是青梅竹马，没有见过对方的童年、少年时的样子。当然，如果真是青梅竹马，她看到我小时候流鼻涕的样子，也许就没有了那种感觉。

浪漫就是我和妻相视一笑，笑到满脸皱纹，笑到人生的最后一刻，无论谁先撒手而去，我们都微笑着相约，在另一个世界相见，来生再见。

回乡

　　我的故乡是湘西南隆回一个名叫白凼的小山村，我已经五年没回去过了。今年八月，趁着放暑假的光景，我领着妻儿回去了一趟。五年了，自从我结婚后就没有回过老家，妻子没见过公婆，儿子没见过爷爷奶奶。朋友们说我是娶了媳妇忘了娘。其实他们哪里知道，这几年来的乡愁如同生活的重担压得我时常想搁下担子歇一歇。

　　有了回家的打算，在做回乡的准备时，心情是最激动的，常常夜不能寐，但随着几天几夜的火车奔波，激动的心慢慢退潮，变得麻木起来。车子往故乡的方向走，那曾经十分熟悉的乡音不时传入耳膜，于是心情又一点一点地活泛起来。"近乡情更怯，不敢问来人"，说的就是这种心情吧。整个过程，妻像是在走远方亲戚，心境平静，似乎没有"丑媳妇去见公婆"那种忐忑与不安，这可能是她认为自己已经是刘家名正言顺的媳妇了，何况还带有一份"重礼"呢，那"重礼"便是我们的儿子。才两岁的儿子憨乎乎的，看到车窗外的新鲜事物，不时兴奋得又跳又叫，全然没有那种"寻根"的严肃和庄重。

　　父亲收到我们要回乡的信，早已在县城汽车站接我们，乍一看父亲满头白发，瘦小的身影，微驼的背，我拼命忍住眼泪不要掉下来，父亲的年纪还不到五十岁，咋看起来像个六七十岁的老头儿呢？我不知道这些年父亲是怎么熬过来的，爷爷患胃癌直至病逝，弟弟上大学，妹妹读卫校等，生存艰难，生活重担对老实巴交的父亲可以说是无情的碾压。父子俩走在县城的街道上，蓦然发现父亲竟比我矮一大截。在童年的记忆里，父亲的形象是那么高大，几乎无所不能，可现在父亲变得如此瘦小。还有这故乡的小城，在记忆和想象中应该是街道整洁，高楼林立，车水马龙，热闹非凡，没想到眼前却满是泥泞，垃圾遍地。妻子笑我往日对故乡的溢美之词是在吹牛。我有些茫然，不知是我在变，还是故乡在变。

在乡村公路的尽头，乘船走一段水路，船停又赶山路，日暮时分母亲在村头接到我们，她高兴得直掉眼泪，要抱孙子，小家伙儿很不通情理，哭闹着不肯，死活赖在他母亲身上。父亲走在前面，放了一串鞭炮，邻里乡亲都赶来看我带回来的城里媳妇，看我的儿子，母亲端出些早已准备好的糖果分撒给围拢来的孩子们。身边是唤着我乳名的问候，看着那些熟悉已变苍老的面孔，还有那些一时叫不上名字的细伢仔，我想象着贺知章回乡时"儿童相见不相识，笑问客从何处来"，该是怎样一种心境。

故乡的山还是那坡度陡峭的山，只是分山到户后山上的树林更茂密了；河还是那不舍昼夜的河，只是河里的鱼虾绝迹了，据说是用小发电机电绝的；房子还是那些低矮逼仄的木结构房屋。"无可奈何花落去，似曾相识燕归来"，也许是长年累月的劳作，乡亲们都变老了，孩子们蹿高了。偶尔问及谁身体还好吗？家人神情黯然好一会儿说，那人由于和邻居为了一点儿小事争吵，想不开，喝农药走了。村里在家的年轻人很少，大部分到南方打工挣钱去了。晚霞映红天边，炊烟袅袅，牛哞羊咩，山村的黄昏空气里飘散着饭菜的香味，恍惚中，我觉得自己仿佛昨天才离去，今天又回来了。我问父亲，都几年了，这里怎么没有多少变化？父亲笑笑，这山旮旯里，不通公路，又没有什么矿藏，能有啥变化？

父亲安排我们住楼上，家里最好的客房。尽管如此，在卫生条件，用水方面总感觉没有自己的小家方便。家里许多东西的具体放置我已印象模糊，不像儿时，即使闭着眼睛也能摸到。自从我们回来后，父亲便搁下许多农活儿，大部分时间陪着我们说话。母亲想尽办法，变着花样做些好吃的，每顿饭，我们面前碗里的菜堆得像小山头，妻子只得敞开肚皮硬着头皮吃。因为回家前我告诉过她，在家里要多吃，装作很能吃的样子，父母才高兴。可怜的是家里那些鸡、鸭等家禽命运不济，性命变得朝不保夕。其实，我们老家没有什么时兴菜，来贵客了，最高礼遇便是杀鸡杀鸭。父亲从县城大老远地挑回来几十斤西瓜，还把地里尚没硬籽的苞谷掰回来煮给我们吃。印象中父亲很节省，很爱惜粮食，小时候我因掰嫩苞谷吃，曾吃过父亲的"竹笋炒肉"和"爆栗子"，即用竹枝抽打和用手指敲脑袋。父亲很客气地给我发烟、倒酒、夹菜……这一切让我很不自然，也许是时间和空间的缘故，让我这个昔日的小主人，慢慢蜕变成今天的客人。

　　月明星稀，蛙声如鼓，父亲将家里数年来的变故细细道来，母亲不时补白一二句。当说起爷爷患胃癌，卧床治病一年多，家里在经济和精力都已经举步艰难，爷爷被病痛折磨得实在无法忍受时，多次悄悄找绳索想寻"短见"，父母只得白天轮流照顾爷爷，晚上靠月光在地里干农活儿，家里一个鸡蛋都要攒着，先孝敬爷爷……大家感叹爷爷辛苦一生，将儿女拉扯成人，直到临终前依然怀着对生的留恋，对儿孙的至爱，他把自己的后事安排得井井有条，把叔叔过年时寄回来的那一千块钱压在枕头下，不时翻出来数了又数，叮嘱父亲怎样开支，杀一头多重的猪，请谁来当"家官"（操持丧事的总管），白布扯多少，不能在家停留久，开销大，说父亲还有两个小孩在读书，负担重……爷爷好酒，每餐必饮，病重时常慢慢挪到酒缸边自己打酒喝，长饮后感慨，这辈子什么都呷够了，就是酒没呷够。爷爷的丧事在我们那儿与其他老人相比简单得近乎"寒酸"，但父母觉得尽心尽孝了，了无遗憾……要是爷爷健在，看着孙子带着媳妇和曾孙回来了，该多高兴啊。想着爷爷生前对我这个长孙的疼爱，想着我再见爷爷时只是一堆芳草萋萋的黄土，想着那血脉相连的亲情，我禁不住泪流满面。自从离开家门走入社会，我好久没有这样哭过了，在父母面前毫不掩饰地落泪，我并不觉得有什么害羞。哭过的心情是雨水洗过的蓝天，一尘不染，压抑已久的情感迸泄出来，心情舒畅多了。现在爷爷已驾鹤西去，好在奶奶仍然健在，我们要把全部的孝心放在奶奶身上，让奶奶感觉到晚年生活的安稳幸福与祥和。

　　儿子在乡间似乎找到了他的乐园，他由小家里的"小地主"一举变成了"小皇帝"。父母对他们这个宝贝孙子，有求必应，处处宠着他，恨不得把天上的月亮、星星摘下来给他玩。他整天喂黄牛，看小猪，撵小鸭，再不然便去踩水，捉鱼，抓沙子，不是弄得灰头灰脸，就是搞得浑身透湿，对他来说生命在于运动在于玩耍，唯一安静的时候就是睡梦中。

在家里的主要活动就是走亲戚。故乡到处是山，放眼望去，群山连绵，山驮着山，山挨着山，山靠着山，我是大山的儿子，大山是我的摇篮，爬山对我来说，不失为与大山母亲贴近沟通心灵的机会。只是让妻辛苦了，她常常还没爬过一座山脚底便磨出疱，加上儿子老缠着她要抱要背，弄得她狼狈不堪。走亲戚，慰藉的并不是那"隆重"的招待，而是浸润在那份暖暖的亲情与关爱里，让人心怀感动。

在老家那段日子，村里正在进行第二次调整分田。土地是农民的饭碗。有些人家人口减少了，又舍不得把耕种多年的田地调整出去，走在村间小路上，不时传来村妇的争吵声。这一次调整，我们家也要抽出两个人丁的田，已故爷爷和我的。弟弟刚大学毕业，即将分配工作，村里人坚持把弟弟的田也要抽出来，但上面有文件，6 月 30 日前没有拿到"派遣证"的，仍然参加分田。父亲对于弟弟的田没有抽出，似乎有点儿暗自高兴，我认为家里的田少一点儿也好，反正粮食已够吃了，少些田父母也就少些辛劳。弟弟毕业分配在乡中学教书，他有些不愿意去报到，理由是贫困山乡中学的工资待遇太低了，养活自己都难，结婚成家更是遥遥无期。他自己联系了几所中学，县、乡两级教育部门不同意放人，发话说，你是这儿的人，还不回来，别人更不可能来。道理很实在，老家是穷，建设它只能靠我们自己，别人是指望不上的。弟弟还是回到了乡里，同时下定了考研的决心。弟弟始终认为自己不是那片山林的鸟儿，他终究会远飞的。

因开学在即，妻要赶回去上课，我们在老家只待了十来天，便匆匆往回赶，在父亲的忧郁，母亲的泪眼里作别故乡的山水，一去又是万水千山。

回到属于自己的小城"蜗居"，想起故乡之行，依稀昨夜梦境。心情如雨打落红，理不出个头绪来，只能以此记之，表达我对故土、亲人的深深爱恋，愿父老乡亲的生活渐渐变得好起来。

（1999 年 8 月，我利用假期带上妻儿从四川荥经前往湖南隆回老家探亲，感而创作，刊于同年第 9 期《雨花》杂志）

我的 N 次搬家

一个城市的"拓荒者"关于房子的梦想

    小时候，随遇而眠。长大后，希望有一间属于自己的小屋，安放悸动、流浪的青春，任凭怎么布置、折腾；结婚了，渴望有一套属于自己的"蜗居"，安顿妻小，栖息比翼双飞已久、期望倦鸟归林的爱情。无奈我等"草根""农多代"，很长时间，家是一张张"票根"，是长亭更短亭的驿站，是夕阳西下时拖着拉杆箱孤独疲惫的身影。

    我和妻是异地恋修成正果的"裸婚"。我是湖南隆回人，当时在南京部队服役；妻是四川人，在川西荥经小县城一所中学当老师。结婚时，妻向学校报告，申请在女生宿舍四楼暂时安排两间房用作新房。妻在女生宿舍四楼原有一间宿舍，她很少过去住。整个楼层也只有她一间宿舍，其他房间久没住人，落满灰尘。我提前数日休假回去打扫、布置。在拆木头双层床时，教语文的贺云老师前来帮忙，我手上高高扬起的斧头突然脱离木柄飞了出去，差点砸到贺老师。贺老师吓得满脸通红、不知所措，我们也很是歉意。

    我从楼层的顶头提来一桶又一桶水，把油漆、铁锈斑驳的门窗擦了又擦，把地板拖了又拖，直到灰青色的水泥地发出幽冷的亮光。结婚、操持婚房，本来是男人的事，即使在动物界，也是雄性先把爱巢或安乐窝筑好，才向雌性欢唱、搔首弄姿求偶。而我呢，真是一穷二白，一无所有，所能做的就是默默地多干点活儿。也难怪丈母娘对我这个毛脚女婿越看越不喜欢。当时感觉有点儿委屈，现在人到中年了，完全能理解老人的心情，谁愿意把女儿嫁给一个前途未卜的穷小子呢？谈恋爱可以花前月下，但结婚过日子却没那么风花雪月。

    小城中学住房甚是紧张，年轻老师们各显神通，自寻住处。记得妻的一位同事、好友，一家三口挤在一间小木屋里，厨房是木屋与办公大楼连接处的一个三角形的小空间。学校同意我们在女生宿舍四楼举行婚礼、暂住，说是对我作为军人身份的信任，算是开恩了。为此，妻还买上水果去看望管理女生宿舍的老师，说了一堆感谢话。后来，那位老师和妻一起担任高中教学，由于善于管理学生，一度小有名气。

我们在那几间小房子里举行了一个近似茶话会的婚礼。我们的小家宣告成立，从这里扬帆起航、磕磕碰碰、跌跌撞撞出发。虽然，随着我休假结束归队，妻又回归娘家，和她父母及几个姐妹住一起，恢复单身状态，但她在法律和名义上已为人妇、名花有主了。关于我在婚礼上的种种"不俗"表现，多年来，我无数次向她检讨、道歉：第一次，没经验。

婚后不久，妻学校集资建"教师小区"，大约需 2 万元（其中 1 万元返还）。其时部队工资低得可怜，正贯彻邓小平同志提出"军队要忍耐"，我每月工资交伙食费 50 元后，剩余不到 300 元，而有战友退伍后在一家银行当保安，每月 1500 元。2 万元对于我这个参加工作不久的小年轻真不亚于天文数字，双方父母也无力帮衬，只得放弃。

我一个大老爷们儿出入女生宿舍毕竟诸多不便，妻时时瞄着学校有无房子退出。恰巧有位老师搬走，空出一间"黑宫"，附带一间小厨房。所谓"黑宫"，顾名思义，就是 20 世纪五六十年代修的光线昏暗、低矮潮湿的小平房。即便如此，出入、用水、上卫生间等还是比住女生宿舍方便些。妻第一时间向校领导汇报，取得同意，并同那位老师商量，把闭路电视、加固窗户等所有费用一起付给对方，然后拿到钥匙，只等我休假回去搬家。

就在这时，学校一位年轻物理老师结婚、将举办婚礼。他在黑宫已有一间类似的"套房"，他找到妻，请求把我们那间房子借给他用一下，主要是婚礼时来客较多，可以在里面坐坐、打牌、喝茶，婚礼结束后马上还给我们。物理老师在提出借房子的同时，已让他几个学生抬着桌椅、沙发等在门口，一副势在必得的样子。妻见对方是同事，又是大喜，设身处地想一想，就把钥匙给了他。

物理老师婚礼过后，闭口不提还房子的事。妻找到他，他振振有词地说，他家没有客厅，得用那一间房待客用。妻找到校领导，答复说，管不了，你们自己协商解决。当时，学校管理十分混乱，尤其是房子，谁先占了、谁厉害谁住。物理老师不还房子，可能是认为他已经住进去了，既成事实，符合时下盛行的"丛林法则"。但是他丧失了最珍贵的怜悯心，有违最基本的道德、诚信。

妻又气又急又累，在凛冽寒风中四处奔走，找校领导控告，向同事述说，无果。那时妻已有身孕，后来胎儿夭折腹内，可能与此有很大关系。

年底，我休假回家，叫上几个亲友，把物理老师已换的门锁撬掉，把里面的家具搬了出来，摆放在露天下。物理老师闻讯，带了一帮人气势汹汹赶来。双方剑拔弩张，哪怕一个火星都能让空气爆炸。我当时年轻气盛，随手操起一把起子，作莽夫状。有人喊："解放军要打人啦！"我没有穿军装，但妻很多同事知道我的身份。荥经是革命老区，当地没有驻军，老百姓对军人还是很信任、很尊重的。

僵持片刻，对方可能自感理亏，提出由我们出资请人把家具搬到他指定的存放地。我当即同意，也算给对方一个台阶下吧。

"黑宫"大一点儿的房间摆一张床、一个衣柜、一个梳妆台就显局促狭小；小房间能放一张沙发、一个茶几、一个煤球炉、一个水龙头下面摆张凳子放脸盆，连水槽都不能装。屋前是几株树龄数百年的桢楠树，屋后有一排茂密法桐。"黑宫"本来地势就低，树荫遮掩更加潮湿，蚊虫滋生，木板房门夏天会吸湿气膨胀，需用力才能关上，好在煤球炉每天烧着，能吸些水汽，因此小房间上面几个窗户只能长期开着，有次"梁上君子"光顾，把我写给妻的一些信件和儿子胎教用的小录音机连同磁带拿走了。东西倒所值不多，只是一段岁月屐痕就此遗失。

"黑宫"虽小且陋，但我和妻布置得十分温馨，窗几明净，地面光洁，整面墙紫罗兰帘布素雅，夏日阴凉，冬日温暖。我很多时候买一包卤菜，一瓶啤酒（或一盘水果），搬一躺椅在树荫下，屋里录音机播放着轻音乐，捧一本书就可消磨半天，日头如此悠长，岁月仿佛静好。

我对"黑宫"充满无限深情，我们在那儿孕育并迎来儿子的出生。那时，我每年仅四十来天探亲假，为了能多陪陪怀孕的妻，以及迎接孩子的出生，我必须精打细算、认真筹划。妻挺着大肚子，笨拙得像只帝企鹅，在"黑宫"逼仄的小屋里，我倒水帮她洗肿胀得如大象一样的脚；深夜，她说饿了，我起床给她煮鸡蛋青菜方便面；早晨，我在她同事一片掩嘴窃笑声中去倒便桶。妻临产前，我枕戈待旦进入战备状态，把所有用的、穿的、洗的等准备妥当。临产前那天早上，我硬让她吃了六个鸡蛋加一碗红糖水。正是那几个鸡蛋的能量让她撑到中午，一鼓作气顺利生下儿子。儿子出生那天是星期五，下午学生们在大扫除，校园里人来人往，欢声笑语，我们一家三口坐着三轮车，铃声清脆，回到那个幸福洒满、亲情四溢的小家。清晨出门时，我扶着妻缓缓而步，回来时一家三口，真好！

"黑宫"门口有条排污沟，每天上午我从小屋接一根水管出来，坐在沟边给儿子洗尿布。儿子的尿布大多是我们的内衣、汗衫裁剪而成，纯棉，吸水性好，用清水洗涤后，用开水烫，再兑醋浸泡，如此洗过后不但杀菌，还柔软、清香。儿子每天吃饱喝足后，像京剧《红灯记》里著名的招牌动作，一只手高举头顶，酣睡。每天傍晚得消灭蚊虫，奶香婴儿太招蚊子了，稍不留神，他粉嘟嘟的小脸和藕段一样的小手臂上就布满红色小点。"黑宫"大房间几面墙上密密麻麻遍布黑色或暗红斑点，那是还没吸血或吸过血蚊子的累累尸痕。尽管有两道纱窗阻隔，蚊子还是猖獗肆虐，无孔不入，我每天晚上蜷缩小屋沙发，一夜数起，查看妻儿。

儿子是五月出生的，对"黑宫"五月的温润、阴凉、潮湿我有刻骨铭心的记忆。从此，每到五月，那满目葱绿，如烟氤氲，和煦怡人，总让我对生活心怀感恩、感动，对未来满怀憧憬和希冀。

回部队那天清早，我抱着尚未满月的儿子在"黑宫"不远处的花坛边照了一张相，作为纪念。放下儿子，我背着行囊在门口站了一会儿，听到妻在里屋轻轻抽泣，我没有勇气进去道别。

为了迎接儿子出生，我没有参加上级安排的军事比武。当时，我的请假报告单已经批下来了，只是想等等，等妻的预产期更近了才回去。就在这时，上级临时通知我去参加比武。我坚持要求让连队安排别人去。因为这件事，我被大会小会批，灰头土脸过了大半年。直到有一次集团军军长来旅里检查，向全旅官兵训话，激情说起，我们官兵的父母去世、老婆生孩子，能让他们回去尽量让他们赶回去；现在又不是战事紧急，不是抢险救灾走不开，就是平常的战备训练，为什么偏要搞得那么悲情、悲壮呢？一个不爱父母，不爱妻儿的官兵，你能指望他爱国吗？军长无意中的一番话，我的"反面典型"日子才算过去。

由于上年度的休假风波，连队没有安排我过年回家。按常理，一般照顾已婚或大龄官兵回去过春节。在部队过年也好，没有多少事，大多是游戏娱乐活动，我正好可以安静地看几天书。那一年，我是正月十五前回去的，回家过元宵节，也算是照顾了。

再回家时，妻儿已经搬入"黄宫"（80年代初建的四层楼房，外墙黄色故名，当时在县城小有名气）了。学校教师小区已建好，很多老师乔迁新居，"黄宫"空了出来，没有参加集资的就搬迁"黄宫"。当年，荥经中学老校区有三类家属房，"黑宫""黄宫""白宫"。"黑宫"条件最差，近似贫民窟；"黄宫"稍好，有两个房间，带一个小厨房，没有卫生间；"白宫"是80年代后期建的，很高大上，有标准的三室两厅或四室两厅，外墙刷成乳白色，名曰"白宫"。

分房前打分排名，妻祈祷但愿能分到四楼（顶楼）靠最东边那套，房子虽然小些，但出入就一扇门，她平常和儿子"躲进小楼成一统"，安全方便些。不像其他的，进出厨房要经过公共走廊。天遂人愿，妻果然分到那套房子，中彩票一样欣喜。分房子，收拾房子，到搬家，我只是从信和电话上零星得知。搬家，作为家里的男人、顶梁柱不在家，我无法想象妻带着襁褓中的儿子是怎样的操劳和艰辛。还好有姐姐妹妹姐夫妹夫帮忙。妻说，你回来就找不到家了。我说，能找到你们就行，你和儿子在哪儿，我的家就在哪儿。

我拖着行李箱，在"黄宫"楼下再见到儿子时，他已十个月大了，满头乌发，脸蛋清秀，看上去像个女孩。我伸手去抱，他一声不吭扭头就往他妈妈怀里钻，处熟了，也只有当他妈妈不在场的时候才让我抱，如果他妈妈在，是坚决不屑理我的。

住进"黄宫"妻已经心满意足了。楼顶空地上可以晾晒被子、衣服。我们房顶的楼板上原住户垒有一层土，四周用砖砌起来，刚好是一畦地，可以种菜，种花草。我们除了种蔬菜，还种向日葵、葫芦。那几年，家里阳台上摊满了大小葫芦，只有向日葵仅能看花而已，可能是土层浅养分不够，结出来的葵花籽都是瘪的。种上些小葱、青菜、辣椒，常能应急，厨房锅里水翻滚了，跑到楼上摘几个青椒、拔几根嫩葱、掐把带露水的小青菜，洗洗，放在鸡蛋面里，味道那个鲜美呀，想起来就咂嘴。屋顶有层土，恰好能隔热保温，冬天暖和，夏夜把阳台门打开，有月色探进，凉风习习，分外惬意。

住"黄宫"的日子美好，难忘。双方父母身体健康，儿子娇憨可爱，正牙牙学语，蹒跚学步，我们踩着青春的尾巴，小有烦恼，诸事平顺。

住"黄宫"的几年间，妻每年暑假带儿子来南京部队探亲。他们来队比较麻烦的就是找房子，以及准备锅碗瓢盆等生活用品。部队家属临时来队公寓房紧张，且条件很差，搞定这一摊子得排队，层层上报，批准。妻儿来队探亲，我们住过直属队极其简陋的招待所，几十户共用一个水龙头（且白天经常停水），三五户共用一个小厨房，公共厕所。一次，我们住的两间房子靠近铁路、土坎边，多年没人住过，潮湿，发霉，才两岁多的儿子浑身长满水疱，每天只能光着屁股玩他的遥控赛车；住过士官公寓顶楼，白天太阳炙烤，把水泥楼板晒得发烫，晚上我们一家三口一个小风扇，铺几张竹席睡在瓷砖地板上，浑身的汗水还是像蒸桑拿，儿子烦躁不安，不时哭闹，直到半夜过后才迷迷糊糊入睡。那时，每到周末我就带他们母子俩出去玩，去过南京大多数景点。我一是心里内疚，带着补偿的心理想多陪陪他们；二是我不敢奢望我们能留下来，总觉得这座美丽的都市不属于我们，我们只是匆匆过客，那就把足迹留下，把风景留存，把美好的记忆永远保存在脑海里吧。

妻儿数次来队探亲，感觉每天都阳光灿烂，时间过得很快。仓促的团聚后就是分别，最难受、落寞的就是把他们送上火车后，独自一人返回打扫收拾房间，好像每一样东西都有他们的气息，不忍挪动，不忍轻拂。直到他们回到家打来电话报平安，一颗心才落下，一切又回到从前，恢复往日的紧张生活，他们似乎来过又没来过，恍如梦境。

又一年暑假，妻携儿来南京过暑假。没住多久，妻姐来电话说，学校整体搬迁，"黄宫"马上拆，其他住户已经搬得差不多了，断水断电了，已经开始拆楼梯了……十万火急一样的消息接踵而来。太突然了，以前只是在传，没想到这么快。学校、建筑商没有提供任何条件，无法，我们只好请妻姐帮忙租个房子，雇人把简单家具以及被子、衣物用床单裹好搬到租住地。

新租的房子在县城靠附城桥的农业局家属区（如今已经拆除了），一楼两个小房间，过道对面是厨房，无卫生间。简陋、落满灰尘的出租房是妻回家后，一点一点打扫收拾，靠她的灵巧与勤劳布置得简洁而温馨。我们租的房子离岳父岳母承租的公房很近，楼上楼下。如此，妻上班时，托老人照看孩子更方便。对于儿子来说，每天晚上临睡前，叫嚷着跑到楼上外公外婆那儿加一顿餐，吃碗面条或蛋炒饭，一天的活动安排才算心满意足结束。那几年，小家伙儿吃得胖嘟嘟的，直到十一二岁，身体抽条，才开始掉膘。

在翘首盼望中"鸿林小区"的商品房终于盖好了。说好原住户优先选房，待老师们得知消息时，房型好、楼层好的房子早已被教育局的人以及被他们的七大姑八大姨选走了。我们最后选的四楼有一间"黑屋子"，原因是旁边有栋"握手楼"，这在规划图纸上是没有的。

初冬，新房开始装修时我在部队正忙得团团转。妻，一个妇道人家，只能跟着别人学，周围邻居怎么规划，她也怎么弄；别人买什么，她也买什么；别人大致什么价格，她也什么价格。工地上，她有时过去瞧瞧，有时几天都不去。当然，她即使去了也看不懂，只能做做样子，这种状况直到我回家才结束。过年前我休假回家后，天天守在工地上，催赶工期，给师傅打下手，多看多问多交流多比较，装着很内行。每天尽管累，但看到属于自己的房子，小燕啄泥筑巢一样，模样渐渐出来了，心情还是如沐春风一样愉快美好。

紧赶慢赶，终于在我假期快结束时装修完工。墙面粉刷才一个星期，我们一家三口就搬了进去。我也知道，新装修的房子最好晾一晾，但想到我回部队后，妻拖着稚子就毫无办法，即使亲友帮忙，她也会手忙脚乱，收拾不好。

我们在装修和搬家过程中，请过一个叫"栋梁娃儿"小工，背河沙、搬家具。栋梁娃儿个子敦实，干活儿能吃苦，舍得下力，抬衣柜他一个人一头，上楼时汗如雨下，脸色紫红，太阳穴处青筋暴起。中午吃饭，我甩给他两包"红梅"烟，几盅酒下肚，才知道他在川内当过四年武警兵。他性情直爽，嗓门儿很大。由于都有当兵的经历，我们很聊得来。我家的活儿干完后，他好像一时没找到别的活计，每天披一张棕垫、背一个竹篓，快中午了还靠坐墙根晒太阳，一副无精打采的样子。我几次叫他来家里吃饭，他红着脸不愿意来。后来，他好像躲开了，再也没见过他。我能理解，一个老兵的尊严。

新居三室两厅两卫，沙发、桌椅、床柜、厨卫、窗帘、电视、热水器等家具家电购置一新，我才住一个星期就回部队了，妻儿也只住了半年就随军来到南京，房子留给了岳父岳母住。两位老人原来住的是县农业局的两间公房（不久就拆除了），厨房狭小，没有卫生间，条件简陋。老人操劳一生，能有个好的住处安度晚年，也算做儿女的一片孝心吧。岳母给我们打电话时每每说起，他们一辈子没住过这么好的房子，现在住高楼大厦是享女儿女婿的福。听得出老人在感觉幸福的同时心里隐约不安。我们说，您老安心住，不要多想。

2003 年 8 月，妻儿随军来部队，我的单身宿舍没法住，一家三口先是住士官公寓过渡。经多方打听了解，我向一湖北公安籍正营级干部赵哥借得家属区 101 栋楼上两间空置房屋。后来，我们闲谈往事都以 101 代指那两间房，一家人在南京最初的小窝。当时的家属楼都是部队从朝鲜回国时修的，比我们的年纪还大，典型的筒子楼，中间一条黑黢黢的过道（胆小的白天上楼都害怕），两边是房间。朝南的一间，我们用做卧室，朝北的当厨房。冰箱、洗衣机、电视机三大件，是旧货市场淘来的，拢共才几百块钱。简单的家具，是向战友讨来的，或上营房仓库翻寻些破烂，简单修修。基层野战部队，人员流动性大，每年有战友转业或调走，一些将就着能用的旧家具带不走，就分送战友，也算落个人情吧。我们家里所有的家具都是通过这种方式"淘"来的。当然，我调走后，又把它们留给后来的人。大家的想法都很临时，临时住所、临时用用。

101 的楼道没灯，四处漏风，鼠患成灾，房间木地板嘎吱作响，儿子调皮有时在房间奔跑，楼下住户咆哮如雷。最难受的是公共厕所黑灯瞎火，且经常堵塞，污水横溢，无处下脚，去别处公共厕所得长途跋涉。有位四十来岁的"芳邻"倒是很热心，经常穿双雨靴打扫，但边扫边骂骂咧咧。她老公已转业多年，在外买了商品房用来出租，后来实在不堪忍受，才搬了出去。101 是营盘遗忘的角落，也算是"贫民窟"，只有收水电费时才有人想起。住户大多是转业多年的干部，或不符合随军条件但已随军的家属，还有几个长期"秘密"住在营区的士官家属，以及一时没有找到合适住处的随军家属。我当时借调到集团军撰写军史已有几年，不算旅机关干部，几次分房没轮上。

这次，妻儿放暑假来宁同样也只带了换洗衣服，直到假期快结束，几经犹豫才决心留下来。初秋，我和妻儿结束了八年的分居生活，没了亲人别离的惆怅、伤感，但开门"七件事"的现实与困难，让人措手不及。此次搬家只是人过来了，从四川什么东西都没带过来，甚至还欠数千块钱的装修款。所以，我们一家三口在南京扎根等于白手起家，从头再来。当年，我的工资仅千把块，妻的工作调动还没搞好，拿的是代课工资，家里除日常开支外，月月光，有时窘迫得口袋里连钢镚都掏不出一枚。妻身上穿的是地摊货，她的第一部手机是妻妹冬冬从广州来宁时送她的"二手货"。在亲友中，只有冬冬见证过我们每一所住处，知道我们这个小家庭趔趄走过的路。那时儿子正长身体，从四川带过来的几件衣服大多"捉襟见肘"，被老师含蓄提醒，一双劣质鞋几乎十来天就穿破。

"一箪食，一瓢饮，在陋巷，人不堪其忧，回不改其乐。"贫贱夫妻，相濡以沫，物质上的匮乏可以忍受，不能承受之重的是精神上的压力。当时，如巨石般压在心头的是妻的工作调动。妻十几年苦读好不容易考上大学，有个旱涝保收的工作，不能因为随军到南京来把饭碗丢了，这样对于我不仅是养家糊口的压力，更是一辈子对她的愧疚。那两年多，无论寒暑我一有空就在外面跑，四处奔走。

住101，我深深地读懂了《茅屋为秋风所破歌》，读懂了杜甫当年的苍凉心境与悲悯情怀，深刻理解"安居乐业"四个字沉甸甸的含义：安居才能安心，安心才安然宁静，才能快乐干好工作。

在101，为了对付那些无所不在、无所不咬，光天化日下在电灯开关拉线上荡秋千，敢和人类捉迷藏的鼠辈们，我们养过一只猫。那只猫是怎么得来的，忘记了，只记得我先把它拴在厨房里一段时间，养熟了才渐渐放开，老鼠的嚣张气焰收敛不少。后来，我们有一次去杭州一趟，由于房门紧关，它在外流浪了几天，待我们回来时它感觉对"家"很陌生，在楼下绕着圈子喵喵叫唤，最后鼓足勇气回来过，但很快又走了，不知所踪。那是家里唯一养过的一只猫，我们十分怀念它。

住101的日子，感觉一家人就像窝在一个阴暗角落里的小动物，别人的目光充满同情，自己也感到很没意思，邀请客人来家里坐需要鼓足勇气。我时常瞄着周围，谁家搬走了，可能有房子空出来，我比营房科的助理员消息还灵通。

我偶然得知老科长买的"豪宅"装修好晾得差不多了，可能最近将搬家，他在家属区117栋一楼的房子就会空出来。老科长为人热情厚道，写得一手好毛笔字，转业去了一家所有人避之不及的国企，没想到刚好赶上企业改股份制，他转眼间坐拥数千万。我找到老科长说明来意，他二话没说就把钥匙给了我。我迅速行动起来，马上买来一桶涂料，简单刷刷，第二天上午叫一辆收废品的电动三轮车，把101的几件破旧家具搬了过去，算是又一次乔迁。我知道在没有入住之前，一切存在变数，有各种各样的因素能让斑斓的梦想像肥皂泡一样破裂，只有住了进去、既成事实后才感到安稳。

住117栋一楼，洗澡、用水、上卫生间等方便多了，因为有三个房间，儿子渐长，有自己独立的空间；我亦有一间用作书房，业余时间躲进小屋看书写作，怡然自乐。缺点就是潮湿异常，大雨来临前地上一层水珠，梅雨季节更是愁苦，家里的器具在淌水，床下、箱柜底下霉斑点点，洗好晾晒干爽的衣服存放衣柜，无论何时取出来穿，肯定有股刺鼻霉味，弄得整个心情灰暗。这房子也是20世纪50年代初建的，可能没有做防潮防水处理。还有，鼠患成灾，由于每个房间用稻草黏土糊弄而成的天花板千疮百孔，会缩骨术、变幻术的老鼠从哪一个缝隙都能钻进来，衣服、被子、书本、粮食、家具哪一样都是它们磨牙的好东西。我从驻地老乡家逮了只猫回来，想仿效住101时的做法，不料那只猫性格比最坚贞的女子还刚烈，在我们的被褥上撒了几泡尿，把窗帘、衣物等折腾得一团糟。强扭的瓜不甜，还是放了它吧。睡到半夜，"鼠邻"追逐嬉戏撕咬，好不欢欣热闹，把人吵醒，拍打床沿，安静少许，精彩重演。忍无可忍，我和妻深夜起床，奋起与之宣战，消灭了好几只，没有起到杀鸡骇猴、以儆效尤的作用。直到请来工人师傅把天花板的"开孔"全补好，用水泥把所有洞穴全堵上，才告别那些很不与人为善的"邻居"们。搬到117，我已经感到很满足了，但来过我们家的人，看到墙皮脱落，露出黄泥，光线昏暗，门窗斑驳，霉斑遍布，有同情，有嘲笑讥讽，亦有摇头叹息者。

我们在117栋住了将近五年，儿子在那里度过他大部分童年时光，我工作就在营区，妻每天骑电瓶车上下班，我们赖以谋生的"事业"波澜不惊；儿子在学习上一副大智若愚、大器晚成的样子，日子宁静而温馨。春天傍晚，我们一家人在阵阵欢快、令人愉悦的鸟鸣声中打羽毛球、跳绳；春深夏浅时，我们爬到后山去看漫山遍野的太阳花。那些花我至今不知道学名叫什么，姑且叫太阳花吧，反正我们仁知道所指。夏日黄昏，我们乘车到紫金山脚下，然后爬山，儿子经常提条件，哭闹着不肯多走；秋天夜晚，我们在附近村庄、居民小区转悠，时有所获，一番讨还，购得一袋半袋瓜果蔬菜回家；冬季天黑得早，大多时候我们仁就绕着营区走，背古诗，说见闻，儿子好插嘴，不时郑重其事地发表他的意见。转几圈后，回家看一会儿电视或书，洗漱，早早歇息。那几年，儿子是无忧无虑的，无论阴晴雪雨，只要不提写作业，每一天他都在上演"欢乐颂"：骑车、打球、打仗、溜冰、溜滑板、玩弹弓，雨雪天对他来说如降甘露，穿着他妈妈的雨靴欢笑疯跑踩得水花四溅，自得其乐，陶然快乐。

儿子即将小学毕业，去哪儿上初中呢？儿子小学就读部队驻地的"太阳城"小学，位于城乡接合部（儿子在作文中说他现在是郊区的孩子），离家不远，学生以民工和附近菜农子女居多，及各类小商小贩的子女。我并没有歧视芸芸众生、其他劳动者的意思，只是如果孩子们课余时间会说到谁家拆迁了几套房，谁老爸昨晚打牌输了多少，谁老妈跟人跑了，这些话题实在让孩子幼小的心灵有"不可承受之重"。我们无法做到

"孟母三迁"，那时他们母子刚到南京，人生地不熟，各种困难，自顾不暇；我呢，在此虽居住多年，但过得几乎是与世隔绝的生活。

儿子上小学是自然"散养"，现在要上中学了，蓦然回首，发现我们所面临困难和几年前差不多。为了儿子上学咬牙买套"学区房"吧，就近入学。经多日奔走，反复比较，我们购买了中山门外、卫岗西一套建于20世纪80年代末，五十余平方米的小两居室。房子位于五楼（顶楼），一大一小两个房间倒还凑合，只是客厅（兼饭厅）、洗漱间（兼卫生间）极其"袖珍"，毫不夸张地说，如果我们仨坐在客厅看电视，有人走动，就得运用挪腾转跨等高难度动作，以免出现碰撞刮擦事故。为购此房，我们省吃俭用，倾尽全部积蓄，并向妻姐举债五万元才凑够首付，然后动用妻的住房公积金按揭还贷。这是2009年初的事，那时候南京的房价正处低谷，过户手续及各项税收都予以减免，如果现在购买，我们也只能望房兴叹了。

装修卫岗"蜗居"，我请一位懂装修且专门从事工程监理的"朋友"帮忙，由他找工人，从风格、样式到所需材料，尽量听从他的意见。我一是懒，不想花太多的时间精力用来比较产品，跑建材市场，这方面需要做大量的功课；二是想省点儿钱，交过房款后，已经囊中羞涩，装修费用只能逐月从工资里省，各种材料、器具不讲究牌子，能将就着用就行；三是出于对朋友的信任，我每天照常上下班，请他有空时过去转转，把把关。房子刚装出来效果还可以，没住多久，出现一些小问题，几年后，不是水龙头坏了，就是电路出毛病，水龙头、三角阀几乎换了个遍，好些个周末我不是请人在换水龙，就是奔走在买水龙头的路上，我的辛苦讨来妻一阵抱怨。由此得来的深刻教训是，在装修上，一些关键器材一定要买质量最可靠的。买廉价品（包括请熟人帮忙），看似省钱，其实花费更多，还把人折腾得够呛。

我经常蜷缩在阳台的木质长条沙发上喝茶、看书。屋里几样简单家具是原房主留下的，我们将其修缮利用起来，除了能省钱，还很环保。每每挨到黄昏，望着窗外漫天晚霞或万家灯火神思，感慨：来到这座城市二十多年了，在这儿我终于有了自己一个小窝，一个遮风避雨的地方，茫茫都市，万千灯火，终于有一扇窗户，有一盏灯光属于我。尽管它很狭小，小到让人感到羞涩，但只要能安放我"五短"身躯、恓惶漂泊的心灵就足矣。神思千万，久久沉浸在幸福与感动中。

我们买卫岗小屋的初衷是作为"学区房"，后来也算实至名归。小屋离妻上班的学校很近，一个下坡，骑自行车也就十来分钟。儿子上初中就在他妈妈学校，大多数时候母子俩结伴同行，早出晚归。妻在儿子的学习、生活上悄悄加以关注、关心。儿子渐长，嗓音变粗，白鸡蛋般的胖圆脸变得粗犷、冒出青春痘，性格愈发沉闷、敏感、叛逆，坚决不用他妈妈的教师卡去食堂吃饭，他自己说不想搞特殊化，要和同学打成一片。后来对他妈妈中午去给他加凉开水，也表示反对。妻只能做贼一样趁他们上体育课的时候去。妻不时和各任课老师交流儿子的学习情况，随时掌握他的思想脉搏。在妻的翼护与强劲扭转下（晚上不看电视，守着他完成各项作业），儿子渐渐养成良好学习习惯，成绩终有起色，从入学的三十多名，追赶到全校前十名。

卫岗陋室是老旧小区，周边超市、菜市场、银行等生活设施齐全，交通便利，与5A级钟山风景区毗邻，环境幽美，入眼皆景。住那儿，我们保持发扬了多年的习惯：散步。每天晚饭后，我和妻或我们仨，绕梅花谷、明孝陵走一大圈。流连数年，各处景点，四季风情，我们熟悉、倾心如自家庭院。住卫岗，美中不足的是停车位紧张，我们刚入住时，私家车寥寥，几年后车满为患，周围邻居都买了车，晚上走路都不方便。小屋于我来说最大的不足就是没书房，我看书可以在阳台沙发上，如果想写写东西就没地方了，加上妻儿活动，四处响动，我戏称他俩是"铁匠"，不能让人心气宁静地写作。还有就是我们住的是顶楼，夏天有漏雨之忧，得时时警觉，一看到天花板上有霉点出现就马上报修。好在物业还算负责，天一放晴就有人上门维修。

卫岗小屋见证了儿子从少年到青年的成长，见证了他的积极、拼搏、进取，也见证了他在风中的奔跑。儿子上高中亦离家不远，骑车十五分钟左右。早上天蒙蒙亮，草草吃完早饭，骑车上学；晚上十点，下晚自习后骑车回家。他骑车速度很快，每天晚上在小区门口，在昏黄的路灯下，我接过自行车和他背上的书包时，能感觉到他书包上潮湿的汗水。高二刚开学一周，他骑了两年的赛车被小偷用液压剪刀把锁剪断，偷走，他气得大哭。为了保险起见，新买的赛车每天晚上只能扛上五楼，放在他房间，更显局促。儿子高中三年学习压力大，竞争极为激烈，晚自习回来，还要学习一两个小时。我们常常睡一觉醒来，发现他房间的灯还亮着，有时候他在写作业，有时候趴在桌上睡着了。在我们的劝说下，他才极不情愿的咕哝几句，慢吞吞地去洗漱。看到儿子这么辛苦，妻尽量把伙食搞好，变化着花样，让他多吃；我所能做的就是，每天晚上估计他快下晚自习的时候，下楼去帮他扛车。我如果出差，就由他自己扛上楼。妻坐在小客厅靠门处，一听到儿子坚实的脚步和粗重的喘息，就赶紧开门，摁亮楼道里的灯。

搬离卫岗时，妻有些伤感。搬了那么多次家，这是唯一让她久久徘徊、恋恋不舍的一次。卫岗小屋不仅仅生活舒适，交通方便，实在是留下我们仨太多难以忘怀的记忆。搬家时，儿子在外地上大学，他寒假回来，过了很久，有一次无意中提及，他说卫岗变化真大，单元门口的大树被砍了……我知道他肯定会去，他欠它一个深情告别。这一点我了解他。

2016年3月，军旗猎猎，在改革强军的嘹亮号角中，我脱下整整穿了二十六年、几乎融化成肌肤的军装。这一年我除了整理心情、准备简历，到处奔走找工作外，就是忙着装修、布置位于城东马群五棵松的房子。几年前，原南京军区机关建了一批团级干部安置房，当时大家都嫌偏远，生活不便，不愿意要，我供职的部门就我一个人报名。我曾经为住房所困，为安居所痛，所以格外珍惜这次机会。去年夏天，我特意买了辆电瓶车，跑工地和建材市场，像只辛勤的小蚂蚁一样把卫岗小屋和军区大院办公室的东西，一点一点挪到马群新居。新居依旧简洁朴素，最让我感到满意的是，从此我有了一间小小的书房。节假日或夜深人静时，可以不影响妻儿休息，亦不受他们影响，悠然自得地喝茶、看书、写作，心底的快乐美好如窗外雨后葱绿流翠的钟山，云蒸霞蔚，氤氲满怀。

我的 N 次搬家，是我个人的成长奋斗足迹，也是我们小家庭的迁徙经历，映照的是这个时代的缩影，人们的生活环境、生活条件越来越好。房子不是家，有亲人和爱的地方才是家。盛放爱的地方可以很豪华，有时候也可以很简单，能遮风避雨就行。今天，青春炫目的年轻人可以暂时没有房子，但心中不能没有爱，不能没有梦想，不能停滞追逐梦想的情怀和脚步。

俞平伯先生有诗："只缘曾系乌篷船，野水无情亦耐看。"我留恋每一个住过的地方，那里的邻里乡亲，一山一水，一草一木，一砖一瓦，我都怀着深深的感激眷念之情，人生如寄，一切皆缘。

我和儿子的秘密

儿子上小学时，漂亮班主任老师那儿留的是我的手机号，倒不是我有什么"想法"，是老婆单位离家远、工作忙，参加不了儿子的家长会。我虽然偶尔能列席会议、后排就坐（儿子的座位），但经常出差，平时也管不了他，所以儿子小时候基本是"放养"，每天跑得满头大汗，衣服丢了好多件（一热就把衣服脱掉，不知扔哪儿了）。溜冰、滑板、篮球、跳绳、弹弓等很多玩具无师自通，身上老是伤疤添新痕，伤痕累累。但他掉皮掉肉不掉泪，在玩上面从不叫苦叫累。

每天晚上，我们检查儿子的作业大多是"君子"，动口不动手，问一声，作业写完了没？儿子说写完了，我们就"放心"地带着他一起散步、爬山、看电视、打羽毛球。其实，他好些时候作业根本就没做。第二天老师检查，儿子淡定地说忘在家里了，有时候连续几天家庭作业不交。因为他知道老师的信息发到我手机上，我肯定在忙，或视而不见，或看过忘了。我始终认为父亲决定孩子的大局和气概，母亲才决定孩子成长的细节。

儿子小时候，没有上过什么兴趣班、强化班，唯一上的是和玩有关：一个乒乓球班、一个吉他班和一个书法班。他现在球打得不咋样，弹吉他像弹棉花，字也写得歪歪扭扭，可见他"志不于此"，我们的小额投资打了"水漂"。在儿子的学习上我们"望天收"，结果可想而知，课本熟悉他，他对课本上的内容只是粗浅的"一面之交"。

儿子小学时的成绩在班上属中等，我认为很好啦。男孩嘛，有后劲有潜力，我们可不是"死读书""读死书"，吃好喝好玩好，把身体锻炼得棒棒的甚至更重要。所以，儿子的考试成绩每次发到我手机上，如果考得好，我就在老婆、亲友面前使劲儿表扬，夸得儿子如踩着弹簧走路。可惜，他给我这种机会不多。如果考得一般，我轻描淡写；考得不好，我"保守秘密"，但常以此要挟儿子，他得俯首帖耳，乖乖听我指挥：除了帮我倒水、拎鞋子、取衣服服侍我，还得洗碗、拖地、倒垃圾等；那些平时由我承担的家务，他得分担部分，稍有违抗，我小声扬言"告诉妈妈"，他小公鸡一样的神态马上就蔫了，低声央求"别跟妈妈说"。如此几天过去，事情淡了，我也忘了，他尾巴马上翘起来，照旧疯跑疯玩。我"隐情不报"，或"报喜不报忧"，让老婆一直以为她儿子是"牛娃"中的"牛娃"。

但我有时候也没有守住"秘密"，一种情况是儿子玩得兴起，十分高调，在该夹紧尾巴的时候，竟敢违抗我的命令；另一种情况是我和老婆闲聊时，无意中把他考砸的事说了出来。话一出口，我马上觉得不妥，想起儿子讪讪、无辜的神情，我转而求老婆不要责怪他，他已经很用功了，偶尔一次没发挥好很正常，请她也装着不知道。老婆是个急性子，有时我能"稳"住她，多数时候我"苦谏"无用，她冲过去，咆哮如狮虎，再检查以前的作业、试卷，新账老账一起算，进而开展"女子单打"。当然，我也没好"果子"吃，逃不脱被责骂、数落一番。我们父子俩灰溜溜的，相对无言，儿子虽然没有责怪我，但我不敢看他泪汪汪的眼睛，感觉作为"叛徒"真可耻。

因为我们的所作所为，弄得儿子每次考试很在乎分数。有一次考数学，他得了100。试卷发下来，同桌发现他有道题错了，应该扣一分。儿子几乎用哀求的口吻请同桌不要说，同桌还是"理直气壮""大义凛然"地向老师举报了。老师"朱笔"一挥，分数变成了99。课后，儿子差点和高大壮实的同桌打起来。这件事，儿子在日记里用他仅掌握的几个骂人的词，将同桌恶毒、狠狠地"诅咒"一番。这是老婆偷看到的，他自己从来没讲过。

在儿子的学习上，没有发生过"男子单打"的现象，这是我不作为、不担当的"铁证"之一（老婆语）。唯一一次"男女混合双打"，是有一次儿子数学没考好，他平时放学回家如得胜归来，动静很大，那次温顺安静得像只猫。邻居——也是儿子一个同学的妈妈突然跑到我们家报告儿子的考试分数，表现出十分关切、担心。小家伙儿竟然"瞒报军情"，害得我们没有第一时间掌握情况，这还得了？我抓起一个挠痒的"老头乐"，冲进儿子房间，大喝："把手伸出来！"儿子迟疑、颤抖着伸出胖乎乎的小手："爸爸，痛，您打轻点儿，少打几下啊。"我打了他几下后，老婆又跑进去追加了几巴掌。想起那次揍他，想起那些话，想起他当时的神态，我至今心疼，后悔。儿子上初中后，即使再调皮、再叛逆，有时把我气得跳起来，也只是高高扬起手，想一想，颓然放下。他妈妈毫不知趣，还想以"武力镇压"，巴掌说话，他"毫不畏惧"，有一回他妈妈用扫把去打他，他一把抓住扫把，她动弹不得，差点落荒而逃。

作为父母，我们很多时候觉得"教训"孩子是为了他好，其实是大人的自私、贪婪。当孩子还在肚子里时，只希望他健健康康就行；生下一个健康漂亮的宝宝，希望他平安成长就行；看着他蹦蹦跳跳玩耍、上学，智力发育正常，又希望他学习成绩优秀，出类拔萃，长大出人头地……我们总是不知满足，越走，我们渐渐忘了"初心"，忘了最初的忐忑和祈祷。现代社会需要各色人才，需要缤纷个性。作为个体的生存压力愈来愈小，我们不要给孩子限制太多、太大的压力，只要他长大后身心健康，自食其力，自我感觉幸福快乐就可以了。

现在，儿子已上大学了，远离家门的他愈发变得懂事、积极、阳光。今天，如果有人问我当年没有管儿子的学习，没有让他学这学那，后悔吗？我回答，真庆幸给了他一个奔跑疯玩、无忧无虑的童年，一个无法"回车""粘贴""复制"的童年。

秋分

妻开家长座谈会去了，我在儿子宿舍帮他整理床铺、收拾东西，叮嘱哪些事该怎么做。一位清秀女士牵一个调皮男孩（拿一把钥匙不住地在她手上比画）走进来，自称姓苗，是他们班主任，特地过来看看。轮到我介绍时，我说我是刘宇翔同学的爸爸，我们从南京来。她说有点儿印象。我很想说儿子在某省重点中学，当过三年班长，阳光，爱运动。缺点是有"精神洁癖"，疾恶如仇甚至有点儿偏激。看着房间里其他几位家长争着说自己孩子的情况，这番有"自粉"之嫌的话我终究没有说出口。

儿子他们四人一个宿舍，有独立卫生间，洗漱池、桌椅、衣柜，设置还算合理，没有空调、热水器，没有洗衣机等，即便如此，比二十多年前我们那时候强多了。地面、门窗、桌椅到处灰扑扑的，我招呼儿子打扫，看到我们在忙，旁边几个一直盯着手机看的同学和家长也稀里哗啦加入我们的行列。儿子拿到录取通知书后就和他的新同学在 QQ 上聊开了，和一个叫李一帆的室友无话不谈，神交已久，但见面后，还是腼腆，几乎没打招呼。

刚才儿子由一位学长领着，去办理杂七杂八的报到手续，我和妻在校园遛了一圈。宿舍、教学楼还算俨然整齐，就是摊贩无序；树木矮小，有的好像才栽下去不久。一座历史悠久、根基深厚的高等学府，院落里的森森林木就是无言的述说。儿子"沦落"到连云港这所名不见经传的二本学校，是我们从没想到过的，心有不甘，但似乎命该如此。高三多次模考他发挥正常，高考三天，就有两个晚上到凌晨一两点了，他哭着出来说不能入睡。分数出来，填报志愿，这时候就考父母了，反复比较，万般纠结，就像走进一个琳琅满目的商场，你口袋就那么一点儿钱，又想竞标质量好的商品，最后只能估摸着凭运气了。我有个朋友由于填报不当，以致滑档，最后女儿只能通过征求平行志愿去了遥远的内蒙古。说起这些，他一个大老爷们儿就眼眶潮湿，觉得很对不起女儿。

收拾停当，儿子开始局促不安，拿出一盒酸奶一定让我喝，说另一盒留给妈妈。出发前他带了三盒酸奶，一直没喝。儿子表情讪讪的，声音变得格外低沉温柔，这是他幼时偶露的神态，已经多少年没有过了。他知道，我们快走了。我突然眼睛发酸，今夜儿子就睡在这儿，一个我们听不到他匀称鼾息的地方，从此他就离开我们的庇护，独自面对有风有雨有艳阳的一切……上午，游花果山时，儿子悄悄跟我说，他心里很不踏实，觉得很多东西搞不定。我说，儿子，成长是一个过程，摸索着，跌跌撞撞往前走，经历过了，你就懂得了，不用怕！

高考完后，我们父子关系有点儿紧张。他没考好，哭过好几次，我们并没有怪他，反过来安慰他。他妈妈从微信上现炒现卖一段话，什么上名牌大学是坐软卧，读一本是硬卧，二本是硬座，其他大学则是站票或挤在厕所里等。但到了目的地，老板只问你能干什么，并不关心你怎么来的。我告诉他，人生就像长跑，贵在坚持，通往成功的路不拥挤，甚至很孤单，因为能咬着牙坚持的人并不多。我们知道他也尽力了，高三那一年蛮拼的，每天天蒙蒙亮就骑车上学，晚上十点多才回家；简单吃点儿东西，又躲进房间做卷子背单词。让他早点儿睡，他充耳不闻，或爱理不理，继续埋头做手头的事。很多时候我们睡一觉醒来，他房间的灯还亮着，还在学习，有时也趴在桌子上睡着了。他妈妈能做的就是保障好他的生活，我能做的就是每天晚上把他的赛车扛上五楼，因为此前丢过一辆。

我们对他最不满意的就是高考后的整个暑假，他疯狂地用手机上网玩游戏，和同学聚会，看电视，看电影。他学的是工科，我把一摞自认为值得一读的人文社科类的书堆在他的书桌上，试图提高一下他的人文素养，使他不至于成为一个无味无趣、不谙风情的"工科男"，他难得一翻。我语重心长地跟他说，儿呀，学习是一点一点的积攒，一天要有一天的收获，虚度光阴是一种罪过。我说什么，他听起来刺耳，很不耐烦，拂袖而去，乃至顶撞。小时候那只可爱小京巴，转眼间变成一只狰狞咆哮、不好招惹的狼狗。

儿子抱着我说，爸，注意安全，我会照顾好自己的。又转身过去抱了抱他妈。他站在路边挥手，我坚持不回头。车子驶出一会儿，妻眼泪哗哗地流，说这个假期他不太乖了，如果听话一点儿，她将更难受。我突然冒出一个想法，这会不会是他的策略？

儿子从来没有离开过家，尤其是没有离开过他妈妈，孩童时像条小尾巴跟着他妈妈转来转去；长得人高马大后，他妈妈上超市，他在后面拎着大包小包像个跟班的。儿子成长过程中的点点滴滴历历在目，出生时抱在怀里沉甸甸的，我想到苏东坡的诗：世人生子望聪明，我被聪明误一生。但愿我儿愚且鲁，无灾无病到公卿。那时我只希望儿子健康成长就行。他幼时像熊猫一样翻滚游戏、憨态可掬，初上幼儿园时哭得撕心裂肺、满脸通红；上小学时笨得像小熊（妻怪罪我的遗传基因，回老家时她看过我和弟弟的小学成绩册，我们数学很少及格）。儿子数学学不好，一道应用题，数字不变，把煤炭换成粮食，他就茫然无策了；中学突然开窍，成绩突飞猛进。看着儿子楠竹拔节一样长高长大，亭亭毓秀，我们变得愈发贪婪、攀比、竞争、鼓励，希望他更优秀、更出类拔萃。儿子单纯、善良、憨厚。有一次放学路上，一位老人向他讨钱吃饭，儿子给了十块，老人说不够，他把剩下的十块又递了过去。儿子高中三年的班主任老师说，这孩子心太实了，不会讨巧，看着就心疼。

晚上，儿子的QQ签名变成：离家很远，孤身一人。

妻在灯下把该嘱咐儿子的事，需要网购、快递的东西一点点写在纸上。养子才知父母恩。我想起二十多年前离开家门的那个清晨，父母送我到十几里外的乡政府，我乘坐的拖拉机开出老远了，回头一看，妈妈站在远处已消失成一个小黑点。我给老妈打了一个电话，只是想听听她说话，告诉她我们很好，你们要多注意身体，地里的活儿不要干了。我知道他们只是嘴上应承，该干啥还是干啥。

儿子如雏鹰，羽翼渐丰，终于到了该放飞的时候。海阔天空，坎坷泥泞，风霜雪雨，一切全靠他自己了，成龙成虫全攥在他手上。我真想大声呼喊，芸芸众生、滚滚红尘的社会呀，连云港这片苍茫土地，热心的人们呀，我现在把儿子交给了你们，请善待我儿，宽容我儿，好运眷顾我儿！

临别前，我和妻反复对儿子说不能挂科，不能旷课，要和睦同学，尊敬师长，自荐竞争学生会干部，锻炼好身体也锻炼好心智；大一争取英语过四级，大二过六级，三年后华丽转身考上理想大学的研究生。

回到家，默然端坐儿子书桌前，我顿悟这些都无关紧要，只要我儿平安、健康、快乐、开朗、朝气、积极向上就行了。有了根本，就有了一切。

秋天是学子离家的季节，也是庄稼成熟的季节。学子远行意味着分别，也意味着收获。

白露秋分夜，一夜凉一夜。在这如水的夜晚，愿我儿记得添加衣服，一步步成长成熟。

穿越时空的梅花香

——记南京鼓楼区龙蟠里 20 号魏源故居

南京老城西的清凉山，相传诸葛亮当年登临山顶，望长江之浩渺，感山势之雄峻，由衷慨叹："钟山龙蟠，石头虎踞，真乃帝王之宅也。"从六朝绵延明清，清凉山周边有颜真卿、郑侠、耿定向、董其昌、茅元仪、熊赐履、龚贤、薛时雨、袁枚、吴敬梓、陶澍、魏源、方苞、缪荃孙、顾云等名流雅士、文人墨客、致仕官员或隐居或赋闲散居，寄情山水，放歌诗文，留下了放生庵、隐仙庵、一拂祠、半亩园、崇正书院、小卷阿、陶风楼、薛庐、朴园、随园等胜迹遗存，也留下了他们经久传颂的趣闻轶事、才情华章。清凉山海拔高度才六十余米，但它作为南京的文化名山永远无法标高，高山仰止，熠熠生辉，光照千古。

清凉山附近众多名人故居大多淹没于历史滚滚烟尘中，形迹漫漶，只有位于龙蟠里 20 号的"小卷阿"——清末著名思想家魏源故居，仍孑然独立婆娑世界，别具风采，望断古今。

魏源，原名远达，字良图，号默深，1794 年（乾隆五十九年）4 月出生于湖南邵阳县（今属隆回）金潭乡魏家塅。其父魏邦鲁曾在江苏嘉定、吴江做过巡检一类的八品小官，敬业克己，加上乐善好施，母亲陈氏奉亲持家，魏源从小生长在一个"母绩子读，欣然忘贫"恬静祥和的家庭。少年魏源聪慧好学，九岁就和邵阳知县有"杯中含太极""腹内孕乾坤"的从容对答，传为一时佳话。十四岁曾去其父任所，对江南风物有所了解。二十岁被湖南选为优贡生，进北京国子监读书，居京三年，游学交友，与陶澍、贺长龄、林则徐、龚自珍、陈沆等多有交往。1822 年（道光二年），二十九岁中举。此后屡试不第，为了生计，担任江苏巡抚贺长龄幕僚。贺长龄（1785—1848）湖南善化人，字耦耕。他们在北京时就相识，贺对魏源的博学多才很是器重。魏源任幕僚，主要工作是替贺长龄编著一部经世致用的书，《皇朝经世文编》。后又协助江苏两江总督陶澍（1779—1839，湖南安化人）改革淮北"盐法"，江苏"漕运"，兴建水利，赈济灾荒。

1825年（道光五年），他在南京乌龙潭畔买宅居住（一说是自建），自称湖干草堂，即今天龙蟠里20号"小卷阿"。1835年（道光十五年），魏源在扬州钞关门内仓巷买园一处，名曰絜园。

魏源早年对经学、史学、诗词深有研究，著述有《诗古微》《书古微》《古微堂内外集》《古微堂诗集》等著作。还曾赴新疆平定叛乱，以及在钦差大臣、蒙古镶黄旗人裕谦营中做幕僚，于浙江定海抗英前线审问英国俘虏。因这两次从军经历，著有《圣武记》。

1841年（道光二十一年），林则徐因"禁烟"获罪，谴谪新疆伊犁。6月，在江苏京口（镇江）魏源与林则徐会晤，林将《四洲志》稿赠魏，嘱撰《海国图志》。老友相见，彻夜长谈，魏源赋诗"万感苍茫日，相逢无一语""与君相对榻，三度雨翻苹"，悲喜交集，感慨万千。魏源当时应该住在扬州絜园，"京口瓜洲一水间"，扬州与镇江隔江相望，得知挚友路过，特来相见。《四洲志》约九万字，主要内容是林则徐请梁要进从厚达1500多页的 *The Encyclopedia of Geography* 原著中摘译资料。魏源以《四洲志》为基础，广泛搜集中外相关著述，按区分国，增补整理，并亲往澳门、香港等地游历采访。历时十年，殚精竭虑，终编著成《海国图志》一百卷八十八万字。《海国图志》的核心思想即"师夷长技以制夷"，介绍西方列强，鲜明指出"法祖"与"师夷"并不矛盾，其目的都是谋求国富民强，抵御侵略，使中国跻身世界列国之林。

1845年（道光二十五年），魏源直到五十二岁才通过补行殿试，中第三科93名，赐同进士出身，以知州用，分发江苏。其首次任职系苏北贫瘠小县，东台县令。东台每年上呈奏折均有"风凄凄，雨萧萧，去年旱，今年涝，十岁九灾，民不聊生"等言辞。加上前任县令欠款，魏源在东台困苦不堪。他在给友人胡林翼的信中写道："全家数十口，空无所有；先人的棺木也未得迁葬。"1846年（道光二十六年），魏源母亲去世，他丁忧守制，离开东台。1849年（道光二十九年），魏源上任兴化县令。在兴化他带领民众抗洪治水，修建运河东、西堤，当地百姓为了感念他，将喜获丰收的水稻取名"魏公稻"；他病逝后，将他附祀于范仲淹的祠堂内。1851年（咸丰元年），魏源上任高邮知州，他在高邮修治运河堤岸，在湖面宽广的高邮湖湖心挑筑湖心岛，以便来往船只避险停泊，同时整肃治安，发展生产，置义地、设义学，培养人才。1853年2月，太平军攻克江宁（改称天京），波及高邮，东征军林凤翔等攻下扬州，高邮戒严。因他对太平军起义采取观望态度，3月，被河南总督杨以增奏劾："江苏高邮知州魏源，于江南文报并不绕道递送，屡将急递退回，以至南北信息不通，实属玩视军务，魏源着即革职，以示惩儆（《清文宗实录》）"。

1856年（咸丰六年），魏源游杭州，暂住僧舍，避世潜修。1857年3月（咸丰七年三月初一），魏源病逝杭州僧舍，享年六十四岁。因其平生最爱杭州西湖，遂葬于南屏山之方家峪。

魏源早年潜研儒家经典，怀"修身治国"之抱负；中年经世致用，辅佐名臣改革漕运、盐务；鸦片战争后，目睹国家积弱积贫，弱肉强食，遂著书立说；致仕后以黎民苍生为念，忠于职守，励精图治；晚年历尽劫难，幻想破灭，"一切有为，皆不足恃"，遁入空门，以求解脱。纵观魏源一生，经纶满腹，多次应试，终于入仕，官阶不高，半生潦倒，仓皇奔走，郁郁不得志，但他的思想彪炳青史，尤其是《海国图志》被载入中学历史教科书，更是影响一代代人。诚如孙中山先生言，青年人要立志做大事，不要立志做大官。只有做有益于人民的大事，只有将国家和民族的苦难、未来装在心里的人，人民才世世代代记住他！

魏源的思想在黑帷沉沉的中国近代史上具有航灯和春雷的意味。他呕心沥血著述，并记载他主要思想的两部著作《海国图志》《圣武记》大多完成于扬州絜园。"（道光）十五年，以陈太恭人（魏源母亲）春秋高，思所以尽其欢，买园于扬州新城，甃石栽花，养鱼饲鹤，名曰絜园。"（《邵阳魏府军事略》）"又出其余力治生，累资巨万。构絜园扬州，为将母之所。性豪豁，所交多魁儒硕士及一时闻人，游宴投赠，费颇不资，一无所顾惜。"（顾云《盋山文录》），当时魏源在扬州开有"茂源盐行"，生意兴隆。阔起来的魏源不但购置"豪宅"，园内有古微堂、秋实轩、古藤书屋等建筑，还极具"宝庆佬"的豪爽义气，广交贤士，大宴宾客。

据考，絜园位于今天的扬州市新仓巷 37 号，它的文物价值并没有引起有关部门的重视，仍然是一片未加保护，荒凉破败的大杂院。魏源因改革"盐法"，为扬州盐商不容，加上生意日渐惨淡，只得将家人送回南京。太平军攻克、定都南京时，魏源家人正住在"小卷阿"。他本人为了生计、功名四处奔走，偶尔回到扬州絜园小住，他最后一次赴京赶考应该是从扬州出发的。

南京龙蟠里 20 号"小卷阿"是魏源除了湖南隆回魏家塅以外，住得时间最长的又一个"家"，前后长达十年。《海国图志》《圣武记》虽然不是在"小卷阿"完成主体创作，但人的思想形成不能割裂地看待，魏源纵横捭阖、放眼世界的意识思维在南京就已经雏成。

"小卷阿"是典型的清代江南民居，坐北朝南，砖木结构，据考证原为两路五进。顾云《盋山志》记载："小卷阿，魏氏墅也。道光时，邵阳魏刺史源购地其间，为池馆弗果。今其子姓筑数椽居之，薄艺群卉，落落有幽致……倚扉小立，得岚影波馨为多。"陈诒绂在《石城山志》中写道："（乌龙潭）迤细有薛庐……其北隅有一牛鸣地，为邵阳魏季子湉小卷阿。门外修竹千竿，亦颇得幽趣也。"魏源有几首诗写到"小卷阿"："偶载一船山，来游半湖月；但闻水气香，不见荷花发。"《卜居金陵买湖干草堂》之三云："春风绿尽一池山，闭户文章败叶删。不是老僧来送笋，如何倒屣出柴关。"诗中所言，他正在删选《皇朝经世文编》。

魏源在扬州的生意做得风生水起时，曾把乌龙潭旁的房子稍加修缮，也就在这时将"湖干草堂"更名为"小卷阿"。魏源亲手在门楼的砖雕上题写"小卷阿"三个字，后毁于"文革"。如今上面依稀可辨的几个字，是搜集魏源传世手迹重新刻上去的。至于他当年为什么取这个名字，一说是南京摄山（栖霞山）有古迹"白下卷阿"；一说是取自《诗经·大雅》篇名注解，"卷者，曲也；阿者，大陵也"。"卷"和"阿"合在一起，再加一个"小"字，房屋的地理环境形象跃然。一说古时"卷阿"，位于今陕西省岐山县城西北方之凤凰山南麓，此处背靠凤鸣岗，东、西、北三面环山，唯南边与平地相接，形似簸箕状，龙蟠里与之相仿，故名。遥想先生悠然吟哦于湖畔月下，也许三者皆有吧。

我于 1990 年 3 月来到驻南京东郊的"临汾旅"服役。1992 年夏，我从《扬子晚报》上看到一则启事，云魏源曾孙女魏韬逝后，留下数间房屋，让其亲属带上相关证件限期前往。先生是家乡著名先贤，我一直在搜集整理有关先生的资料，曾数次去拜谒先生故居，绕屋数匝，不得而入，并请区、市政协委员撰写提案，布展、开放魏源故居，均如泥牛入海。后来，我"解甲归田"就在先生故居附近上班，几乎每天"打卡"路过，但从没进去过，为此胡诌一首小诗：

> 我日日打先生门前过 / 有时想进去讨口水呷 / 歇一脚用隆回话拉会儿家常 / 说说糍粑滩头年画和高铁的味道 / "小卷阿"周围高楼林立 / 如先生一袭长袍子然一隅 / "师夷长技以制夷"的呐喊 / 也只是长夜里的一道闪电 / 轻叩门扉久不开 / 先生出门还是回宝庆了？/ 墙角暗香传来 / 或许是先生不倦的打望。

2019 年 2 月 27 日，南京航空航天大学原金城学院院长、邵阳籍同乡唐元林联系到鼓楼区文化局，组织十余名邵阳乡友拜谒魏源故居，一位叫张益源的馆长出面接待。在张馆长娓娓道来、侃侃而谈的解说中，可以看出他对魏源的生平很有研究，对魏源故居的管理保护有自己的想法。

张馆长说，魏源去世后，他留在南京的家属，先后有八十余人曾居住这里。最后一位住户是他的曾孙女魏韬女士，因终生未婚无后，此屋遂成公房。当年，房管部门急于收回房子，遂出资租车将屋内一应器具、陈设送到隆回魏源老家。如今"小卷阿"面目全非，早年街道改造，拆掉了临街的一进瓦房；2007年，因电线老化失火，损失了四间木质结构的房间。只有雕刻"小卷阿"三个字的门楼是原建筑，还有就是墙角那株盛开的"倒挂金钟"腊梅，据说是魏源手植。

经勘察考证，"小卷阿"的基础，多是用碎砖碎石所筑的，而且其尚存的墙壁，也多用残砖所砌；房屋的柱子，也多是"胸径"十六厘米的较细木材。南面靠乌龙潭那栋房子的外墙壁仅两米开处，就是一点六米深后填的浮土了，从而证实"小卷阿"没有后花园。种种迹象，可见当时魏家还不富有。

现在，魏源故居有房九间，另有门房、厢房五间，建筑面积五百八十二平方米。均按原貌修建。从安全考虑，房屋柱子大多直径达二十厘米，门窗及屋内摆设都是从民间征集来的清代或民国年间的旧物。

魏源在湖南隆回魏家塅的故居，数年前我曾拜谒，四合院落，两层木楼，几十间逼仄房屋，典型湘中民居。时隔百年，漫步期间，扑面的烟火气，仿佛能听到主人的说话声和锅碗瓢盆的声音。而现在的"小卷阿"，房屋庭院错落有致，轩几明净，古色古香，幽然雅致，闹中取静，其更像是书斋，像谈笑有鸿儒的会所。白云悠悠，六朝古都，留此遗迹，凭吊先生，聊胜于无吧。

先生远逝，背影巍峨，湖水泱泱，山高水长。梅花飘香，几度枯荣，先生思想，穿越时空。

农历乙亥年正月二十三，宝庆籍同乡一起拜谒魏源故居者有唐元林、王慧慧、王昭昭、杨和平、周良峰、谢竹奇、李方、宋海云、潘好好、杨红梅、晏更雄、伍志鹏、黄亮及吾一行十四人。以此记之，缅怀先生。

魏光焘与三江师范学堂

晚晴有"中兴名臣"曾国藩、李鸿章、左宗棠、张之洞等，两江总督、南洋大臣魏光焘的声望和他们比，相去甚远。其一生戎马，效力清廷，"了却君王天下事，赢得生前身后名"。魏光焘寂寥身后事，平生功业鲜为人知。

魏光焘（1837—1916），号午庄，湖南邵阳金潭乡（今属隆回司门前镇）人，幼年失怙，兄妹六人，其居长，几个细崽仔（小孩）在母亲李氏的拉扯下，艰难度日。魏午庄儿时只上过五年私塾，很快就放牛、砍柴、帮工，承担起家庭重担。我家离司门前不远，曾属于司门前镇，小时候常听老人闲谈魏制台（魏午庄）的故事，说他年轻时跟大家去离家不远的金水河淘金，只要他在场，那天定有收获；如果他不在，收获就很少。后来，一些淘金老板摸到了"名堂"，就高薪请他去，哪怕在一旁看着，不干活儿都行。我们那里曾流传："魏午庄淘金，困觉（睡觉）都有。"当然，这是他发达后乡人的附会之言。我们那里有俗语"天旱三年，饿不死厨匠师傅"。为免于饥馑，魏午庄还跟人学过厨工，当过短时间厨子。他十九岁那年，湘军在江西与太平军激战，为补充兵员，在邵阳一带招募壮勇。在母亲的鼓励下，魏午庄弃农从戎。我们老家至今如此，农家子弟要想"出身"，除了考大学，就是当兵。

魏午庄投身湘军，因作战有勇有谋，屡获升迁，先后以知县、知州、道员、盐运使等衔留用，遇缺即补，不到十年时间就从一名士卒成为一名享受从三品的官员。这里需要说明的是，当年清政府为了鼓舞湘军士气，历年因战功保举武职三品以上的达几万人，也就是"湖南帮"十来年里冒出数万个"挂名"厅级干部，而清军绿营（正规军）干部编制才一万多，三品武职仅六百余人。湘军属于招之即来，来之能战，战后即散的"民

225

兵""临时工",随着队伍撤编,很多"候补"高干穷困潦倒,一辈子没等到正式上任。

魏午庄与诸多同僚比是幸运的。解甲归田不久,同治七年(1868年),回汉杂居的陕甘两省爆发声势浩大的回民起义,清廷任命左宗棠为陕甘总督,力挽西北危局。同年12月,左宗棠征调老部下魏午庄前往汉口办理营务,训练马队、车队,以备马战、车战。在平定陕甘回民起义中,魏午庄作战勇猛,因军功被左宗棠保举实授为甘肃平庆泾固道。魏午庄是近代著名思想家魏源的族孙。在此任上,他请左宗棠作序,重刊《海国图志》一百本。魏源的《海国图志》刊行后,很快风行日本,成为明治维新的催化剂,但在国内少人问津。很多守旧官僚认为该书离经叛道,应当销毁。当时的理学大师倭仁提出著名论说:窃闻立国之道,尚仁义不尚权谋;根本之图,在人心不在技艺。一时《海国图志》几成孤本,为使经典不至于失传,魏午庄倾囊刊印。如今流传最广、最具权威的就是平庆泾固道署刊本。

光绪元年(1875年)清廷任命左宗棠为钦差大臣,负责收复新疆。兵马未动,粮草先行。左宗棠将最大的难题——粮草筹集与运输交给魏午庄。当年冯玉祥的父亲在军队里担任哨长(相当于班长),随军开赴新疆。冯玉祥在《我的生活》中回忆他父亲的描述:那时军事上的设备都幼稚得可怜,而且对于士兵的待遇也是猪狗不如的。这样横贯数省的长途行军,嘉峪关不设兵站,士兵的口粮一次发给八天,全是生红薯,由各人自己背负着。从内地到新疆,一条黄沙漠漠几千里的长途,本来路已经够人走了,如今再加上八天口粮的生红薯,总计至少在十五六斤以上,压在背上,叫人怎么受得了?这样的长途跋涉,一天一天,好像永远走不到头。一路上,饿了的时候以红薯充饥,渴了的时候仍然以红薯止渴……从这时候以后,他看见红薯头就发疼。历史,人们记住的是它的恢宏走向与磅礴气势,那些温润或粗粝、血腥的细节,时间一长就淹没在烟尘中,变得漫漶不可考。魏午庄修筑道路,改善交通,奔走操劳,终于完成几乎不可能完成之任务。

"大将筹边尚未还，湖湘子弟满天山。新栽杨柳三千里，引得春风度玉关。"西北的"左公柳"家喻户晓，誉为美谈，而种植"左公柳"功劳最大的当属魏午庄。魏午庄率部驻守甘肃陇东期间，目睹沿途各县满目苍凉萧条，乡间"穴处蜂房，气象荒凉，无修竹茂林之盛"，魏午庄说"古者五亩之宅，树墙下以桑，通衢之旁，植杨以表道，其所由来久矣"。他先是劝告、帮助陇东地区百姓选择当地宜种的树木，如桑树、榆树、桃李等。同治十二年（1873年），随着左宗棠命令各驻防部队遍种柳树，魏午庄部迅速贯彻落实左宗棠意旨，派人四处搜集柳枝，广泛栽种，按时灌溉，及时补栽。为防止游民偷拔和牲口践踏，派兵守护，同时颁布毁树砍伐禁令。到光绪四年（1878年），约六年时间，魏午庄率部在其防区内，自泾州瓦云（今泾川县飞云镇）至瓦亭，隆德至静宁石铺，瓦亭至隆德，界石至会宁城东，六百多里驿道上种下二十多万株柳树。经过数年的精心种植和管理，"左公柳"终于得以"郁青青以蔽茂，纷冉冉而陆离，已有可观"。

光绪六年（1880年），左宗棠以魏午庄"才品尤长，实心任事"向朝廷奏举接署甘肃按察使一职，后接任甘肃布政使。此后，历任新疆建省后的第一任布政使，新疆巡抚、云贵总督、陕甘总督、两江总督兼南洋大臣、总理各国事务大臣等职。

在魏午庄主政一方的三十余年间，有一段堪称悲壮的插曲。光绪二十年（1894年），甲午战争爆发，淮军屡战屡败，朝议"以湘代淮"。清廷遂授湘军宿将两江总督刘坤一为钦差大臣，湖南巡抚吴大澂督办军务，节制关内外各军。因母丧，正在家丁忧的魏午庄应诏随吴大澂率部奔赴辽东。1895年正月，魏午庄率"武威军"六营出关。3月5日凌晨，魏午庄领兵三千与日军两万精锐，在牛庄展开激战。"东洋小丑犯牛庄，士尽争先血染冈。大炮长枪何所惧，要将胆剑斩豺狼。"时年已五十七岁的魏午庄仍豪气冲天，壮怀激烈，率部与日军短兵相接，竟日厮杀，血肉横飞。战至深夜，湘军伤亡近两千人（日军伤亡约四百人），终寡不敌众，魏午庄命令突围。多年后，他在《湖山老人述略》中描述这一幕："雪天冰地，兵勇喘息未定，适倭寇由辽阳纠股二万余众来扑。余督兵御之，血战竟日。余坐骑凡三易，究以众寡悬绝，援兵不至，死亡过半，且无精利枪炮，兵少械窳，力不能支……"我们老家的说法是，魏"午庄"打"牛庄"，地方"犯冲"，注定打不赢。甲午兵败，湘军已不足以"执干戈以卫社稷"，这不是湘军勇猛的消磨、血性的丧失，而是武器装备、指挥系统的代际差距，更是体制的差异。

如果说魏午庄从军秉承的是一股子血性、刚烈、勇猛，那么他为官从政坚持的是务实、谨慎、敬业、勤勉，以"勤奋好学"作为立身之基、进取之阶、做人之本。

我们老家流传一则故事，魏午庄成为封疆大吏后有一次回乡探亲，宴席上一位私塾先生借酒指着一盘盐梅，对魏午庄说："盐梅、盐梅，孔子、颜回，家无读书子，官从何处来？"话里话外无不含揶揄之意。只见魏午庄神情自若，指着面前一盘咸姜，用家乡方言随口应答："咸（韩）姜、咸（韩）姜，韩信、张良，将相本无种，男儿当自强！"语惊四座，让人刮目相看。家乡的人们并不知道魏午庄鞍马劳顿之余，伏案劳神之间手不释卷，一有空就向幕府的读书人请教，读书、写字、吟诗做文，多年不辍。一直到晚年，每天起床后的第一件事，就是写汉隶四百个，多年从未间断。魏午庄留下了《新疆志略十四年》《慎微堂诗文集》等著作，其书法端庄稳重、刚毅磊落、遒劲雄健，力透纸背，是他的性格气质的写照。

在晚清"总督"一级二品大员中，魏午庄出身低微，学历几乎也是最低的，连个最低的"秀才"功名都没有，如果不"敏而好学"，一个赳赳武夫几乎不可能位及"重臣"。更难能可贵的是，魏午庄不但自身学而不厌，而且每任职一地，首务就是过问、兴办当地的教育。这一方面乃其职责所系，另一方面可能和他小时候的经历有关，想读书而不能。

同治八年（1869年），魏午庄率部下巡陇东，在抚恤百姓、恢复生产后，首倡捐资修复庆阳大成殿；同治九年（1870年），捐资修建泾州考棚；同治十年（1871年），修复固始文庙；光绪十六年（1890年），组建新疆第一所现代书院——博达书院（今乌鲁木齐第一中学前身）；光绪二十三年（1897年），创建陕西"崇实书院""游艺学塾"，为振兴陕西培养人才；光绪二十四年（1898年），按照京师大学堂的办学原则和制度，在西安创办一所陕西中学堂；光绪二十七年（1901年），在担任云贵总督期间，魏午庄大举派遣留学生，创办云南最早的综合性大学——云南高等学堂。当云南石屏籍袁嘉谷高中经济特科第一名的消息传来，其当即手书"大魁天下"四个大字，至今挂在昆明金汁河畔的"聚魁楼"上。

这其中建立三江师范学堂是魏午庄最引以为自豪的大事、幸事，将之列为在两江总督任上德政要务之首。

晚清时期，民族危机日渐加重，改良维新风起云涌。光绪二十七年（1901年），清政府颁布《人才为政事之本》的兴学诏书，谕令各省督抚学政开办各级学堂。翌年5月，时任两江总督刘坤一邀请张謇、缪荃荪、罗振玉等名流、学者商议兴办学堂事宜。大家一致认为，兴学育才的主要困难是师资匮乏和资金短缺，而开办高等师范学堂，不仅可以为各级学堂培育师资，而且所需经费较少。不久，刘坤一病逝，张之洞署理两江总督。

光绪二十九年（1903年）2月，张之洞上奏《创建三江师范学堂折》，重申"师范学堂为教育造端之地，关系尤为重要"，并奏请在江宁北极阁前勘定地址，创建一所三江师范学堂，凡江苏、安徽、江西三省人士均可入堂升学。三江师范学堂拟照北洋学堂章程，延聘日本教习十二人，挑选本省科举出身的中国教员五十人，相互学习，先练教员。预定学额九百名。前三年先招速成科、本科，以满足各州县小学教育之需，第四年招收高等师范本科，以备中学教员征集选。学堂由翰林编修缪荃荪任总稽查。

光绪二十八年（1902年）11月，魏午庄调补两江总督，翌年3月履任。从时间上看，也就是说创建三江师范学堂，由刘坤一、张之洞立项，魏午庄承担筹建、施工，尤为繁重。

创办学堂，校舍尤重。规划设计、材料使用、建筑风格，由湖北师范学堂堂长胡钧仿照日本帝国大学的蓝图拟定。当魏午庄了解到建筑工程预算需要三十万两白银后，认为："若照洋房间数改造华式约需银十八万两左右，值此度支奇绌，不独造房无此巨款，即将来常年经费需款浩繁亦恐难以为继。"他和学务处会商后，定为以原定三省学额九百名，分为三班召集入堂，这样建造房屋也可以依次递增。首先按照分班学生人数，选择不可少房屋分别起造。经过核算，共需工料槽平银九万八千五百余两。魏午庄指定在江宁筹饷捐输款内解存库银五万八千两，尽数动拨。不足部分，由江宁布政使设法另外筹集。

经费解决后，校舍建设很快开工，进展迅速。光绪二十九年（1903年）12月1日，《大公报》报道："洋楼五所，局面极其宏敞。"1904年1月25日出刊的《东方杂志》报道：校舍俱系洋式，壮丽宽广，不亚日本帝国大学。建筑之费，初定二十万两，后因推广规模，再支十五万两，现正赶工，明年秋间即可落成。同年8月，校舍一处走廊被雨水冲塌，魏午庄派人去查勘。因中日教习都不愿意居此危房，故暂借昭忠祠临时使用。8月31日，魏午庄派候补道穆少若前往查验三江师范学堂工程，发现工程监督查宗仁有疏忽之责，经过一系列补救，工程于10月完工。

三江师范学堂建成后主要建筑有：三层西式钟楼，是当时学堂的主楼，也称一字楼（按照形状取名），后称南高院，现存东南大学本部。二层西式楼的教习房，是外籍教习的居室，位于东南大学西校门。二层西式方形楼，形似"口"字，也称口字房，位于东南大学图书馆附近，后毁于大火。20世纪20年代，在原址附近建起新图书馆，后又在对面建起科学馆。四座美观气派的大楼在当时的南京已是一景，蔚为壮观。这些建筑直到今天，仍以其中西合璧的形式，古朴浑厚的外表，成为近年来诸多电影、电视剧取景地，如电影《建国大业》《致我们终将逝去的青春》，电视剧《人民的名义》等，都能见到它们庄重典雅的身影。

魏午庄在担任两江总督的一年半时间里，对于三江师范学堂浩繁、宏大的建堂工程的建校及开学前繁杂的筹备工作，其周密组织，扎实推进，有条不紊，卓有成效。因首次招聘中国教习仅录取二十名，较预计的五十名相差甚远。魏午庄指令两江学务处发出晓谕，让各地官员在此保荐科举出身人员，于光绪二十九年（1903年）4月底全部集中江宁，"特再行考试一次，以广搜罗而昭公允"。三次续考总计录取五十名，加上张之洞任内录取的二十名，共有七十名，基本解决了师资问题，为三江师范学堂顺利开学奠定了基础。

光绪二十九年（1903年）6月，三江师范学堂聘请的菊池谦二郎等十一名日本教习到达南京。学堂总办杨觐圭于6月19日召集日本教习和中国教习开会，除明确日本教习和中国教习各自承担教学课程外，还确定中日教习彼此以"学友"称呼。6月25日，三江师范学堂开学。因该年度尚未招收学生，故所谓"开学"，即华洋教习互相教练、互换知识。日本教习在中国教习的指导下学习中国语言文学及经学；中国教习向日本教习学习日语、教育、博物、卫生、物理、化学、图画、手工等。这为期一年的相互学习，其目的如张之洞所言："俟一年之后，学堂造成，中国教习于东文、东语、理化、图画等学通知大略，东语教习亦能参用华语以教授诸生，于问答无虞扞格。"由于语言阻隔，中日教习"互换知识"并未达到预期效果。

为进一步提高师资质量，光绪三十年（1904年）6月，魏午庄对中国教习进行考核，从七十人中挑选五十六名留校任教。根据学堂章程，结合教习自身"功名"及考试成绩，分别派为正教员、副教员、助教员，作为学生教习，讲授中国经史、文学、舆地、算学、体操等。学堂在开学前即制定了《三江师范学堂章程》共十五章，分别规定了"立学总义""考试规则""学科课程""各员职务"，有关讲堂、斋舍、操场以及礼仪、赏罚、放假、毕业、服务等"条规"和"学堂禁令"。

1904年9月15日、16日，三江师范学堂在三省举行招生考试，因前来应试的人数有限，仅录取一百二十人。10月又进行一次招考，录取一百八十人，共计三百人。所取学生三年制初级本科三十二人，二年制速成科一百八十七人，一年制速成科八十一人。11月26日，正式入学上课。待四年再添置高等师范本科，以备各地中学教习之选。魏午庄深刻认识到师范学堂对两江地区中小学教育的重要性。他说："盖中小学堂之学生，程度日以加深，则师范学堂之教员养成，亦刻不容辍。此学堂实为三省中小学堂命脉，所关固不能不加意经营也。"

1911年辛亥革命爆发后，三江师范学堂于次年停办，其历时近十年，先后有毕业生两千余人，著名科学家秉志、国学大师胡小石、国画大师张大千等均毕业于该校。三江师范学堂是中国近代最早建立的高等师范学堂之一，为江南三省培养了一大批优秀教师，对于这一地区的近代教育事业的发展起到了重要作用。

光绪三十一年（1905年），魏午庄在闽浙总督任上奉旨开缺，回到老家邵阳县（今邵阳市东郊佘湖山）闲居，自号湖山老人。1911年10月，清廷命魏午庄为湖广总督，其以年老病弱为由未赴任。辛亥革命成功后，袁世凯电邀魏午庄出任五省联总，其坚辞不受。民国五年（1916年）4月17日，魏午庄病逝于寓所，享年七十九岁，清废帝溥仪追其谥号"威肃"。

后记

　　这本书收录的二十篇文章，大多以我的成长经历和稚嫩视角描述发生在湖南邵阳隆回的一些人和事，以及我们小家庭的一些琐碎事。大部分在《中国青年报》《书屋》《江苏地方志》和四川省社科院主办的《当代史资料》等刊载过，我用近乎旷野里踽踽独步、自言自语的情感与笔触散漫写来，是一段独白，一个总结，更是一份绵软的怀念。从这里，你能感受一个出生于20世纪70年代初、大山深处细崽仔的心跳与梦幻，能触摸并吮吸那片土地的青草气息与烟雨氤氲，能体味到一个卑微者"吻之以痛报之以歌"的悲欢吟唱。天地悠悠，沧海一粟，我只是这个时空里的一粒尘埃，但我来过，爱过，抗争过，奋斗过，这些故事细节的感情和温度，弱水三千一瓢饮，能折射出某段"河流"的浪花与精彩。

　　感谢伟大的时代。我们"70后"躬逢盛世，生正逢时，在饥馑岁月过后出生成长，在"文化大革命"结束后背着书包上学堂，我们的青春节拍伴随着改革开放的号角飞越激扬，我们投身于捍卫者与建设者的滚滚洪流，亲历我们的祖国富起来、强起来，亦见证中华民族伟大复兴，百年圆梦，热泪盈眶。感谢伟大祖国的庇护，感谢伟大的党和伟大人民军队的培养，感谢这个春风浩荡、春潮奔涌的伟大时代。

　　感谢故乡的养育。湖南省隆回县是国家级贫困县（在脱贫攻坚战中刚刚摘帽），我老家那个乡——大水田乡是隆回最穷的乡，曾经鸡蛋换盐巴，照明用竹片，上学"打赤脚"，一天两餐饭，十天半月难得见油荤，通行四个基本：通信基本靠吼，交通基本靠走，安全基本靠狗，娱乐基本靠手……我在那片偏僻闭塞贫瘠土地上跌打爬滚时哭过、骂过、诅咒过，在近知天命之年再回望生命的源头、胞衣之地，感谢它给予我旺盛的生命力，顽强的生存力，丰富的想象力，给予了我一往无前，干劲、闯劲、韧劲的原动力，那片土地、那苍茫群山的颜色永远是我生命的底色。我们刘家于新中国"土改"后，从白马山水洞寨迁移到大水田乡白凼村，前后不足百年，几代人，随着我的祖辈父辈日渐老去，我们这一代开枝散叶，天各一方，尚对故土牵肠挂肚、魂牵梦绕，我们的下一代、再下一代对那片土地将慢慢蜕化成一个模糊的概念，只是简历上籍贯一栏里的一个名词。在此，对故土以表纪念并感谢。

感谢亲人的抚育。"哀哀父母，生我劬劳"，我们偶有小恙，父母夜不成寐；青黄不接，父母忍饥挨饿先让我们呷饱；为供我们上学，父母当牛做马，真是肩担不起用脑壳来挨，呷尽万般苦，抓尽"脑门心（想尽办法）"，就是为了我们走出那个山沟沟，有个好前程。我们的成长成才，浸透了父母亲人的血汗。小时候，外婆家是温暖的代名词，外公外婆舅舅姨妈曾给予我们无限关爱；叔叔、姑妈打探我们的目光都是温热的，眼里能伸出一双手来将我们拥抱、抚摩，他们都是血脉相连的至亲。诸多亲友平常走动，大事相告，有难相帮，红白喜事相聚；邻里乡亲一句问候，一捧零食，一碗米饭，一次帮衬，莫不让我们感念于心。

感谢师长的培育。我从懵懂孩童背着书包上学堂，到愣头青年离开校园，几乎记得曾教导过我的所有老师。师恩难忘，有的至今仍有联系，有的知道他们就在那儿，偶尔听到那个熟悉的名字，想起某个不经意的细节，不禁莞尔。他们的音容笑貌，谆谆教导犹如在耳，他们教书育人，释疑解惑，皆有"得天下英才而育之"（孟子）胸怀，有春蚕吐丝，燃烛照幽的深厚情怀。"片言之赐，皆事师也（梁启超）"，我在学校接受老师的不倦教诲，在家聆听祖父母、父母、乡邻长辈的教育，做人做事，待人接物，言谈举止，春风化雨，点滴于心。

感谢朋友的帮扶。一路走来，春暖花开，友情不断，收获不断，从两小无猜，到同窗共读、同声相应，一个微笑，一支铅笔头，一声乳名的呼唤，偶然相遇，结伴同行，促膝长谈，患难与共，真诚帮助，我的好朋友、老同学，你们是我一生最美丽的风景，最绚烂的星空，最宝贵的财富。一程又一程，长亭更短亭，很多朋友走着走着就散了，但情不淡，美酒佳酿，历久弥新，浓香甘冽，一醉方休。

感谢新邵乡友杨和平老总，廖昌喜老同学对这本书的出版发行给予的大力支持。

感谢遇见，人间值得。

刘跃清

2020 年 6 月于南京紫金佳苑